DAY ET KNIGHT
DIRK GREYSON

DAY ET KNIGHT
DIRK GREYSON

Publié par
DREAMSPINNER PRESS

5032 Capital Circle SW, Suite 2, PMB# 279, Tallahassee, FL 32305-7886 USA
www.dreamspinnerpress.com

Day et Knight
Copyright de l'édition française © 2016 Dreamspinner Press.
Titre original : Day and Knight
© 2015 Dirk Greyson.
Première édition : mai 2015
Traduit de l'anglais par Marie A. Ambre.

Illustration de la couverture :
© 2015 L.C. Chase.
http://www.lcchase.com
Les éléments de la couverture ne sont utilisés qu'à des fins d'illustration et toute personne qui y est représentée est un modèle

Édition e-book en français : 978-1-63533-482-1
Édition imprimée en français : 978-1-63533-481-4
Première édition française : décembre 2016
v 1.0

Édité aux Etats-Unis d'Amérique.

Pour Lynn, une éditrice de qualité supérieure et une amie spéciale.
Cette histoire a pu exister grâce à toutes les heures passées à parler.

I

DAYTON INGRAM n'avait jamais considéré ce quartier de Milwaukee comme particulièrement dangereux. Les restaurants et les commerces sur Mitchell Street étaient très animés par les clients, mais deux blocs d'immeubles faisaient une réelle différence. Il aurait dû essayer de trouver une place plus près du Wild Child, mais il faisait encore jour quand il était arrivé au restaurant. Entre temps, l'obscurité était tombée et la sensation de convivialité du quartier avait disparue, alors qu'il entrait dans un quartier qui ne lui était pas familier. Il accéléra le rythme et il commença à marcher plus vite vers sa Ford Fusion. Il était tout près quand un cri parvint à ses oreilles. Il s'arrêta, écoutant attentivement pour analyser ce qu'il avait entendu, pour trouver la direction, en espérant l'entendre à nouveau.

Le cri recommença, plus fort et beaucoup plus frénétique.

— Je ne vous ai rien fait, plaida une voix jeune en espagnol. Laissez-moi tranquille.

La réponse arriva, également en espagnol, menaçante, grondante.

— Pourquoi on ferait ça ?

Day se dirigea instantanément dans cette direction. Il attrapa son téléphone, le sortit de sa poche et appuya sur le bouton pour l'allumer mais l'appareil resta éteint.

— Merde ! jura-t-il, se donnant mentalement des coups de pieds pour ne pas avoir vérifié plus tôt.

Il l'avait senti vibrer quelques fois pendant le dîner, mais il avait pensé que c'était Facebook ou quelque chose comme ça. Au lieu de cela, ce fichu machin lui indiquait que sa batterie était faible. Il devait vraiment penser à acheter une nouvelle batterie pour cette merde, il l'avait chargée juste avant de partir de chez lui.

— Laissez-moi tranquille !

Encore une fois le cri, chargé, cette fois, de détresse et accompagné par les bruits d'une bagarre et d'une poubelle renversée résonnant sur le béton. Day fonça en direction du son, tournant au coin d'une petite ruelle qui puait les ordures et Dieu sait quoi d'autre. Deux hommes costauds, vêtus de sweatshirts miteux et de pantalons colorés tombant à moitié sur leurs genoux, s'attaquaient à un adolescent, ou quelqu'un d'à peine plus vieux que cela.

— Donne juste ton argent et on te laissera partir, *maricon*, cracha l'homme, gonflant sa poitrine dans un étalage de machisme. Sinon, on te coupe les boules.

L'homme leva la main, un couteau brilla et Day s'arrêta à moins d'un mètre, juste hors de portée de la lame.

— *Huye*, hurla-t-il à pleins poumons au jeune, avant de se tourner vers les hommes qui s'avançaient sur lui. Barrez-vous d'ici !

Dayton garda son calme et il recula en regardant attentivement les yeux vitreux des deux hommes. Celui avec le couteau avança en premier, piquant vers lui un peu maladroitement. Dayton l'évita et se remit hors de portée, puis il attendit une autre passe. Il semblait que l'ami du gros homme attendait de voir ce qui arrivait avant de se lancer dans la mêlée. Erreur stupide. Ils auraient peut-être pu le coincer s'ils avaient travaillé de concert. Mais seuls, même pas en rêve !

— C'est deux contre un, gringo, le mit en garde l'homme et Dayton sentit un soupçon d'alcool dans son haleine. Donne ton argent aussi et tu pourras vivre.

Il balança le couteau et Dayton attrapa son bras avant la fin de son geste. Tenant fermement la main dans la sienne, il la tordit et il projeta l'homme par-dessus son épaule. Le couteau vola, cliquetant sur le béton et l'agresseur atterrit sur le dos avec un bruit dur, avant de rester immobile. Day se retourna vers l'autre homme, prêt pour son attaque, mais rien ne vint.

Il s'attendait à ce que l'homme ait fui, mais il était soit trop brave, soit trop stupide pour savoir ce qui était le mieux pour lui. Il avait attrapé le gamin et le tenait devant lui comme un bouclier.

— Reste immobile, dit Dayton et il fixa le regard de l'homme.

Ses yeux étaient exorbités et Day devina qu'il avait bu, au moins, et peut-être même pris une dose d'autre chose. Il avança d'un pas supplémentaire, sans détourner le regard, et les yeux de l'homme s'écarquillèrent assez pour attraper la lumière. Ses pupilles étaient immenses. Oui, il était définitivement chargé.

Dayton respira calmement, se souvenant de sa formation, repoussant l'énervement qui menaçait de brouiller sa concentration. Ce qu'il avait appris et avait pratiqué avait déjà fonctionné une fois. Il fit de son mieux pour empêcher son cœur galopant de battre trop fort dans ses oreilles.

2

— Recule, *gringo*.

— Laissez le gosse s'en aller et vous pourrez partir, dit posément Dayton, commençant à se demander si toute cette situation était hors de contrôle.

Il voulait aider le gamin, pas empirer les choses.

— Ou alors, je lui brise la nuque, dit l'homme en souriant, découvrant une bouche pleine de dents pourries.

Dayton s'accroupit légèrement et quand le regard de l'homme quitta son otage, il fit un pas en avant. Il lança sa jambe en avant, donna un coup de pied qui balaya la jambe de l'agresseur. L'homme perdit l'équilibre et tomba au sol. Dayton s'était préparé pour le cas où l'adolescent tomberait aussi, mais il avait réussi à s'écarter.

— Appelle la police, ordonna-t-il et le jeune hocha la tête en tirant un téléphone de sa poche.

Dayton attrapa l'homme puis il le fit rouler et il tint ses mains.

— Donne-moi ta ceinture.

— Pourquoi ? demanda le jeune homme, mais il enleva ensuite sa ceinture pour la lui remettre.

Dayton l'utilisa pour attacher les mains de l'homme dans son dos. Celui-ci grogna et Day l'avertit de ne pas bouger à moins qu'il en veuille plus.

— *No mas*, crut-il l'entendre marmonner en réponse.

Les sirènes retentirent et Day regarda autour de lui.

— Ça va, gamin ?

Celui-ci hocha la tête et Day continua.

— Je dois y aller. Dis-leur ce qui est arrivé et la police veillera à ce que ces deux-là soient accusés.

— Vous partez ? Vous m'avez sauvé la vie, dit le jeune en anglais, continuant un peu à trembler.

— Je suis content d'avoir pu aider, déclara Dayton avec un sourire.

Puis il se tourna et il partit tranquillement dans la rue. Il monta posément dans sa voiture et conduisit lentement alors que les véhicules de police commençaient à arriver derrière lui. Tout en conduisant, il brancha son téléphone et après avoir obtenu un début de charge, il appela le bureau.

— Je dois parler à Gladstone, dit-il quand on décrocha, puis il attendit qu'on le transfère.

Il entrait sur l'autoroute quand son patron répondit. Il brancha le kit mains libres et accéléra.

3

— Vous vous rappelez que vous m'avez dit de téléphoner si quelque chose d'inhabituel arrivait…, commença Dayton, puis il relata l'incident.

— Est-ce que la police vous a vu ?

— Non. Je suis parti avant leur arrivée, répondit-il.

— D'accord. Nous allons nous occuper de ça, venez à mon bureau en premier demain matin.

L'appel prit fin brutalement et Dayton raccrocha, puis il roula jusqu'à sa résidence de South-Side. Il arriva à son immeuble, tourna dans la ruelle où donnait le garage pour lequel il payait un petit extra, puis il se dirigea vers la maison. Il ouvrit la porte du rez-de-chaussée, emprunta l'escalier jusqu'au deuxième étage du duplex. C'était un bon appartement, petit et abordable. Une fois à l'intérieur, il ferma la porte d'entrée et alla vers la chambre où il posa ses clés à leur place, sur la commode, avec son portefeuille. Ensuite, il brancha son téléphone et l'installa à sa place, à côté de son portefeuille. Enfin, il enleva ses chaussures, les déposant à l'endroit prévu en bas de son placard, puis il quitta la pièce pour retourner dans le salon. Il s'installa sur le canapé, vieux mais encore fonctionnel, qu'il avait trouvé dans un dépôt-vente puis recouvert d'une housse pour qu'il soit moins hideux. Il avait fait la même chose avec les deux fauteuils. Ils étaient assez confortables et c'était tout ce qui comptait pour lui. Il s'était débrouillé et il y avait quelque chose de familier et d'intime dans cela. On pouvait dire la même chose à propos des chaises dépareillées installées autour de la table dans sa petite salle à manger. Et personne ne pouvait savoir à quel point la table était vieille et esquintée à moins d'avoir soulevé la nappe bleu saphir pour regarder en dessous.

Day alluma la télévision et fit de son mieux pour se détendre, mais l'incident dans l'allée trottait dans son esprit. Il avait essayé d'aider et il avait finalement réussi, mais le gamin avait été également encore plus en danger, même si ça n'avait été que momentané. Son patron ne lui avait pas dit s'il pensait qu'il avait fait le bon choix. Eh bien, c'était trop tard maintenant et s'il s'était planté à cause de son imprudence, soit. Il avait aidé le jeune gars à échapper à ces hommes.

Un rire arriva de la télé, le tirant de ses pensées pour un petit moment. Il reporta son attention sur la rediffusion de *Will et Grace*, riant à plusieurs répliques avant de changer de chaîne une fois l'épisode terminé. Il regarda ensuite un épisode de *Mentalist*. C'était une représentation irréaliste, mais c'était amusant. Secrètement, pourtant, il aurait voulu être comme Patrick

4

Jane, fin observateur, étudiant la nature humaine et ayant la capacité d'entrer dans la tête des autres. Il éteignit la télévision une fois l'épisode terminé.

Il s'était fait un bureau dans la seconde chambre de son minuscule appartement. Avant d'aller se coucher, il s'installa à son bureau et alluma son ordinateur portable pour vérifier sa boîte mail personnelle. Il y avait surtout des spams, mais aussi un message de son frère, concernant la super dernière astuce pour gagner un tas d'argent et continuer sa vie de bohème pour toujours. Stephen la présentait comme l'affaire du siècle, comme à chaque fois. Dayton pouvait voir l'arnaque à un kilomètre et il secoua la tête. Il devait l'appeler, mais il n'était pas d'humeur à avoir cette conversation ce soir-là. Aussi, après avoir vérifié le dernier de ses e-mails, il ferma le capot de son ordinateur et se rendit dans la salle de bain pour se laver et se préparer pour la nuit.

LE LENDEMAIN matin, habillé et pressé, il quitta son appartement pour conduire jusqu'à un immeuble de bureaux en brique, qui avait autrefois abrité une banque. Il ressemblait d'ailleurs encore à un établissement bancaire, ce qui expliquait dans doute pourquoi il était si bien adapté à son nouvel usage. Le panneau extérieur indiquait S.L.S. Inc., pour Systèmes Logistiques Scorpion. Mais tout le monde à l'intérieur savait que ces mots signifiaient quelque chose de très différent que ce que le public pouvait comprendre. Les gens lui demandaient si c'était une entreprise de routage et de gestion des expéditions, et il répondait toujours par l'affirmative, mais restait vague sur sa fonction.

Il se gara sur son emplacement le long du bâtiment, puis il sortit son badge de son portefeuille pour le présenter au lecteur de la porte et s'identifier. Il ouvrit la porte et entra dans l'immeuble où il présenta à nouveau sa carte à la porte suivante et posa son pouce sur le scanner. Lorsque la porte s'ouvrit, il s'avança plus loin dans le complexe.

— Bonjour, dit la réceptionniste, très professionnelle, levant à peine les yeux du clavier sur lequel elle tapait.

Dayton savait qu'elle n'était pas impolie, juste efficace, et il lui rendit son salut avant de continuer vers son espace. Il s'assit puis alluma son ordinateur et s'identifia dans le système. Il vérifia ensuite les programmes qu'il avait lancés la veille au soir, lesquels étaient terminés. Il sourit et décrocha son téléphone.

— Gladstone.

Jason Gladstone. Tout le monde l'appelait juste Gladstone et quelques personnes osaient l'appeler Glad, mais jamais lui et il doutait de le faire un jour.

— Vous vouliez me voir ce matin ? demanda Dayton.

— Euh… oui. Venez dans mon bureau dans une heure. Euh… bonjour.

Il raccrocha et Dayton reposa le téléphone sur son socle. Son patron était un animal bizarre, intelligent c'était certain, mais il avait tendance à oublier les subtilités sociales dans son intensité. Non que cela le gêne. Il se repencha sur le travail d'analyse des données recueillies puis, une fois qu'il eut terminé le rapport, l'adressa au requérant. Il sauvegarda les informations pour le cas où il devrait retravailler dessus, mais il le programma pour une auto-purge d'ici un mois. Puis il se rendit dans le bureau de Gladstone.

— Dayton, dit son chef après qu'il eut frappé au chambranle. Suivez-moi.

Il se tourna lentement en hochant la tête et suivit son patron à travers le bâtiment puis dans une des petites salles de conférence. Gladstone ferma la porte et lui fit signe de prendre un siège, puis il s'assit juste en face de lui. *Merde. Il avait des problèmes*. C'était la seule explication.

— Nous avons obtenu des informations supplémentaires par la police sur l'incident de la nuit dernière. Apparemment, vous avez omis certains détails lorsque nous en avons parlé hier soir, dit son patron en le regardant attentivement.

— Je crois vous avoir tout dit.

Gladstone fit claquer un dossier sur la table et il le glissa vers lui. Day baissa les yeux dessus et il vit qu'il portait son nom.

— Vous n'avez jamais dit que vous parliez espagnol. À personne.

Hein ? Dayton cacha sa confusion. Même au bureau, il avait appris à maintenir une façade de force et de flegme.

— C'est une nouvelle compétence. J'ai décidé d'apprendre, il y a un an environ, et je pratique la conversation avec un certain nombre de personnes en ligne. J'ai été surpris par ma rapidité à l'assimiler.

Il ne souriait pas, même s'il était fichtrement fier de lui. Il parlait aussi un certain nombre d'autres langues, donc c'était un plus pour eux, non ?

Gladstone reprit le dossier vers lui et l'ouvrit.

— Vous avez quitté la NSA il y a six mois et vous avez indiqué que vous vouliez vous joindre à nous parce que vous souhaitiez faire du travail de terrain. Ce qui ne s'est pas encore présenté. Eh bien, jusqu'à la nuit dernière, personne ne pensait que vous aviez les capacités nécessaires pour effectuer un travail de terrain, mais vous avez changé la donne, expliqua-t-il, loin d'avoir l'air heureux. Et vos compétences nouvellement acquises semblent avoir scellé l'affaire.

— D'accord. Avez-vous un nouveau projet pour moi ?

Sa voix était toujours enthousiaste. Il aimait la collecte et l'analyse des données, en particulier si cela impliquait un défi à l'extérieur.

— Je ne sais pas encore. Une équipe est en cours de constitution et vous êtes sur la dernière liste à examiner. Cela ne veut pas dire que vous serez choisi, mais les autorités vont se décider vite sur ce point, alors soyez prêt à partir et assurez-vous que vos affaires sont en ordre pour pouvoir vous éloigner d'ici pendant un certain temps.

— Combien de temps serai-je parti ? demanda Dayton.

— On n'a pas partagé cette information avec moi, répondit catégoriquement Gladstone. Mais ils étaient aussi intéressés par vos compétences informatiques plus occultes, ainsi que… votre look.

Les yeux de Gladstone, semblables à ceux d'un opossum, se posèrent sur lui. Dayton ne broncha pas. Son patron n'aurait jamais gagné un concours de beauté. Il était dans les opérations clandestines depuis un certain temps et il connaissait son affaire, mais l'homme avait certainement été embauché pour ses compétences.

— Mon look ? demanda-t-il.

Il semblait que c'était la plus improbable de toutes ses caractéristiques qui lui valaient la possibilité d'une opération sur le terrain.

— Je travaille dur et je suis fichtrement bon dans ce que je fais, assena-t-il, les poils de sa nuque se hérissant en une fraction de seconde.

— On se calme, Ingram. Je ne dénigrais pas vos qualifications, j'indiquais juste les faits, intima son patron, les traits de son visage s'adoucissant légèrement.

— Alors, que dois-je faire, maintenant ?

Il était impatient d'être sur le terrain.

— Rien. Si vous êtes choisi, vous serez contacté et ils s'arrangeront pour vous rencontrer et vous informer. Cette division de l'organisation est aussi *motus et bouche cousue* qu'on le dit. Ils ne donnent aux gens que les informations nécessaires et c'est pareil pour moi.

Gladstone fit une pause avant de continuer.

— Vous êtes ici en partie à cause de vos compétences et en partie parce que vous savez vous taire. Il peut y avoir une formation en jeu, mais je n'en sais pas assez pour en être sûr.

7

Il se leva, signalant que la réunion était terminée.

— Soyez prêt à partir et à ce qu'on vous notifie votre préavis.

Gladstone ramassa le dossier et quitta la pièce en fermant la porte derrière lui. Dayton avait envie de chanter sur les toits. On pensait à lui pour un travail de terrain. *N'était-ce pas génial ?* Bien sûr, il garda son sang-froid et il quitta la salle une minute après Gladstone, son expression neutre et sa démarche habituelle, comme il savait le faire. Il retourna à son bureau et se mit au travail.

— Alors, que voulait Culbuto ? demanda Kyper Morris, en passant sa tête par-dessus le la cloison de séparation.

Dayton ne savait pas comment Kyper avait obtenu son emploi. Il était bavard. Beaucoup. Certes, il ne l'avait jamais entendu dire quoi que ce soit de confidentiel, mais comment pouvait-il parler autant sans jamais rien laisser filtrer accidentellement le dépassait.

— As-tu fait quelque chose ? J'ai entendu dire qu'il y avait eu un incident la nuit dernière.

Comme dans tout bureau, il y avait une boîte à ragots ici aussi, mais c'était assez modéré.

— Il voulait parler, répondit Day.

— Tu n'es pas amusant, déclara son collègue.

Dayton entendit le grincement de la chaise, ce qui signifiait que Kyper se balançait sur sa chaise, faisant tout un spectacle de sa déception.

— Tu sais, nous avons tous pris ce travail à cause de l'excitation potentielle et que voyons-nous ? Les mêmes quatre murs et une foule de données. Nous pourrions tout aussi bien travailler chez Walmart.

Le cliquetis des touches était presque assourdissant. Lorsque Kyper s'énervait sur quelque chose, il tapait incroyablement fort.

— Laisse tomber, lança Dayton aussi légèrement que possible.

Le martèlement ralentit un peu, mais il continua à taper. Dayton retourna à son travail à la recherche des emplacements des données qu'il pourrait utiliser pour répondre à la demande d'analyse qui venait juste de lui être adressée.

— Alors, étaient-ce de bonnes nouvelles ? demanda Kyper quelques minutes plus tard.

L'homme était comme un chien avec un os, il ne laissait jamais rien passer. Day l'ignora et continua à travailler. Cela n'avait jamais marché auparavant et il était peu probable que cela fonctionne maintenant. La compétence spéciale de son collègue, c'était qu'il n'abandonnait jamais.

S'il y avait un moyen d'obtenir une chose dont il avait besoin, il ne reculait devant rien jusqu'à l'avoir en main. Il avait une seule fois renoncé à quelque chose, et c'était quand Gladstone avait menacé sa capacité à faire des enfants. Même alors, il avait seulement reculé, et quelques jours plus tard, il se vantait d'avoir résolu le problème.

Dayton s'octroya une pause et il prit un café dans la zone de collation. Il le ramena à son bureau et travailla le reste de la matinée. Il sortit pour le déjeuner et revint avec un repas à emporter qu'il mangea à son bureau. Quand il eut terminé, il froissa le papier et il le jeta dans la poubelle.

— Deux points.

Il se retourna et frissonna en voyant un homme au regard noir, presque creux, qui le fixait et semblait même le traverser. C'étaient les yeux les plus froids qu'il ait jamais vus dans sa vie.

— Dimato, dit l'homme sans aucune émotion.

Dayton sut immédiatement que ce n'était pas son vrai nom.

— Ingram, répondit-il en se levant et en tendant sa main.

L'homme resta là où il était et ne fit aucun geste.

— Venez avec moi.

Il baissa sa main et suivit l'homme hors de la zone de bureaux, puis ils empruntèrent des escaliers. Ils passèrent à travers diverses zones sécurisées, Dimato leur donnant l'accès.

Ils entrèrent dans un bureau et Dimato ferma la porte.

— Très bien, commença-t-il en montrant une chaise.

Dayton s'assit et l'homme en approcha une autre de la table de conférence. Il s'assit et s'installa confortablement.

— Comme on vous l'a dit, nous avons pensé à vous pour une affectation.

Dayton pensait qu'il aurait prévu un dossier ou une fiche d'information, mais il resta simplement assis à le regarder. Day se força à ne pas se tortiller. Dimato adoptait cette attitude pour le mettre mal à l'aise, mais qu'il soit maudit si ce genre de jeux avait un effet sur lui. Alors il attendit, refusant de rompre le contact visuel.

— Oui. On ne m'a rien dit d'autre, à part que cela m'obligerait à être absent pendant une certaine période.

Dimato hocha la tête.

— Nous avons un problème et nous avons besoin de quelqu'un avec votre éventail spécial de compétences.

— Et qui seraient ?

— Vos compétences en informatique sont de premier ordre, vous parlez plusieurs langues, y compris l'espagnol, ce qui a fait peser la décision en votre faveur et franchement, votre look est un plus aussi.

Il croisa l'une de ses jambes sur l'autre avant de poursuivre.

— Nous avions aussi des inquiétudes, l'une étant votre manque de travail sur le terrain. Mais nous avons tous été débutants un jour et vous avez de bons instincts. L'autre est… plus difficile à expliquer. Sur le terrain, vous devez mettre la mission et la sécurité de l'équipe avant tout. Hier soir, selon les informations recueillies, vous êtes resté calme sous la pression et vous avez sauvé l'enfant. Mais en vous impliquant, vous vous êtes mis inutilement en danger. Sur le terrain, le choix de vos batailles peut signifier la différence entre le succès et l'échec. Ce n'est pas un jeu. C'est dangereux.

Ces yeux noirs impassibles lui donnaient la chair de poule.

— Je comprends, affirma-t-il, ayant toujours su que c'était nécessaire. Quand rencontrerai-je le reste des personnes avec qui je travaillerai ? Je suppose que je ne serai pas envoyé seul.

— Je l'attends à tout moment, déclara Dimato.

Il ne bougea pas, mais son regard se déplaça légèrement. Dayton avait remarqué un ensemble d'horloges mondiales sur le mur quand il était entré, donc l'homme venait de vérifier l'heure.

— Il est en retard, assura-t-il carrément.

Dimato n'eut aucune réaction, à part une légère contraction de ses lèvres. La porte du bureau s'ouvrit et Dayton se tourna au moment où un homme plus âgé entrait et refermait la porte.

— Voici Knighton des Dossiers et Recherches, le présenta Dimato. Il sera votre partenaire pour cette affectation particulière.

— Lui ? demanda Dayton, les yeux écarquillés.

C'était dur à croire. Il semblait un peu vieux, avec des tempes argentées et une posture légèrement raide. Comme s'il avait été chevauché violemment et laissé en nage. D'accord, il était assez beau, avec une mâchoire forte, ciselée et couverte d'un chaume qui semblait indiquer qu'il n'avait pas pris la peine de se raser volontairement – par opposition à un choix qui serait dicté par la mode – et des yeux perçants qui, d'après Day, ne devaient pas manquer grand-chose.

— Oui, moi, dit l'homme fermement avec un riche ton de baryton.

Il s'assit en face de Dayton et se cala confortablement.

— C'est quoi le truc ? Je peux décider si je veux le prendre ?

10

Il se pencha en arrière sur sa chaise, les mains derrière la tête. Dimato se leva et se dirigea vers l'endroit où Knighton était assis. Il posa ses mains sur le bord de la table et se pencha sur lui.

— Ceci est votre dernière chance de travailler sur le terrain.

Il y avait donc de l'émotion cachée quelque part en Dimato.

— Vous vous êtes vous-même enterré dans le département Recherches pendant près de deux ans et il est temps que vous vous bougiez un peu le cul.

Dayton était sûr qu'il n'aurait pas dû être là. Il déglutit et se détourna. Mais comme pour un accident de train, c'était difficile de ne pas regarder.

— Vos compétences sont nécessaires et nous avons besoin de vous. Aussi, prenez sur vous et remettez-vous en selle. Une fois que ce sera terminé, vous pourrez revenir à la recherche pour le reste de votre vie, pour ce que j'en ai à faire.

Dayton se tourna légèrement. L'expression de Knighton n'avait pas changée, à l'exception de ses lèvres qui se retroussaient sur un léger sourire, ce qui l'amena à se demander si ceci était une comédie à son profit. Il n'en voyait pas la motivation, mais il lui semblait que ce genre de conversation devait avoir lieu derrière des portes closes.

— Puisque vous le demandez si gentiment…commença l'homme.

Dimato retourna vers son siège comme si de rien n'était et Dayton agit de la même façon, se tournant vers l'homme qu'il croyait être son patron maintenant.

— L'un de nos départements a intercepté certaines conversations en provenance du Mexique. Nous en recevons tout le temps et nous dirigeons la majeure partie de ce que nous soupçonnons à la DEA, mais celles-ci sont différentes et ne semblent pas liées à la drogue. Elles portent sur une attaque d'un certain type d'infrastructure de renseignements électroniques ici, aux États-Unis.

Il se leva et récupéra deux dossiers dans son bureau et en remit un à chacun d'eux.

— Ils devront être détruits si vous êtes en danger ou compromis de quelque façon que ce soit.

— Compris, dit Dayton en acceptant le dossier d'une main légèrement tremblante d'excitation. Puis-je demander pourquoi la CIA n'est pas impliquée ?

— Nous l'avons porté à leur attention et dans leur infinie sagesse, ils nous l'ont retourné, sous prétexte de coupes budgétaires. La vérité est qu'ils ne voient pas la menace telle que nous la percevons, répondit l'homme en secouant la tête. Aussi, nous vous envoyons pour la neutraliser. Nous croyons, d'après les détails que nous avons dans le dossier, qu'ils envisagent de passer à l'attaque au cours des deux prochaines semaines.

— Quand vous dites infrastructure électronique, vous voulez dire Internet, exact ? demanda Knighton.

— Oui.

— Mais n'est-il pas déjà sécurisé ? Les sites ont leur propre sécurité et ils ont aussi leurs systèmes de sauvegarde. Ce n'est pas parfait, mais comment quelqu'un peut-il attaquer quand tout est si dispersé ?

Dayton resta bouche bée et regarda Dimato, mais celui-ci resta tranquillement assis.

— C'est facile. N'importe quel système de sécurité peut-être contourné. Ce sont des multi milliards de dollars de chiffre d'affaires, répondit Dayton à l'autre homme. Les pirates informatiques et les menaces deviennent de plus en plus sophistiqués chaque année et il en va de même des systèmes de sécurité qui servent de protection contre eux. C'est un cycle sans fin.

Dayton se tourna ensuite vers Dimato.

— Il existe un certain nombre de failles intra systèmes qui pourraient être exploitées. Je soupçonne certaines d'être déjà connues, mais d'autres probablement pas. Les terroristes ont peut-être déjà frappé sur une faille encore inconnue et ils travaillent sur une façon de l'exploiter.

— Pourriez-vous le faire ? Exploiter une faille de sécurité ? demanda Dimato.

Dayton sourit.

— Je le fais tous les jours. C'est comme ça que je reçois une partie des données critiques dont nous avons besoin. Nous ne les utilisons pas à des fins malveillantes et je planifie de tout supprimer une fois que nous avons fini de nous en servir. Mais si je peux le faire, d'autres le peuvent aussi. Connaissons-nous la menace exacte ?

— Non, répondit leur patron. Cela fait partie du problème. Messieurs, nous avons besoin de vous pour déterminer la source de la menace. Elle provient, à l'origine, de la péninsule du Yucatan au Mexique et nous croyons qu'elle se situe près de la frontière avec le Belize. Cet endroit est peu peuplé, avec beaucoup de zones reculées où une opération comme celle-ci pourrait être mise en œuvre et réalisée. L'équipe ici vous fournira un soutien, mais nous avons besoin de bottes sur le terrain et c'est là que vous intervenez.

— Comment pourrons-nous y arriver ? En avion ? intervint Knighton.

— Non. Nous devons nous assurer que vous entrerez dans la zone en passant sous le radar. Si ce groupe – et c'est notre hypothèse – est assez calé pour faire cela, alors un avion ou quoi que ce soit sortant de l'ordinaire serait repéré.

— Nous pourrions faire un survol de nuit et nous sauterions de l'avion. Après l'atterrissage, nous abandonnerions les parachutes et personne n'y verrait rien. Cette région est aussi sombre que de la bouse, la nuit.

Pour la première fois, Knighton semblait vraiment s'intéresser au sujet.

— Nous ne pouvons pas prendre ce risque, nous n'avons droit qu'à un seul essai. Si nous nous plantons, ils vont bouger et nous devrons tout recommencer. L'équipe en est encore à essayer de trouver comment vous faire entrer sans que personne ne le remarque.

— Que diriez-vous d'un bateau de croisière ? suggéra Dayton. Vous avez dit que c'était près de la frontière avec le Belize. Il y a des navires de croisière qui s'arrêtent sur la Costa Maya, et c'est dans le coin. Un ami en a pris un l'an dernier. Ils partent du dimanche au dimanche. Je crois qu'il était parti de Fort Lauderdale. Nous pourrions arriver sur la Costa Maya en bateau. Personne ne surveillerait un groupe de touristes. Nous pourrions réserver une excursion vers l'intérieur, puis disparaître. Lorsque nous ne reviendrons pas, le bateau partira sans nous.

— Ce ne sont pas des bateaux avec réservation ? demanda Knighton.

Dayton haussa les épaules, mais Dimato s'était déjà levé de sa chaise pour attraper son téléphone.

— Cherchez un bateau de croisière partant ce week-end de n'importe quel port, ayant une escale sur la Costa Maya au Mexique et arrangez-vous pour réserver une cabine. S'ils sont complets, vous devrez prendre des dispositions pour que des passagers existants soient retardés ou annulent leur croisière. Vous devez tout faire pour ne pas éveiller les soupçons, dit-il avant de raccrocher et de se rasseoir. Nous allons prendre des dispositions pour que vous puissiez tous les deux avoir accès aux transmissions que nous avons interceptées.

— C'est parfait, monsieur, déclara Dayton.

Il avait hâte de voir ce qu'ils avaient obtenu et de chercher des indices au sujet de cette mystérieuse menace.

Personne n'ajouta rien de plus et il se demanda si la réunion était finie. Il attendit que Dimato se lève et il fit de même. Puis il s'avança vers la porte, Knighton restant en arrière.

— Au fait, dit son chef. Votre ordinateur et vos affaires ont été transférés à cet étage. Voyez Eileen juste à l'extérieur. Elle vous montrera où il se trouve et vous donnera un nouveau badge. Elle vous expliquera les normes de sécurité pour accéder à cet étage. Bienvenue dans l'équipe.

Dayton, stupéfait, ouvrit la porte, puis il sortit pour trouver Eileen, qui l'attendait. La femme d'âge moyen exsudait l'efficacité, de son tailleur sur mesure à ses chaussures fonctionnelles parfaitement cirées. Elle le conduisit rapidement vers ce qui semblait être un bureau. Il découvrit qu'il y avait deux bureaux à l'intérieur.

— Vous partagerez cet espace avec Knight. Nous pensons que les équipes opérationnelles doivent être installées ensemble, afin que les informations puissent être partagées dans un environnement sécurisé.

Elle entra et se dirigea vers le bureau le plus proche de la fenêtre.

— Nous avons installé vos affaires ici, l'informa-t-elle. Voici votre nouveau badge.

Elle prit l'ancien et le plia avant d'ajouter :

— Je vais détruire celui-ci, vous n'en aurez plus besoin.

— Ai-je des limites d'accès sur certaines parties du bâtiment ?

— Seulement sur le centre des opérations informatiques. Vous pouvez accéder à tout le reste. Si vous avez besoin de quelque chose ou que vous n'obtenez pas une coopération, dites-le-moi ou à Dimato et nous nous en occuperons.

Elle fit une pause avant de demander.

— Y a-t-il autre chose que je puisse faire pour vous ?

C'était une simple formule de politesse, semblait-il, puisqu'elle était déjà en train de quitter la pièce. Elle ferma la porte et lui fallut mobiliser toute sa maîtrise de lui-même pour ne pas sauter en l'air en levant le poing. À la place, il démarra son ordinateur pour supprimer le travail qu'il avait laissé de côté, puis il ouvrit le fichier du dossier qu'on lui avait donné et il commença à lire.

UNE HEURE plus tard, il sursauta puis leva les yeux quand la porte s'ouvrit en claquant, Knighton entrant et arpentant l'espace comme s'il était le propriétaire.

14

— Je vois que vous avez déjà pris le bureau près de la fenêtre.

Dayton était sur le point d'argumenter et de lui dire que ses affaires avaient été mises là pour lui, mais il garda son calme et reporta son attention sur le fichier.

— Vous n'allez pas trouver grand-chose d'autre que les informations standard et un peu plus de détails sur ce qu'on nous a dit, déclara Knight.

Un morceau de papier plié atterrit ensuite sur le bureau de Dayton. Celui-ci l'ignora pour le moment.

— Entrez-vous toujours dans une pièce comme un troupeau d'éléphants ? Je sais que nous avons tous des compétences. Est-ce que ça figure parmi les vôtres ?

Il haussa les sourcils, puis il retourna à son travail. Il avait presque terminé et il voulait être sûr d'avoir toutes les informations en tête avant de travailler sur les messages qui avaient été interceptés. Une série de fichiers cryptés l'attendait dans son ordinateur sur son nouveau bureau. Il jeta seulement un coup d'œil et il se rendit compte qu'il avait besoin d'une information de base avant de pouvoir creuser dans les transmissions elles-mêmes.

— Écoutez, gamin, j'ai des années d'expérience dans ce genre de choses. Alors laissez-moi faire ce que je fais le mieux et vous pourrez faire les choses avec l'ordinateur et, peut-être, nous pourrons rester en vie et rentrer chez nous afin de pouvoir continuer nos vies.

Knight laissa tomber le dossier sur son bureau et il s'effondra sur sa chaise

— Si vous ne voulez pas faire cela, alors dites-le leur au lieu d'agir comme un vieux grincheux, répliqua Dayton.

Puis il soupira. Ce n'était pas la meilleure façon de commencer ce qui devait être un partenariat.

— Recommençons plutôt que d'essayer de nous mordre. Je suis Dayton Ingram. Mes amis m'appellent Day.

Il s'avança vers l'autre bureau et présenta sa main. L'autre homme la regarda fixement pendant une seconde, puis il se leva aussi.

— Knighton. Les gens m'appellent Knight.

— Est-ce ton prénom ou ton nom ? demanda Day en serrant la main tendue.

— Juste Knighton, indiqua-t-il, puis il laissa retomber sa main. Alors, as-tu trouvé une quelconque perle de sagesse là-dedans ?

— Pas vraiment. Juste des informations de fond. Mais certaines d'entre elles pourraient être utiles.

Il retourna à son ordinateur, et après avoir ouvert l'un des fichiers cryptés qu'Eileen avait envoyés, il tourna le moniteur de façon à ce que Knight puisse le voir.

— Les signaux qu'ils ont interceptés proviennent de cette zone. Mais d'après ce qui est dans le fichier, cela ne vient pas du même endroit à chaque fois.

— Donc, ils se déplacent. Ce qui va les rendre plus difficiles à trouver, commenta son partenaire en se dirigeant vers le bureau de Day.

— C'est une possibilité, mais cela pourrait aussi venir de quelque chose qui fausse le signal.

— Comme quoi ?

— Je ne sais pas. Mais nous aurons quelques réponses quand nous y arriverons. Il existe un certain nombre de raisons pour lesquelles un signal pourrait être distordu ou intermittent, expliqua-t-il en ajoutant une note sur le bureau de son ordinateur. Je vais faire des recherches et voir ce que je peux trouver.

— Bien, déclara Knight, heureusement cette fois sans attitude particulière. Vas-tu aussi regarder ce que tu peux tirer des transmissions ?

— Oui, répondit Dayton qui ouvrait déjà les fichiers après avoir retourné son moniteur.

Knight se dirigea vers la porte.

— Que vas-tu faire ?

— Les préparatifs du voyage.

Il ouvrit la porte puis il la referma derrière lui. Day le regarda partir, se demandant dans quel pétrin il s'était fourré. Knight était assez beau. Waouh, il devait arrêter là. Il allait travailler avec lui pendant des semaines et, de toute façon, il n'avait pas l'intention de mettre un pied en dehors du fameux placard, pas alors que tout ce dont il rêvait se trouvait à sa portée. Il avait gardé son orientation sexuelle cachée pendant très longtemps. La dernière fois qu'il s'était aventuré à la révéler, cela avait totalement mal tourné. Il garderait son intérêt, quel qu'il soit, pour lui-même.

Il regarda le papier que Knight avait jeté sur son bureau. Il s'agissait de quelques informations de base sur les frais de déplacement. Il savait ce qu'il devait faire, il n'était pas idiot. Il secoua la tête et se remit sur son ordinateur pour travailler sur les messages et voir s'il pouvait apprendre quoi que ce soit d'eux, en faisant de son mieux pour ignorer les allées et venues de son coéquipier dans le bureau.

— Tu arrêtes de travailler pour la nuit ou tu dors ici, le bleu ? demanda Knight, dispersant la concentration de Day. J'ai eu les dispositions pour notre voyage et la compagnie a même déboursé pour une cabine décente.

— Nous ne serons sur le bateau que quelques jours, cela semble être une perte de…

Knight le coupa d'un vague geste de la main.

— Tu as été occupé et je n'ai pas eu le temps de t'informer des derniers développements. Le bateau que nous prenons organise une croisière gay, aussi, nous jouerons le rôle d'amoureux en vacances ensemble, toi et moi.

L'estomac de Day fit un tour complet et il essaya de son mieux de ne pas afficher son malaise sur son visage.

— Ça semble… intéressant.

Merde, pourquoi diable avait-il dit cela ?

— Ne t'inquiète pas, cela ne durera pas longtemps, mais c'était la manière la plus simple d'être sur le bateau dont nous avions besoin et ça nous aidera à nous fondre parmi les autres passagers.

Knight lui remit un ensemble de papiers.

— Range ça en lieu sûr. Ce sont toutes les dispositions pour ton voyage.

Day baissa la tête, parcourant les détails.

— Je te verrai demain, dit son collègue. Et à ton service.

Day leva les yeux des documents de voyage et il ouvrit la bouche pour dire merci, mais Knight quittait déjà le bureau avec la grâce d'une panthère à l'affut. Il fut subjugué, son esprit ôtant immédiatement la chemise et le pantalon, imaginant ce qui pouvait être caché dessous. Probablement une étendue de peau olivâtre avec juste assez de courts poils noirs sur le torse pour faire des choses vraiment intéressantes. Son esprit évoqua un parfum qui lui donna le vertige.

— Tu t'entraînes pour la croisière ? demanda Knight de la porte.

Et Day cligna des yeux, rappelé à la réalité.

— Je me demandais si être un connard te venait naturellement ou si tu travaillais pour ça.

Day sourit, reconnaissant d'avoir été en mesure de trouver quelque chose pour couvrir son petit rêve éveillé. Il devait arrêter avec cette merde. Il devait se reprendre. Il pouvait faire ça.

— C'est un talent offert par les dieux, le contra Knight.

17

Et il quitta la pièce avant que Day n'ait une chance de lui répondre. Celui-ci grinça des dents pendant quelques secondes ; ce type allait le rendre fou. Il aurait aimé avoir quelqu'un d'autre que ce partenaire pour sa première affectation. Il ferma les fichiers de transmission sur lesquels il avait travaillé et les sauvegarda sur une clé USB pour pouvoir les ramener chez lui, puis il ouvrit une fenêtre et afficha les systèmes internes de Scorpion, un sourire se formant sur son visage. Il allait chercher des informations sur Knighton. S'il devait travailler avec l'homme, il devait trouver tout ce qu'il y avait à savoir sur lui. Pas question qu'il trébuche comme un débutant et laisse Knight prendre le dessus sur lui tout le temps.

II

KNIGHT QUITTA le bâtiment de Scorpion aussi parcouru de démangeaisons qu'un chien à trois pattes bouffé par les puces. Il était renvoyé sur le terrain sous pression et ils l'avaient collé avec un agent en couche-culotte. Merde, maintenant, il était censé s'assurer que la mission soit un succès, aider le bleu dans le même temps et faire en sorte qu'ils ne soient pas tués dans le processus. Bordel, il ne savait même pas de quelles compétences disposait le débutant, hormis une grande gueule et la capacité de taper sur les touches d'un ordinateur. D'après une rumeur dans l'immeuble, il avait aidé un gamin attaqué dans le sud de la ville la nuit précédente, aussi devait-il avoir du courage, et il avait, à l'évidence, un cerveau dans sa tête de star de cinéma.

Knight ouvrit la portière de son vieux pick-up, grimpa dedans et claqua la portière. Sa frustration devait sortir d'une manière ou d'une autre.

Star de cinéma… Il gloussa doucement à cette pensée et se tourna en entendant un coup sur sa vitre. Il la descendit et regarda Mark.

— Quoi de neuf, Mark ? demanda-t-il, même s'il connaissait déjà la réponse.

Mark Cale se pencha sur la vitre baissée, reposant son front sur le haut de la portière.

— J'ai entendu dire que tu revenais sur le terrain.

— Oui, répondit Knight en penchant la tête vers l'autre porte. Monte. Je boirais bien un verre. Et toi ?

— Tu m'étonnes !

Mark se redressa et il fit le tour du véhicule. Il avait une dizaine d'années de plus que Knight et ses années d'expérience étaient gravées dans chaque ligne de son visage et dans les cheveux gris sur sa tête. La portière passager s'ouvrit et l'homme grimpa. Il ferma la portière en protestant.

— Maudit sois-tu, gamin, tu dois te débarrasser de ce piège mortel et prendre un nouveau pick-up. Cette chose va tomber en morceaux autour de toi, un de ces jours.

C'était un commentaire familier et cela desserra en partie le nœud dans l'estomac de Knight.

— Ils n'en fabriquent plus des comme ça.

— C'est parce que les nouvelles voitures ont des options comme les vitres électriques et une foutue climatisation qui fonctionne.

Mark descendit sa vitre mais elle s'arrêta à mi-chemin.

— Bon sang, je vais étouffer dans ce piège mortel, affirma-t-il en se tournant vers son ami. Démarre le moteur et bouge-moi ce tas de merde.

Knight ne discuta pas. Avec quelqu'un d'autre, il l'aurait fait, ou, tout du moins, il aurait répliqué avec une remarque intelligente, mais pas avec Mark. L'idée de lui répondre ne lui traversait jamais l'esprit. Il démarra le moteur, qui ronronna comme un chaton, et sortit de son emplacement avant de passer la deuxième et d'avancer. Ils se dirigèrent vers leur bar habituel sans parler.

— Qu'en est-il de ta voiture ?

— Carolyn m'a conduit ce matin parce que ce fichu truc avait besoin de sa révision. J'ai attendu leur appel toute la journée. Donc, quand nous aurons fini, si tu pouvais me déposer à la maison…

Knight hocha la tête et il continua à rouler pendant deux kilomètres pour prendre l'autoroute vers le centre-ville. Ils prirent la sortie vers Whitefish Bay et roulèrent jusqu'à un petit restaurant qui servait également de l'alcool. Cette partie de la ville avait toujours été select, mais au cours des dernières années, elle l'était devenue encore plus, avec une zone améliorée de commerces, de nouveaux restaurants et même un Trader Joe [1]. Knight aimait l'endroit, mais il ne l'aurait pas avoué. Il avait l'impression d'être un traître. Il ne savait pas pourquoi. Peut-être comme s'il trahissait le souvenir de là où il venait et qui était tout ce qui lui restait maintenant.

Il se gara et il éteignit le moteur, puis ils entrèrent dans le restaurant.

— Monsieur Knight, dit l'hôtesse. Voulez-vous déjeuner ?

— Nous allons juste nous asseoir au bar et nous déciderons plus tard si nous déjeunons.

Il réussit à sourire et elle les dirigea vers le bar avec le même sourire qu'elle avait pour lui à chaque fois qu'il entrait.

— Elle a grandi, commenta Mark.

— Oui, je me souviens quand elle était juste assez vieille pour passer un œil par-dessus le comptoir de l'accueil, et maintenant, elle termine ses études à l'université et elle est fiancée.

1 Trader Joe's est une chaîne de supermarchés basée à Monrovia, Californie. En avril 2011, Trader Joe's compte 355 magasins dont la moitié en Californie. Trader Joe's est fondé par Joe Coulombe en 1958.

Il s'assit à l'une des petites tables sur le côté et Mark s'installa en face lui.

— Alors, qu'est-ce qui t'est tombé dessus ? demanda Mark.

Il eut ensuite la décence de détourner le regard quand la jolie serveuse s'arrêta à leur table. Il commanda un whisky, sec, et merde, Knight était à deux doigts d'en commander un aussi. Il en voulait un, bordel, il en avait besoin, mais il repoussa cette envie de côté. Il pouvait penser que c'était nécessaire, mais qu'il soit damné s'il se laissait aller à boire parce qu'il en avait besoin. Il commanda un thé glacé et il en resta là.

Mark le remarqua mais ne dit rien, ce qui était bien, parce que Knight aurait probablement dû le frapper s'il avait dit quoi que ce soit de condescendant ou d'idiot. Son aîné pencha la tête, sa manière de dire, 'parlons'.

— Merde, Mark…

Il ne savait fichtrement pas pour où commencer. Cela ne lui ressemblait pas de parler de ses sentiments. Tout, y compris toutes les années merdiques, était enfermé, et si le container craquait, ils seraient noyés jusqu'aux aisselles dans un merdier malodorant.

— Commence par ce qui t'a poussé à accepter cette mission, dit Mark au moment où la serveuse déposait le liquide ambré devant lui. Je vous remercie, très chère.

Un soupçon de son vieil accent texan se glissa dans ses mots comme cela arrivait parfois quand il baissait sa garde, ou qu'il était vraiment reconnaissant pour quelque chose. C'était comme ça que Knight avait toujours su qu'il avait fait quelque chose de bien, quand l'accent texan de Mark ressortait. Ce que l'homme disait n'avait pas d'importance, Knight écoutait toujours l'accent qui était le vrai message.

— C'est la première, répondit Knight.

— Oui, je sais, mais ça fait deux ans. Tu ne penses pas qu'il est temps que tu quittes les habits et le voile noir et que tu passes au pourpre au moins ?

Mark avait toujours dit ce genre de choses sans aucun sens.

— Il est temps que tu arrêtes le deuil et que tu rejoignes la vie, dit-il en levant son verre à ses lèvres avant de soupirer après avoir pris une gorgée. Bon sang, voilà qui est bon.

Il soupira à nouveau et laissa son regard vagabonder sur l'homme en face de lui.

— Gamin, tu dois revenir à la vie ou tu finiras comme un vieux grincheux à la quarantaine.

— Merde, soupira Knight avant de boire son thé. C'est comme ça que Dayton m'a appelé aujourd'hui.

— Qui est Dayton ? Ton partenaire sur cette mission ?

Mark s'arrêta à peine le temps de laisser à Knight le temps de hocher la tête.

— Alors ce gamin t'a cerné rapidement.

Mark semblait heureux à ce sujet… trop heureux.

— Quoi ?

— Au moins, il n'acceptera pas tes conneries, quelles qu'elles soient. Tu en as besoin.

Il sourit en grimaçant, exposant la petite cicatrice à la commissure de sa bouche. C'était un souvenir qu'il avait reçu au cours d'une bagarre dans un bar au Mexique, quand il avait sauvé Knight, une fois où celui-ci avait fait quelque chose de vraiment stupide, en bon bleu.

— Un partenaire qui te permettra de lui marcher dessus n'est pas le coéquipier dont tu as besoin.

— Tu m'as marché dessus, se plaignit Knight

Mark fit une pause, son verre à mi-chemin de ses lèvres.

— Vraiment ?

Il leva légèrement son sourcil gauche, communiquant son gémissement à Knight sans dire un mot.

— Tu étais fraîchement sorti des Marines et tout feu, tout flamme quand tu es arrivé. Merde, tu étais incroyablement effrayant, toujours impatient de tirer ou de tout faire sauter, sourit Mark. Tu étais prêt pour l'Équateur, cependant.

Il but encore une fois, à petites gorgées, son whisky, toujours souriant.

— Tu avais besoin d'une main ferme. Encore à présent. Maintenant, nous nous retrouvons parfois avec le partenaire dont nous avons besoin, et parfois nous nous retrouvons avec celui qu'on nous donne. C'est à toi de décider lequel c'est.

— Il est le partenaire que l'on…

Knight but une gorgée de son verre, le liquide recouvrant sa gorge subitement sèche.

— J'appréciais d'être le partenaire qu'on t'avait donné et que tu sois celui dont j'avais besoin.

— Es-tu sûr de cela, gamin ? demanda Mark, son expression illisible. Es-tu sûr que nous n'avons pas été imposés et que c'était ce dont nous avions besoin ?

Il avala le reste de son whisky et il fit signe à la serveuse pour un autre. Une fois qu'elle l'eut apporté, il dit :

— Ne sois pas trop dur avec ce Dayton, mais ne lui facilite pas trop les choses non plus. Le travail de terrain est foutrement dur. Tout le monde pense que c'est excitant et glamour, mais c'est surtout des jours à attendre, entre deux moments où tout devient merdique.

— Tu m'en diras tant. Il est tellement excité qu'il a probablement passé la soirée à lire des fichiers et à examiner les transmissions interceptées.

Mark le regarda.

— Cela me semble intelligent. Ce que je me demande, c'est pourquoi tu n'es pas en train de faire la même chose ? Il semble que ce jeune se prépare et qu'il fait le travail de préparation qu'on attend de son partenaire.

Il leva son verre, mais il le reposa sans en prendre une gorgée.

— Il est peut-être nouveau, mais peut-être que c'est toi qui n'es pas prêt pour cette mission, constata Mark en croisant les mains. Tu ne t'es jamais esquivé sur une mission qu'on nous confiait. Tu as pris ta part et plus encore. C'est ce qu'il essaie de faire.

Cela frappa Knight comme un coup de poing dans le ventre.

— Merde.

— Je ne dis pas que tu es un bleu à ce sujet. C'est ton devoir d'agir en professionnel chevronné. Aide-le, mais ne te comporte pas comme un crétin à ce propos… eh bien, pas tout le temps. Te demander de ne pas être un crétin c'est un peu comme te demander de ne pas respirer. Mais au moins, garde ta crétinerie à son minimum.

— Putain…, soupira Knight en passant ses mains dans ses cheveux.

— Et pendant que tu y es, fais-toi couper les cheveux et rends-toi présentable. On dirait que tu as fréquenté l'enfer pendant des mois. Il est temps que tu prennes soin de toi à nouveau. Tout le monde t'a laissé seul, moi y compris, parce que tu nous avais dit que c'était ce que tu voulais. Peut-être que nous avions tort et que tout ce dont tu avais besoin, c'était un coup de pied dans le derrière, dit son aîné avec un sourire. Et crois-moi, il y a beaucoup de gens qui feraient la queue. Merde, nous pourrions faire une loterie et éradiquer la faim dans le monde en même temps.

Knight rit au penchant de Mark pour l'exagération. Ça lui avait manqué.

— Oui, j'essayais d'être drôle et de te taper sur le système comme dans le temps, mais je n'y arrive plus. Ta peau est trop épaisse pour ça, au moins pour les piques que je peux te lancer.

Mark le transperça du regard sans hésiter et il semblait chercher quelque chose.

Knight était déterminé à ne pas frissonner ou même respirer sous l'intensité de ce regard.

— Qu'est-ce que tu fais ? demanda-t-il finalement, en le fixant en retour.

— Je vérifiais juste pour voir si le Knight que je connaissais était toujours là.

— De quoi parles-tu, bordel ? rétorqua-t-il. J'ai perdu ma femme et mon enfant. Je…

Ses joues chauffèrent et il se pencha sur la table, manquant de faire tomber sa boisson, mais il n'en avait rien à foutre.

— Il n'y a pas de honte à essayer de guérir pour faire en sorte de ne pas mettre tout le monde en danger.

— Non, mais tu es allé au-delà. Tu t'es caché et il est temps que tu arrêtes. Cheryl et Zachary sont partis et ils ne reviendront pas, assena Mark en tapant sur la table avec sa main. Tout ça, c'est du passé et c'est la même chose pour tout ce qui est arrivé entre ce moment et maintenant. Tu as une mission qui va être dangereuse et il faudra le Knight dont je me souviens, celui à qui je confiais ma vie et à qui je me fierais encore aujourd'hui.

Merde. Knight passa sa main sur son visage dans une vaine tentative pour effacer le doute qui semblait s'accrocher à lui à chaque fois. Mark avait raison, il devait se reprendre.

— Que dois-je faire ?

— Tu me le demandes, Marine ? dit Mark.

Et Knight se redressa dans son fauteuil, ses vieux instincts refaisant surface.

— Tu vois ? Maintenant tu comprends. Quand tout le reste échoue…

—… reviens aux bases. Elles sont ce sur quoi nous nous construisons, finit Knight et Mark inclina la tête.

— Maintenant, nous allons commander un peu de nourriture avant que ce whisky me monte à la tête, parce que si tu me ramènes ivre, Carolyn aura nos deux peaux et nous savons tous les deux que nous ne voulons pas que cela se produise.

— Bon sang.

Caroline, la femme de Mark, était une force de la nature, du genre ouragan catégorie cinq et vous ne vouliez en aucun cas l'affronter.

— Je reviens tout de suite.

24

Il se leva et informa la serveuse qu'ils étaient prêts à prendre une table. Elle sortit de derrière le bar, attendit Mark, puis elle les conduisit à une table près de la vitre en façade.

— Merci, lui dit-il en s'asseyant.

— De rien, dit-elle avec un sourire qui semblait un peu plus séducteur que d'habitude, puis elle s'éloigna.

— Est-ce qu'il y a quelqu'un dans ta vie ? demanda Mark. Tu sais, cela ne te ferait pas de mal de recommencer à sortir. Cela pourrait rendre ta vie un peu moins…

— Tu parles comme ma mère et je n'en ai pas besoin d'une deuxième.

Knight s'interrompit puis il se pencha sur le côté de la table.

— Non, je ne vois pas où tu t'es transformé en nana. Alors arrête de jouer les entremetteurs. Je sortirai quand je serai prêt.

Il avait répété cela à sa mère et à une grande partie de sa famille depuis des mois. Ils avaient tous dû renoncer.

— D'accord, d'accord. Tu dois juste y penser. Je ne me suis pas transformé en commère. Carolyn fait cela assez bien pour nous deux.

Knight accepta le menu de la serveuse et l'ouvrit. Il n'avait dit à personne qu'il n'avait pas l'intention de se remarier. Il avait été assez heureux avec Cheryl, il aurait été au bout du monde pour son fils. Mais c'était le genre de relation qu'on ne vit qu'une seule fois et cette partie de sa vie était terminée.

MARK ET lui partagèrent un agréable repas après cela. Il déposa son ami chez lui et il réussit à dire bonjour à Carolyn sans être traîné dans la maison pour parler toute la nuit. Il avait besoin de temps pour réfléchir… désespérément. Mark avait eu raison sur certaines choses. Il devait avancer et le point de départ était la cuisine. Une fois chez lui, Knight ouvrit le placard sous l'évier et il en sortit la poubelle puis il fixa le bac rempli en grande majorité par des bouteilles. Il avait pris un trop grand nombre de ses repas sous forme liquide ces derniers temps et cela devait s'arrêter. Boire en société était une chose, mais il y avait des dizaines de bouteilles ici et il avait vidé chacune d'entre elles tout seul, assis dans son fauteuil.

Les bouteilles résonnèrent dans le bac de recyclage quand il prit la poubelle et la renversa dedans. Puis il retourna à l'intérieur et il jeta les autres bouteilles, essentiellement vides, toujours dans le placard à liqueurs. Il garda le whisky qu'il sirotait, et le scotch, mais tout le reste partit dans l'évier. Il était plus que temps qu'il se reprenne. Une fois que ce fut fait, il saisit le dossier qu'il avait apporté avec lui et il s'installa sur le canapé avec un verre de thé glacé. Puis il commença à le lire.

Il se réveilla quelques heures plus tard, la maison calme, les fichiers étalés sur sa poitrine et avec un torticolis de s'être allongé entièrement sur le canapé. Il bougea légèrement et les papiers tombèrent au sol. Il se redressa et s'essuya le visage, se demandant ce qui l'avait réveillé.

Depuis son enrôlement dans les Marines, il avait découvert qu'il pouvait dormir partout et presque à tout moment. Il n'avait pas besoin de beaucoup et dans le Corps, vous dormiez quand vous le pouviez parce qu'il pouvait se passer des jours avant que cela ne soit à nouveau possible. Il avait rêvé. Il le savait, mais même avec la meilleure volonté du monde, il n'arrivait pas à se rappeler de quoi. Tout ce qui lui restait, c'était le sentiment chaleureux que quelqu'un d'autre prenait soin de lui. Quoi qu'il en soit, le rêve avait été agréable. En réfléchissant, il se souvint d'une paire d'yeux bruns profonds, un regard heureux, brillant, posé sur lui. Au début, il pensa que ce devait être ceux de Cheryl, mais les siens et ceux de Zachary avaient été d'un bleu profond, un bleu saphir qui brillait au soleil. Ceux de son rêve avaient été aussi chauds que du chocolat au lait fondant.

Il ramassa les papiers et remit le fichier en ordre avant d'étirer son dos. Il le plaça ensuite dans le coffre-fort de son bureau, puis il entra dans la salle de bain pour se laver et se préparer pour la nuit.

DEUX JOURS plus tard, Knight avançait dans le couloir vers la porte d'embarquement avec son sac de voyage à la main. Son vol décollait dans dix minutes et passer la sécurité avait été extrêmement pénible. Mais il l'avait fait et il se hâtait aussi vite qu'il le pouvait. Il montra sa carte d'embarquement à la porte puis il entra dans l'avion. Il trouva son siège et rangea son sac. Puis il gémit quand il réalisa qu'il avait celui du milieu.

Day se leva et lui sourit.

— Je pensais que je…

Il se faufila vers le siège du milieu et il s'assit.

Day s'installa à côté de lui, fixa sa ceinture de sécurité et il posa sa tête sur le dossier du siège, sans s'arrêter de sourire.

— Tu sais que je suis très bon avec les ordinateurs, murmura-t-il en tournant la tête vers lui.

Knight soupira, il devait accorder ce point au gamin.

— Si tu es si foutrement bon, pourquoi ne nous as-tu pas surclassés ?

Il gigota dans son siège, essayant de se mettre à l'aise pendant que l'équipage entamait les procédures de sécurité. Ils quittèrent ensuite la porte d'embarquement, roulèrent et décollèrent. Dès qu'ils furent presque en l'air, Knight bascula son siège vers l'arrière, ferma les yeux et s'endormit, ne se réveillant que juste avant l'atterrissage.

— Enfoiré, dit Day quand Knight rebascula son siège vers l'avant.

— C'est un des avantages du Corps. Après être resté éveillé pendant des jours, tu apprends à dormir quand tu peux et, par extension, à peu près quand bon te semble, expliqua-t-il en s'étirant alors qu'ils roulaient puis s'arrêtaient à leur porte de débarquement. Un vol des plus rapides.

Le signal 'Attachez votre ceinture' s'éteignit, Day se leva et commença à sortir les affaires des coffres au-dessus d'eux. Knight attendit que les rangées devant eux se soient vidées avant d'attraper son sac, puis il suivit son coéquipier pour descendre la rampe. Il savait qu'il ne devait pas regarder, mais il ne put s'empêcher de jeter un œil sur le derrière parfait qui s'agitait dans un jean serré devant lui. Bon, il se l'autorisa pendant environ deux secondes puis il concentra son esprit sur la tâche à venir. Mais merde, Day avait laissé tomber sa veste et il se penchait pour la ramasser. Il jeta un coup d'œil puis il détourna les yeux jusqu'à ce que l'homme devant lui se soit redressé. Ensuite, ils empruntèrent la passerelle et entrèrent dans l'aéroport. Ils s'avancèrent rapidement vers la zone des bagages et récupérèrent leurs valises. Puis, une fois tout cela fait, ils prirent un taxi pour l'hôtel.

— Auriez-vous un paquet pour moi ? demanda Knight à la réception une fois qu'ils se furent enregistrés.

La réceptionniste les quitta puis revint quelques minutes plus tard avec une boîte. Knight la tendit avec un sourire à Day puis il prit les clés que lui tendait l'hôtesse et il conduisit le jeune homme à leur chambre.

— Qui y a-t-il dans la boîte ? demanda Day dès qu'ils se retrouvèrent dans leur chambre derrière des portes closes.

— Des armes, répondit Knight. Nous ne pouvions pas embarquer dans l'avion avec sans déclencher une tonne de contrôles et de suspicions, alors je les ai fait livrer.

Il vérifia que les deux pistolets étaient arrivés en bon état et qu'ils fonctionnaient correctement avant de les ranger tous les deux dans le coffre-fort au fond du placard.

— Je suppose que l'un d'entre eux est pour moi ? demanda Day.

— Peut-être, répondit Knight.

Il finirait probablement par lui en donner un mais pas avant qu'il ne le juge nécessaire.

— Bon, nous embarquons sur le bateau demain matin, nous avons donc toute la journée pour nous. Y-a-t-il quelque chose que tu voudrais faire ?

— Oui, répondit Day et il ouvrit son sac. J'ai travaillé sur ces transmissions interceptées et je crois que je suis en mesure de récupérer des informations supplémentaires.

— Tu ne cesses jamais de travailler ? demanda l'autre homme.

Non pas que cela soit une mauvaise chose, il était tout simplement curieux. Il ne le connaissait que depuis quelques jours, mais le gars ne semblait jamais prendre une pause. Sa diligence était impressionnante et Knighton hocha la tête. Il pourrait peut-être prendre un peu exemple pour lui-même.

— Je…

Day sembla surpris par la question.

— C'est pour cela que nous sommes ici. Pas pour aller à la plage ou faire des promenades au soleil, peu importe combien cela puisse être agréable.

Il fit une pause pour regarder par la fenêtre.

— Il a l'air de faire bon, cependant, si on oublie les arbres nus derrière la maison.

L'automne était bien installé et ils avaient déjà eu leur première neige. Depuis quelques jours, ils avaient pu profiter d'un répit temporaire avant que l'hiver s'impose durement.

— Oui, c'est vrai, admit Knight.

Et il tira une chaise de sous la petite table dans le coin de la pièce. Day ouvrit son ordinateur et il le démarra.

— Ainsi que je l'ai dit l'autre jour, j'ai regardé les transmissions et je suis tombé sur un indice. Dimato dit qu'ils planifiaient peut-être une attaque sur l'infrastructure électronique, mais je crois que je peux réduire ça un peu plus. Dans ce message en particulier. Tu vois ?

Il lui montra la transcription.

— Je l'ai lu, déclara Knight. Mais je ne lui trouve rien de spécial.

— C'est parce que tu ne l'as étudié aussi attentivement et avec l'œil d'un expert en données, sourit légèrement Day.

Et, pendant une fraction de seconde, Knight remarqua une lueur dans ses profonds yeux bruns puis elle disparut rapidement.

— Ils ne prévoient pas une attaque, disons, des lignes de transmission ou de l'Internet, mais sur des données.

— Tu veux dire par le piratage de sites Web ? demanda Knight. Cela semble plutôt inefficace et cela arrive rarement aujourd'hui. Comment pirater des sites Web individuels pourrait-il être une attaque terroriste visant le pays tout entier ? demanda-t-il sans vraiment attendre une réponse. As-tu décrypté les sites Web ?

— Ils ne le disent pas. Mais j'ai demandé des copies de toutes les transmissions supplémentaires, continua Day en regardant l'écran.

Il le regarda en se demandant comment il pouvait voir avec ses boucles brunes tombant devant ses yeux. Mince, le mec était beau. S'il se laissait aller à l'admettre, Day était l'homme le plus sexy qu'il ait jamais vu, avec une peau dorée et des cheveux quelques nuances plus foncées, un menton ciselé dans le marbre et des lèvres pulpeuses. Il ne devait pas avoir des pensées comme celles-ci. Il les avait abandonnées quand il avait pris la décision de bien agir une décennie auparavant.

— Le fait est que je ne suis pas sûr qu'ils attaquent un ensemble particulier de sites Web.

Les paroles de Day le ramenèrent au présent.

— Alors quoi ? S'ils veulent s'en prendre aux données et qu'ils n'attaquent pas des sites Web ou des entreprises en particulier… veulent-ils attaquer le gouvernement ?

Day secoua la tête.

— Je ne sais pas. J'aurai besoin d'un peu de temps pour essayer de comprendre cela.

— Nous n'avons pas de temps, aboya Knight. Les jours sont comptés à présent et nous ne sommes pas plus avancés qu'avant.

L'autre homme sauta sur ses pieds.

— Ne me crie pas dessus. Je ne te vois pas faire quelque chose pour aider, rétorqua-t-il en se penchant sur la table, les yeux brillants. Il n'y a pas plus d'informations dans les transmissions, et je ne peux pas les sortir de mon chapeau. Ce sont des transmissions que nous avons interceptées presque accidentellement. Une fois que nous serons plus proches de la source, j'espère que nous pourrons en récupérer plus et avoir une meilleure idée de ce qui se passe.

Donc le jeune avait du tempérament. Il s'en était aperçu avant, mais cette fois, il en bourdonnait d'énergie. Knight pouvait la sentir remplir la salle. Day le regardait, à moitié prêt à se disputer avec lui.

— Comment vas-tu faire cela ? demanda-t-il durement en retour. Tu vas tirer les communications de ton cul ?

Merde, l'homme usait sa patience plus vite que quiconque auparavant dans sa vie.

Day se dirigea vers l'un de ses sacs, il l'ouvrit et sortit ce qui semblait être un genre de centre de communications.

— Tu n'es pas le seul à avoir prévu un équipement spécial.

— Comment as-tu réussi à passer la sécurité avec ça et comment comptes-tu le monter sur le bateau ?

Day sourit.

— Quand ils scanneront le sac, ils verront une valise normale remplie de vêtements. Cet appareil particulier est un cadeau d'un vieil ami. Je le mettrai en fonctionnement sur le bateau et j'essaierai de surveiller les communications des terroristes. Nous pourrons également avoir nos propres communications sans avoir à compter sur celles sur le navire. Cela devrait donc être plus sûr.

— Quel genre de vieil ami ? demanda son partenaire, un sentiment de jalousie ridicule serrant son estomac avant de refluer.

C'était si mal à tant de niveaux.

— Si je te le disais, je devrais te tuer, répondit son collègue. Quoi qu'il en soit, nous avons au moins un moyen de recueillir des données supplémentaires. Si tu veux, je peux mettre les armes là aussi. Elles passeront à travers la sécurité. Maintenant, comment envisages-tu de nous amener là où nous devrons aller une fois que nous aurons quitté le groupe de la croisière ?

— Nous partirons quand nous serons près d'un village ou même au cours de la visite elle-même. D'après ce que tu as dit, la croisière que nous avons réservée va nous emmener à quelques kilomètres de la région que nous pensons devoir atteindre. J'ai pensé que s'il y avait assez de gens, nous pourrions nous perdre dans la foule et puis tout simplement disparaître le moment venu.

Knight réfléchissait encore aux détails dans son esprit, mais il savait qu'il pourrait tirer profit de la situation particulière à ce moment-là. Il n'était pas possible de prévoir les atouts qui seraient disponibles.

— Au pire, nous devrons marcher.

Il s'attendait à une réaction de surprise, mais il obtint seulement un signe de tête et ensuite Day retourna à son siège devant son ordinateur. Sa mâchoire resta tendue et Knight se détourna. Il se dirigea par la fenêtre et tira les rideaux, ouvrant la porte coulissante avant de sortir sur le petit balcon. Il referma la porte et se pencha contre la balustrade. Le balcon, si on pouvait l'appeler ainsi, était à peine assez grand pour qu'il puisse se tenir debout dessus. La chose était surtout décorative et plutôt idiote s'il y pensait, mais il absorba le soleil et se souvint de la dernière fois qu'il avait été en Floride.

Le rire retentit dans ses oreilles. Il n'était pas vraiment là, mais il pouvait l'entendre quand même. *Allez, papa, plus haut.* Zachary poussa la barre en avant et Dumbo monta dans l'air. *Je veux voler un jour, papa. Comme Dumbo. Je veux voler.* Knight serra la balustrade du balcon alors qu'il se rapprochait de son fils. Il ne se souvenait pas de ce qu'il avait répondu. Il leva les yeux vers les nuages qui passaient, se demandant si Zach faisait de l'auto-stop sur l'un d'eux.

La porte s'ouvrit derrière lui et sa rêverie éclata comme une bulle de savon.

— Qu'est-ce que tu veux ? demanda Knight entre ses dents serrées.

Day resta en arrière et il utilisa ce moment pour refouler les émotions qui avaient refait surface.

— Désolé, ton altesse, je ne m'étais pas rendu compte que tu saluais ton public.

La porte se referma violemment. Il ne se retourna pas et ne réagit pas. À la place, il resta là, regardant les palmiers et le feuillage tropical. Quand il fut prêt à rentrer, il se retourna et ouvrit la porte, quittant la chaleur pour le confort de l'air conditionné de la salle.

Day était assis à la table et il ne leva pas les yeux quand Knight revint.

— As-tu trouvé quelque chose de nouveau ? demanda celui-ci.

— Non. J'ai décidé d'envoyer quelques e-mails à des amis. Cela permettra d'expliquer pourquoi je suis parti si rapidement, expliqua-t-il en continuant à taper.

— Qu'est-ce que tu leur dis ? demanda Knight.

Et, pendant une seconde, l'entêtement envahit les yeux de Day et il pensa qu'il ne lui dirait rien juste par obstination.

— L'histoire de couverture dont nous avions convenu. La société m'a envoyé en Floride pour un voyage d'affaires de dernière minute. Je suis resté simple et j'ai expliqué que je partais pour deux semaines. Ils m'ont souhaité un bon voyage et ils m'ont dit qu'ils voulaient que je leur envoie des photos quand j'aurais un peu de temps libre.

Il ferma le capot de son ordinateur portable puis il ouvrit sa valise et en sortit des vêtements avant de se diriger vers la salle de bain. La porte se referma avec un bruit sourd et Knight se demanda où tout cela allait aboutir. Il savait que c'était en partie le résultat de son attitude de crétin, pour reprendre les mots de Mark. Mais il pensait aussi que Day agissait comme un joli garçon prima donna et qu'il devait se calmer.

Il ouvrit son sac et en sortit un short. Il enleva ses chaussures et laissa tomber son pantalon, puis il se pencha pour enfiler le short pour être plus à l'aise. La porte de la salle de bain s'ouvrit et il trébucha, manquant de tomber en avant sur le lit. Mais il se rattrapa, remonta le short et le serra sur sa taille. Il se retourna et il marqua un temps d'arrêt. Day se tenait là, pieds nus, en short et avec un débardeur qui laissait peu de place à l'imagination, montrant une poitrine développée, des mamelons formant un léger relief sous le tissu blanc. Les épaules larges et une taille mince complétaient la vue.

— Je vais prendre la navette pour la plage. Je pense que je peux prendre quelques photos que je peux envoyer à mes amis pendant quelques jours. Pour aider à consolider la couverture.

Day glissa ses pieds bronzés dans des tongs, saisit ensuite un petit fourre-tout sur le dessus de sa valise et commença à ranger des choses dedans. Puis il s'arrêta et leva les yeux de sa tâche.

—Tu veux venir ?

Knight fut presque choqué. Il avait pensé que Dayton voudrait un peu de temps loin de lui.

— Si tu veux venir, bouge tes fesses et je te retrouverai dans le hall dans dix minutes.

Il dit cela sans sourire et Knight se figura que Day était simplement gentil. Il n'avait pas besoin d'un voyage à la plage inspiré par la pitié ou une quelconque sympathie.

Day arrêta son ordinateur et il rangea son équipement avant d'attraper son sac, son porte-monnaie et une des cartes-clés. Puis il quitta la chambre, fermant la porte avec un bang qui résonna comme un coup de feu dans la petite pièce.

Knight se retrouva seul, comme il l'était depuis les deux dernières années. Il ouvrit la porte coulissant et il sortit une fois de plus sur le balcon et dans la chaleur. Zachary et Cheryl auraient aimé être ici. Il pouvait imaginer Zachary se faufilant dehors pour laisser tomber des bombes à eau sur la balustrade de l'atrium, avec Cheryl faisant de son mieux pour essayer de parer à la bêtise qu'il trouverait à faire ensuite. Cela avait été leur jeu pendant la majorité du temps qu'ils avaient passé dans sa vie. Mais c'était fini et cela ne reviendrait pas. Il n'entendrait plus jamais le rire insouciant de Zachary et ne verrait plus le sourire de Cheryl quand il rentrait à la maison.

Il se tourna et vérifia sa montre. Cela faisait seulement cinq minutes. Il lui restait encore quelques minutes s'il voulait sortir et rejoindre Day à la plage. Il tourna le dos à la vue.

— *Que diable fais-tu à te morfondre comme un gros imbécile* ? entendit-il Cheryl lui dire.

Il pouvait la voir avec ses mains sur ses hanches, tapant avec son pied droit. Elle faisait ça à chaque fois qu'il agissait de manière stupide selon elle. Ses yeux brillaient de sa propre version d'un amour doux. Ils n'avaient pas connu une grande passion, mais une sorte d'amour chaleureux, amical. Il lui manquait chaque jour comme une douce couverture enveloppant vos épaules un jour d'hiver.

— *Qu'attends-tu* ? demanda Cheryl, tapant toujours du pied.

Elle pouvait le faire toute la journée.

—Très bien, dit-il à haute voix et il rentra dans la chambre.

Il ferma la porte du balcon et il attrapa un tee-shirt léger dans son sac pour remplacer celui qu'il portait. Il se dépêcha ensuite d'enfiler des vieilles chaussures bateau, il saisit son portefeuille et sa carte-clé avant de quitter la pièce.

L'ascenseur fut long, mais les portes s'ouvrirent finalement. Il sauta dedans et appuya sur le bouton du rez-de-chaussée, regardant à travers le verre de la cabine pendant la descente dans l'espoir d'apercevoir Day. Il ne savait pas pourquoi il était si excité d'aller à la plage, mais il sortit de l'ascenseur et avança dans un hall vide.

— Auriez-vous aperçu un homme en short et débardeur blanc ? demanda-t-il à l'une des réceptionnistes.

— Un assez sexy pour que vos orteils se recourbent ? demanda-t-elle, puis ses joues se colorèrent.

— Oui, ça doit être lui, répondit Knight en roulant légèrement les yeux.

— Il a demandé où il pouvait prendre la navette, puis il est parti il y a une minute. Je lui ai dit que l'arrêt était au coin.

Elle lui adressa un sourire plus brillant de quelques watts qu'il ne s'y était attendu. Il s'éloigna, passa la porte d'entrée et se dirigea vers le coin.

Day se tenait près du panneau, les cheveux dans tous les sens dans la brise, le soleil brillant sur lui. Radieux fut le mot qui lui vint à l'esprit. Il ralentit le pas et repoussa ces pensées de sa tête. Il ne pouvait pas les avoir. Il pensa en fait à faire demi-tour et rentrer droit à l'intérieur. Day ne l'avait pas vu, il pouvait aller à la plage tout seul et avoir une journée plus agréable que de la passer avec un type qui ne voulait rien de plus que boire jusqu'à l'oubli.

— Tu as décidé de venir, dit Day alors qu'il restait cloué sur place. Juste à temps, voici le bus.

Soit il n'avait pas vu son indécision, soit il avait choisi de l'ignorer. Quoi qu'il en soit, il s'avança et monta dans la navette pour la plage. Il était difficile de savoir si Day était heureux qu'il soit venu, mais la décision avait été prise. Il prit un siège de l'autre côté de l'allée par rapport à Dayton, la porte se ferma et le bus démarra.

Le trajet de l'hôtel à la plage prit une dizaine de minutes et Knight sortit après Day et le suivit à travers la rue des boutiques de fringues d'été et de tee-shirts, et les restaurants où les gens étaient assis sur des vérandas ombragées à boire et à parler.

Le sable était chaud et Knight souhaita avoir pris des tongs comme Dayton l'avait fait, mais il le suivit à travers la plage vers les vagues.

Dayton avait enlevé ses tongs et il se tenait au bord des vagues, l'eau tourbillonnant autour de ses pieds. Knight sortit son téléphone et il le photographia en train de regarder vers la mer.

— Veux-tu des photos ? lui demanda Dayton.

Knight n'avait personne à qui les envoyer. Marc était son ami le plus proche et il savait où il était, alors il secoua la tête.

— Je pourrais en prendre quelques-unes de toi, cependant, offrit-il.

Dayton s'approcha et lui tendit son téléphone. Knighton ouvrit l'application photo et après avoir pris un peu de recul, il prit une photo d'un Dayton souriant debout au bord de l'eau.

— J'en aurai besoin de quelques-unes différentes, lui dit-il par-dessus le bruit de l'océan.

Son collègue recula et prit quelques photos de haut en bas de la plage. Puis il reporta le viseur du téléphone sur son propriétaire et il faillit le laisser tomber. Celui-ci avait retiré son tee-shirt et il le tenait à la main à présent. Il était… les mots lui manquaient. Non pas que cela importe. Day pouvait être aussi sexy que baisable – ce qu'il était – Knighton ne devait pas regarder et, merde, le gars était très certainement hétéro. D'ailleurs, il était son coéquipier sur cette mission. Les raisons pour lesquelles il ne devrait pas être en train de prendre son temps pour cadrer avant d'appuyer sur le déclencheur s'accumulaient contre lui, mais il n'accéléra pas pour autant, centrant parfaitement l'homme dans la photo avant de la prendre.

Day passa son bras derrière lui et il enfonça son tee-shirt dans sa poche arrière. Puis il tendit la main et Knight lui donna le téléphone

— Allons voir ce qu'il y a ici.

Knight hocha la tête et ils marchèrent vers le nord le long de la plage. Les skateboards et les rollers envahissaient le trottoir. Les hommes et les femmes arrêtaient ce qu'ils faisaient pour regarder Day qui se pavanait et Knight prit quelques secondes pour admirer la musculature et un physique qui aurait pu servir de modèle pour beaucoup d'œuvres d'art. Des petites perles de sueur éclataient sur la peau du jeune homme, la faisant scintiller dans le soleil.

— Tu as faim ? demanda celui-ci après avoir jeté un regard par-dessus son épaule.

— Je pourrais manger.

Il essaya de se rappeler la dernière fois qu'il avait pris de la nourriture. Il avait attrapé une barre Granola avant de quitter la maison ce matin-là. Il s'était figuré qu'ils trouveraient une table dans l'un des nombreux restaurants à proximité, mais Day avait d'autres idées et il les conduisit vers un snack-bar où il commanda pour chacun d'eux un hot-dog et un soda.

— Est-ce ton idée d'un déjeuner ?

— Quoi ? demanda Day après avoir pris une bouchée. Rien n'est aussi bon qu'un hot-dog à la plage, affirma-t-il avant de se rapprocher. D'ailleurs, je pensais que les gens sur le terrain mangeaient dans des endroits comme celui-ci.

Knight rit

— Quand nos frais sont pris en charge, nous mangeons aussi bien que nous le pouvons. Telle est la réalité. D'ailleurs, si tu manges ce genre de choses tout le temps, tu deviendras gras et qu'est-ce que cela ferait à notre image de gros dur, vigoureux et prêt à en découdre ?

— Je ne crois pas que tu aies à t'inquiéter, dit Day.

Et Knight eut l'impression que son regard s'était déplacé vers son ventre. Il n'avait pas à s'inquiéter non plus. Son estomac pouvait apparaître sur un poster pour le parfait ensemble d'abdominaux. Knight garda sa bouche fermée et ne commenta pas. À la place, il mangea le hot-dog, écoutant les vagues sur le rivage, le cri des mouettes et les rires et les bavardages des gens. C'était presque normal. Il se sentait presque normal – il avait commencé à penser qu'il ne serait plus jamais.

Il aspira le soda par la paille et croqua dans son hot-dog, tout à fait conscient que Day se tenait derrière lui. S'il le voulait, il pouvait lever la main et le toucher, mais il ne le fit pas. Il ne le ferait pas. Cela serait trop près d'une trahison et il n'avait jamais trahi sciemment personne dans sa vie. Il était un Marine et seul son rôle de père avait toujours signifié plus pour lui. Les Marines vivaient pour le devoir, l'honneur et l'intégrité. Il vivait avec ces vertus, du moins, il s'y efforçait dans chaque partie de sa vie. Il finit le dernier morceau de son repas, termina le soda puis il jeta tout dans la poubelle.

— L'as-tu même goûté ?

Il souffla sous l'effet de la douleur qui traversa sa poitrine comme un coup de poignard. Cheryl lui avait demandé ça à presque tous les repas qu'ils avaient pris ensemble. Pendant toutes ces années et tous ces repas pris sur le pouce car le temps manquait. Pour la majorité de sa vie, il avait englouti la nourriture parce que c'était nécessaire. Il n'en avait jamais eu assez en grandissant alors il avait appris à manger vite pour pouvoir être le premier quoiqu'il y ait. Dans les Marines, il avait mangé vite parce… eh bien… il devait manger vite ou ne pas manger du tout.

— Oui, c'était bon.

— D'accord, alors, dit Day en prenant une autre bouchée du sien. Je ne mange pas très souvent comme ça. J'essaie surtout de manger végétarien et de limiter la viande rouge. C'est plus sain et plus proche de la nature. J'évite aussi les aliments transformés, autant que possible, mais parfois, j'ai juste besoin d'un hot-dog.

Il mit le dernier morceau dans sa bouche et Knight trouva que les vagues et le surf étaient incroyablement intéressants à regarder.

— On bouge ?

— Bien sûr.

Sa gorge était à nouveau sèche et il pensa à commander un autre soda, mais, merde, cela ça ne lui ferait qu'un peu de bien. Chaque fois qu'il regardait l'autre gars avec sa peau chaude, sa puissante poitrine avec des mamelons qui gémissaient pour être caressés, léchés… Knight se leva et se détourna, attendant que Day avance. Quand celui-ci ne bougea pas, il prit les devants et se dirigea vers la plage. C'était mieux. Au moins, il n'avait plus à le mater tout ce foutu temps.

— Est-ce que nous nous dirigeons vers quelque chose en particulier ou est-ce une marche forcée?

Il n'avait pas réalisé à quelle vitesse il marchait et il ralentit. Ils approchaient de la zone de volley-ball de la plage où des parties étaient en cours. Les hommes et les femmes avaient envahi les terrains, courant, plongeant et criant pendant qu'ils jouaient. Il s'assit à une table pour regarder. Il s'attendait à ce que Day fasse la même chose, mais quand quelques joueurs lui firent signe, celui-ci trotta vers eux et il rejoignit rapidement l'une des parties.

— Nous pourrions avoir l'utilité d'un autre gars si tu veux jouer, dit un étudiant.

Knight savait qu'il avait l'air – et qu'il était très probablement considéré comme – trop vieux pour être à leur niveau.

— Bien sûr, répondit-il et il suivit le jeune avant de se présenter aux autres gars. Knight.

— Voici Pete, Grift, Luke, dit le gamin en lui montrant les gars bronzés au premier rang. Hunt sert et je suis Skip. Prends la place là-bas au bout.

Knight se dirigea vers sa position. Le score fut annoncé et le ballon fut servi dans le camp adverse seulement pour être retourné directement sur lui, il le relança vers l'avant et Grift sauta pour smasher au-dessus du filet. Cela aurait dû être un point mais Day sauta haut et il contra. La balle revint vers Knight et il la réceptionna en hauteur. Hunt la récupéra et il smasha pour le point.

— Mec… déclara Luke, se tournant pour taper les mains de Knight. Et tu ne voulais pas de lui parce que tu disais qu'il était trop vieux, ajouta-t-il en poussant Grift avant de lui claquer légèrement le côté de la tête. Laisse les autres penser. Joue, c'est tout.

Cela lui valut une manchette en retour.

— Si vous en avez fini avec votre querelle d'amoureux, allons-y, appela Hunt et tout le monde se mit en position et le ballon fut à nouveau servi.

Le service passa à l'autre équipe quand Knight n'arriva pas à renvoyer un boulet de canon. L'autre équipe effectua sa rotation et le jeu reprit. Le score allait et venait, l'affrontement continua, la tension montant en puissance. Knight ôta sa chemise quand il eut trop chaud et il la jeta sur le côté avant de prendre sa position au centre de la première rangée, nez à nez avec Day.

— Je vais t'éclater, vieil homme, déclara Day avec un grand sourire lumineux. Je vais te servir la balle en dessert.

— Non, je pense que c'est toi qui auras un dessert, gamin en couche culotte, le taquina Knight en retour.

Day pencha légèrement la tête sur le côté. Le score fut annoncé et le ballon servi. La balle fut remise par l'autre côté et Day bondit, bras au-dessus de la tête pour le smasher. Knight avait déjà réagi avant que son collègue ait touché le ballon et dès qu'il frappa, Knight contra le ballon, l'envoyant claquer sur le sol juste devant Day. Les gars de son équipe claquèrent tous sa main, tout sourire.

Le soleil se cacha derrière un nuage et le vent se leva, arrivant de l'eau. Knight jeta un coup d'œil au ciel et il vit des nuages sombres remplissant l'horizon.

— Super jeu, le félicitèrent ses coéquipiers en allant ramasser leurs affaires.

— Tu ferais mieux de te mettre à l'abri. Ces tempêtes d'après-midi ne durent pas longtemps mais il pleut vraiment beaucoup, lui dit Grift.

Knight attrapa son tee-shirt et il le renfila avant de suivre les autres vers le trottoir. La plage se vida en quelques minutes, un flot constant de personnes prenant le trottoir puis traversant la rue pour se réfugier dans les boutiques et les bars.

— Rentrons à l'hôtel, suggéra Day.

Son partenaire aperçut un des bus qui arrivait et ils se précipitèrent dans la rue alors que le ciel s'assombrissait davantage. Les premières gouttes de pluie tombèrent au moment où le bus s'arrêtait et le temps que les deux agents soient assis sur leurs sièges, la pluie bombardait le toit avant de ruisseler en rideau le long des vitres.

Day enfila son tee-shirt et Knight regarda par la fenêtre, gardant ses pensées concentrées, leur refusant de se balader où il ne voulait pas qu'elles aillent. Tout cela, souhaiter, convoiter et fantasmer, c'était pour rien. C'était stupide. Il ferma les yeux, se servant de sa formation de Marine pour recentrer son esprit. Cela fonctionna, et quand le bus s'arrêta à l'arrêt suivant, il était concentré sur la mission à venir.

— Nous devrions vérifier pour voir s'il y a des nouvelles communications lorsque nous serons rentrés, dit-il calmement.

Day se tourna vers lui comme s'il venait d'exposer la chose la plus évidente au monde. Il avait une pique sur le bout de la langue, il pouvait le sentir. La seule chose qui le retenait était le lieu très public où ils se trouvaient. Knight se détourna et il regarda encore une fois par la fenêtre.

Alors que le bus poursuivait sa route, il continua à regarder l'eau, les vagues blanches contre le ciel noir. Zachary aimait jouer dans le sable et il avait dû le porter hors de la plage pour qu'il arrête de construire des châteaux de sable et d'essayer de garder les douves pleines. Ses cheveux blonds avaient été pleins de sable au moment où Cheryl et lui étaient revenus à l'hôtel et son sourire avait duré des jours. Ce sourire était la seule chose qui valait la peine.

Au moment où le bus s'arrêta près de l'hôtel, la pluie avait cessé et le soleil brillait à nouveau. L'air conditionné combattit le soleil jusqu'au moment où ils sortirent. La chaleur le submergea instantanément et il haleta pendant une seconde avant d'inspirer profondément, se rappelant que la chaleur faisait partie de la raison pour laquelle il avait voulu venir ici. Son cœur avait été si froid et vide depuis longtemps, et il avait espéré que peut-être la chaleur le ferait revivre. Cela n'était pas le cas.

Il repoussa cette pensée de côté, comme il l'avait beaucoup fait ces derniers temps. Il entra dans l'hôtel juste derrière Day et ils se dirigèrent directement vers les ascenseurs. Une fois à l'intérieur de leur chambre, Knight ouvrit son ordinateur et se connecta au réseau sécurisé de son portable. Il vérifia ses messages mais il n'y avait rien de nouveau.

— Quelque chose ?

Day tapait comme un furieux sur son clavier

— Oui, des transmissions supplémentaires ont été interceptées. Ça va me prendre un peu de temps pour arriver à les décoder et ensuite déterminer si elles peuvent nous apprendre quelque chose de nouveau, répondit-il sans s'arrêter de taper une seconde. La plupart du temps, nous ne recevons pas toute la conversation et ce n'est pas comme s'ils nous envoyaient les détails ou un plan détaillé de leur projet. Tout ce que nous pouvons espérer, c'est trouver quelques informations qui s'imbriqueront dans l'image plus tard.

Knight savait tout cela.

— NSA ? demanda-t-il

Cela devait être ça. Ils étaient les véritables experts en interception des transmissions et des données terroristes. C'était ce qu'ils faisaient.

— Ce détail a été omis sur ton dossier, dit-il.

Day le regarda de derrière l'écran de son ordinateur portable.

— Il y avait aussi beaucoup de détails omis sur ton dossier, indiqua-t-il en baissant les yeux et continuant à travailler. Comme ton prénom. Je l'ai cherché dans tous les fichiers que j'ai pu trouver, mais tout ce que j'ai pu dénicher, c'était Knighton.

— Tu n'es pas le seul à pouvoir faire de la magie avec les systèmes.

Il imita ce que Day faisait et il fit une vérification pour voir si un travail l'attendait. Puis il ouvrit les archives et commença à creuser dans tout ce qu'ils avaient sur les groupuscules dans cette région du Mexique.

— Les groupes dans cette zone sont plus intéressés par l'exportation de drogues et l'accroissement de leur influence à Mexico que par le terrorisme, le plus souvent pour leur propre protection et pour faire entrer de l'argent dans la zone qu'ils utilisent pour se remplir les poches.

— Alors, pourquoi font-ils cela, maintenant ? Pourquoi ne pas continuer à faire ce qu'ils font de mieux, au lieu de se lancer dans un plan qui leur garantit la colère des États-Unis et du monde ? médita Day en continuant à travailler. Quelque chose doit avoir changé.

— Merde, gémit Knight.

Il devait avoir raison. Jusqu'à récemment, les groupes dans cette zone n'avaient montré aucun intérêt pour autre chose que se remplir les poches et faire passer la frontière, quelle qu'elle soit, à leurs produits. La principale motivation était l'argent, mais si cela avait changé, alors ils devaient savoir quel était leur nouveau facteur de motivation.

— Je doute que nous puissions trouver cela à partir de leurs transmissions.

— Peut-être, peut-être pas, marmonna son collègue sans lever les yeux. Les transmissions sont des bouts de conversations. Malheureusement, quelque chose a certainement interféré au cours de la discussion. Cela signifie qu'ils parlent localement, probablement d'un téléphone satellite. Ce n'est pas un portable, il n'y a pas de relais dans cette zone. S'il y en avait, ce serait assez facile de le pirater et d'obtenir ce dont nous avons besoin. Ils doivent utiliser des téléphones satellites, c'est ce que soupçonnait le bureau.

Dayton fit une pause avant de reprendre.

— Je vais essayer d'enchaîner ces transmissions ensemble et voir ce que cela donne.

Il passa la transmission interceptée, mais cela ne lui donna pas grand-chose.

— Je peux ressortir quelques mots mais pas beaucoup plus que cela. C'est presque du charabia. Nous avons si peu de la conversation, constata-t-il sans cesser de taper. Je vais essayer de l'ouvrir avec certains programmes pour voir s'il y a assez pour donner un sens à cela.

— Quel genre de programmes ? demanda Knight, vivement intéressé.

Le gars leva les yeux.

— Tu ne veux pas le savoir.

Il baissa ensuite la tête et se remit au travail.

— Excuse-moi, commença Knight. Veux-tu dire que seule une personne douée en informatique comme toi peut comprendre ce que tu fais ?

Parfois le mec était une vraie épine dans le cul.

— Bon sang, non. C'est juste quelque chose que tu... ne... veux pas savoir.

Il fit une pause et Knight grogna et retourna aux données qu'il avait pu obtenir du service Recherches et Enregistrements. Dans cette affaire, une nouvelle information n'était, parfois, pas nécessaire. Au lieu de cela, regarder différemment des informations que vous aviez déjà pouvait donner des résultats, mais il n'arrivait à rien et il détestait cela. Le gamin progressait et il devait faire de même. Le cliquetis des touches était constant et sans fin. Day travaillait, tête baissée, et il fit la même chose.

— Je n'arrive à rien, dit Knight un peu plus tard. Toutes les données dont je dispose sont orientées vers la même chose, de la drogue et de l'argent. Nous avons été en mesure de retracer quelques achats d'armes, mais ce sont la plupart du temps des petites quantités.

— Je progresse. Les programmes proposent des scénarios probables, mais la plupart d'entre eux sont des bavardages sans signification.

Il mit ses écouteurs et leva la main pendant qu'il écoutait une fois de plus. Puis il les ôta et les passa à Knight.

— Écoute.

Celui-ci mit les embouts dans ses oreilles et Day lança la lecture.

— Je ne comprends pas grand-chose à l'espagnol, admit l'ancien Marine.

— Ils disent qu'ils doivent changer leurs plans. Ils n'indiquent pas de quoi il s'agit, mais que tout le monde doit s'activer et être prêt à partir.

Il fit une pause.

— Je pense que cela veut dire que notre mission devient plus urgente et que nous devons entrer au Mexique et localiser ces salauds dès que nous le pourrons.

— Y-a-t-il une notion de temps ?

— Non. Ce qui signifie que tout ce qu'ils ont planifié pourrait se produire à tout moment. Mais cela ne sonne pas comme s'ils étaient déjà prêts.

Eh bien, c'était déjà quelque chose, au moins. Knight se leva et arpenta la pièce. Il se sentait comme un animal en cage ; il voulait aller là-bas, marcher sur le terrain, savoir ce qu'il se passait et puis mettre un terme à cela pour pouvoir retourner à sa vie normale et à l'écart de la tentation. Day se leva aussi et Knight le regarda étirer ses bras au-dessus de sa tête. Puis il passa son tee-shirt par-dessus sa tête et il le jeta de côté avant de s'étirer et de s'échauffer un peu.

— As-tu besoin de la salle de bain ? Je vais prendre une douche.

— Non, répondit l'autre homme, la gorge sèche une fois de plus.

Le faisait-il exprès ? Ce n'était pas possible. Personne n'était au courant de ses sentiments. Ils étaient enterrés depuis si longtemps, merde, même s'il n'était pas sûr de ce qu'ils étaient. Mais qu'il soit maudit si son corps ne lui criait pas qu'il était sûr de vouloir Day.

— Vas-y.

Il se tourna et s'éloigna encore une fois, ouvrant la porte coulissante du balcon et sortant dans la chaleur. Il referma et saisit la balustrade. Cela ne devait pas avoir lieu. Il resta à l'extérieur pendant un long moment, jusqu'à ce que son rythme cardiaque soit revenu à la normale et qu'il puisse avaler sans que sa gorge le gratte comme du papier de verre.

Il entendit un léger coup sur la porte coulissante et se retourna. Day s'était habillé et il se tenait maintenant de l'autre côté de la vitre. Knight tira la porte et rentra dans la chambre, il ouvrit sa valise et en sortit des vêtements propres avant de se diriger vers la salle de bain. Dès qu'il eut fermé la porte, il relâcha son souffle. Il se tint devant le miroir, détestant l'âge qu'il semblait avoir. Ses cheveux n'avaient pas toutes ces nuances de gris quelques années plus tôt. Elles étaient toutes apparues depuis… qu'il avait perdu sa famille.

Il ôta son tee-shirt et son short avant d'ouvrir l'eau. Il s'assura que le tapis de bain était en place et qu'une serviette était à portée de main puis il entra dans la douche.

La chaleur était très bien, mais cela ne changea rien au sujet de la tension qui s'était installée dans chaque cellule de son corps et cette merde ne disparut pas. Quelques jours plus tôt, sa vie avait été silencieuse et ennuyeuse comme tout, mais prévisible et ordonnée. Maintenant, il était de retour sur le terrain, avec un gars qui avait réveillé des désirs qu'il pensait avoir éradiqués de sa vie depuis longtemps. Il attrapa le savon et passa ses mains sur son corps. Il se connaissait trop et était trop terre à terre pour imaginer réellement qu'il s'agissait des mains de quelqu'un d'autre sur lui, mais son sexe réagit comme si c'était le cas. Et il fit de son mieux pour ignorer l'érection qui grandit en quelques secondes.

Il se lava les cheveux, souhaitant que son pénis se rendorme, mais la foutue chose ne le fit pas. Au contraire, elle palpita pendant qu'il lavait sa poitrine et ses jambes, se balançant d'avant en arrière alors qu'il passait d'un pied à l'autre. Merde. Il gémit doucement et savonna bien ses mains. Il se retourna, l'eau battant son dos, et il enroula une main autour de son membre, serrant avec force, puis il se caressa rapidement.

— Merde, grogna-t-il à voix basse, espérant de toutes ses forces que l'eau couvrait tous les sons qu'il émettait

Il se masturba, se focalisant sur ses images habituelles, mais il ne se passa rien. Il avait déjà pratiqué cela quantité de fois et savait ce qu'il aimait, mais, bordel, ça ne fonctionnait pas du tout. Il continua à caresser sa verge, mais rien ne semblait marcher. Cependant, aussitôt que l'image de Day envahit son esprit, il fut en alerte et impatient de jouir. L'énergie inonda ses veines et pulsa dans son érection.

Il haleta doucement, puis il se retourna dans la cabine de douche jusqu'à pouvoir s'appuyer contre le mur. Bon sang, sa vision commençait à se rétrécir et ses doigts étaient comme magiques. Il s'était masturbé pendant des décennies, mais il n'avait jamais ressenti cela. La sensation de flottement s'installait déjà. Il souffla, le cœur battant dans ses oreilles. Il n'en était pas encore là, mais l'apogée de son petit spectacle sous la douche approchait rapidement. Il appuya son dos contre les carreaux, ayant besoin du mur pour se stabiliser et il pensa à l'autre homme debout dans la douche avec lui, la surface de peau miel brun, les boucles collées sur sa tête, ses lèvres entrouvertes, s'approchant de lui.

— Baise-moi, murmura-t-il.

Dès que le Day imaginaire l'atteignit, Knight ferma les yeux, laissant l'énergie de la journée entière se fondre en un seul endroit à la base de sa colonne vertébrale. En quelques secondes la chaleur se répartit dans tout son corps, ses jambes tremblèrent et il saisit son membre, jouissant comme il n'avait jamais joui de sa vie. Il ouvrit sa bouche, inspirant profondément, des lumières éclatant sous ses paupières. Ses pieds glissèrent vers l'avant et il descendit lentement le long du mur carrelé humide, réussissant à se tenir à la porte de la douche pour ne pas s'écraser sur les fesses. Il termina assis sur le sol du bac, l'eau ruisselant sur lui. Il haleta, tête penchée en avant pour pouvoir respirer sans avaler d'eau. Il resta assis pendant quelques minutes, n'ayant pas assez d'énergie pour se tenir debout, puis il se pencha en avant pour fermer l'eau. Ce qui s'était accumulé dans le bac finit par disparaître par la bonde, mais il n'arrivait pas encore à bouger. Merde, il ne voulait pas bouger. Sa peau chantait toujours et sa tête tournoyait en petits cercles à chaque fois qu'il ouvrait les yeux.

Finalement, sa tête se remit et il se leva lentement, s'assurant sur ses pieds avant de sortir de la cabine et de passer sur le tapis de bain. Il essuya sa peau ultrasensible et alluma la ventilation pour absorber l'humidité de la pièce. Il aurait dû le mettre en route avant de commencer à se doucher, aussi attendit-il un peu que l'humidité se dissipe, appuyé contre le lavabo. Puis il se rhabilla et sortit de la salle de bain. Il trouva Day, assis à la table devant son ordinateur, un casque sur les oreilles.

— Tu as trouvé quelque chose de nouveau ?

Il était heureux que Day ne fasse pas attention à lui pour tant de raisons. Cette fascination qu'il semblait ressentir n'était pas réciproque et c'était bien. Il lui serait plus facile de rejeter cela de son système si, comme il le pensait, l'intérêt n'était pas mutuel. Non qu'il se soit attendu à ce qu'il le soit. C'était une notion idiote. L'immersion de son collègue dans son travail lui donnait aussi une couverture pour ses genoux toujours vacillants et une chance de reprendre son souffle.

Day hocha la tête.

— J'ai appelé Dimato et je l'ai informé de ce que j'avais découvert. Tout ce qu'il a dit, c'était qu'il fallait monter sur ce foutu bateau et rester fidèle au plan.

— C'était sûr qu'il dirait cela.

Dimato était un homme qui changeait les plans aussi rarement que possible. Knight, lui, était du genre à fonctionner à l'instinct. Il faisait des plans et des préparatifs, cela avait de la valeur, mais il n'était pas marié avec eux et sa capacité à s'adapter rapidement était l'un de ses plus grands atouts. Du moins, il aimait à le penser.

— Je veux juste que ça bouge, dit Day. Nous ne pouvons rien faire de bon en restant ici.

— Si, nous pouvons. Nous pouvons aller dîner, trouver quelque chose de bon à manger, puis revenir ici et prendre une bonne nuit de sommeil.

Il parierait que le gamin avait été si excité depuis qu'il avait obtenu sa première mission sur le terrain qu'il n'avait pas beaucoup dormi. Il mit son portefeuille et sa carte-clé dans sa poche.

— Ferme ce truc pendant un moment et allons-y.

Day acquiesça, il tapa brièvement sur son clavier puis ferma le capot de son ordinateur avant de le glisser dans son sac. Il plia ensuite le matériel de communication et il le rangea dans son étui.

— Va dans le hall. J'arrive de suite, dit Knight.

Day hocha la tête et il quitta la pièce. Knight attrapa leurs sacs d'ordinateurs et le sac de matériel de communication et il les glissa dans le placard sous le lavabo de la salle de bain pour les mettre hors de vue. Il ferma la porte du meuble, calant un bout de papier entre la porte et le cadre en même temps. Il ne s'attendait pas à un problème et personne ne pouvait utiliser leur matériel sans les protocoles de sécurité, mais il valait mieux prévenir que guérir. Il plaça 'Ne pas déranger' sur la porte de leur chambre après l'avoir fermée et se dirigea vers l'ascenseur. Il retrouva Day dans le hall et ils se dirigèrent vers un bar sportif à proximité où ils s'installèrent au comptoir et mangèrent avant de passer une heure à regarder les matchs sur les téléviseurs situés tout autour. Knight n'était pas un immense fan de sport, c'était simplement plus simple que d'essayer de trouver des sujets pour bavarder. C'était Cheryl qui assurait le lien social dans leur mariage. Il évitait la plupart des situations sociales quand il le pouvait, ou il la laissait simplement faire la conversation parce qu'elle savait quoi dire pour eux deux.

Après le dîner, ils marchèrent un peu dans l'obscurité croissante. La chaleur de la journée s'était dissipée, mais c'était encore beaucoup plus chaud que dans leur chambre. Knight n'était pas pressé de retourner dans leur suite et d'aller se coucher. Il savait qu'il devait suivre le conseil qu'il avait donné à Day, mais son esprit ne voulait pas coopérer. Ils marchaient simplement tous les deux ensemble, mais il était parfaitement conscient d'où se trouvait tout le temps l'autre homme et même à quelle distance il était de lui. Il n'avait pas besoin de le voir, il fermait les yeux et il pouvait le sentir, comme si l'homme avait une force invisible autour de lui qui hérissait la peau de Knight quand il s'approchait.

Cette merde devait s'arrêter. Il n'arrivait pas à penser quand Day était près de lui et cela devait changer. Il devait remettre sa tête à l'endroit et arrêter de rêvasser sur quelqu'un et quelque chose qu'il ne pouvait pas avoir. Il avait fait son choix des années auparavant et il ne trahirait pas la mémoire de sa famille en revenant sur ça maintenant.

Ils rentrèrent à l'hôtel et se rendirent dans leur chambre. La pancarte était toujours accrochée à la poignée de la porte et à l'intérieur, le petit morceau de papier voleta quand il ouvrit la porte du meuble de salle de bain. Il sortit leur équipement et le tendit à Day. Puis il inspecta le reste de la pièce. Rien ne semblait avoir été dérangé et pourtant, il avait le sentiment, quelque chose de troublant dans ses tripes, que quelqu'un était entré dans la chambre. Peut-être était-ce le personnel chargé du ménage. Peut-être avaient-ils frappé et étaient-ils quand même entrés. Il vérifia le lit mais rien n'avait bougé. Il scruta également la salle de bain, mais les serviettes étaient là où ils les avaient laissés.

— Vérifie tes affaires, juste pour être sûr, dit-il à Day.

Quelque chose n'allait pas et il ne savait pas pourquoi. Ce devait être son imagination.

— Tout est comme je l'avais laissé, dit Day.

Knight hocha la tête, il se laissa ensuite tomber sur le lit et alluma la télévision. L'équipe prenait leur histoire de couverture un peu trop au sérieux. Ils avaient réservé une chambre avec un lit King size. Non pas qu'il n'ait jamais dormi dans un lit avec d'autres gars avant. Il avait dormi sur un sol en béton avec d'autres Marines, blottis ensemble pour se tenir chaud. Il l'avait fait et il n'avait pas l'intention de se laisser troubler par la pensée de dormir avec Day.

Finalement, il se leva et se changea, enfilant un short et un tee-shirt avant de défaire le lit et de se glisser entre les draps. Day était toujours assis à la table, son écran d'ordinateur éclairant le haut de son corps et son visage. Knight éteignit la lumière, roula sur le côté et ferma les yeux. Il s'endormit en quelques secondes, rêvant d'yeux chocolat comme il l'avait déjà fait, mais cette fois-ci, il savait à qui ils appartenaient. Il avait passé des heures à essayer de ne pas les regarder et c'étaient ces yeux qu'il avait vus dans la douche. Il était foutrement baisé.

III

KNIGHT AVAIT éteint la lumière depuis un moment quand Day se rendit tranquillement à la salle de bain afin de se changer. Il se lava les dents et rinça sa bouche avant de retourner dans la chambre. Il s'installa sur l'autre côté du lit en faisant le moins de mouvements possible. Puis il roula sur le côté éloigné de Knight et il ferma les yeux.

Mais merde, le sommeil ne venait pas. Il resta là sans bouger pendant un long moment, les yeux fermés, mais cela n'eut aucun effet. La fatigue dut le rattraper finalement parce que quand il rouvrit les yeux après les avoir fermés la dernière fois, la lumière passait entre les rideaux. Il lui fallut quelques secondes pour comprendre que quelque chose n'allait pas. Un bras puissant s'enroulait autour de sa taille, la main posée sur son ventre. Il bougea légèrement et Knight marmonna derrière lui, l'attirant plus près de lui, pressant sa poitrine contre son dos.

Il souleva doucement la main de son voisin de lit et se dégagea de son étreinte. C'était vraiment agréable, mais il n'était pas prêt à ce que son partenaire se réveille avec lui dans ses bras. Bon sang, il ne savait pas s'il était prêt à se réveiller en étant tenu par un autre homme. Du moins, par cet homme-là. Oui, il était beau, d'accord, mais il avait été marié. Il l'avait lu dans son dossier, femme et fils décédés, c'est ce qui était inscrit dans le langage politiquement correct des ressources humaines. Néanmoins, c'était agréable d'être enlacé. Cela donnait l'impression que quelqu'un tenait effectivement à lui, indépendamment du fait que le gars sache ce qu'il faisait, ce dont il doutait.

Il réussit à se dégager de Knight et à sortir du lit sans le déranger. Il entra dans la salle de bain, utilisa les toilettes, se rasa et se brossa les dents. Puis il s'habilla avant de démarrer son ordinateur portable et vérifier ses messages. Il n'y avait rien d'important, mais il s'occupa, levant brièvement les yeux quand il entendit l'autre homme bouger dans le lit, puis se lever. Il fit semblant de travailler, la tête un peu baissée, mais il espérait vraiment apercevoir un petit quelque chose. La veille, quand ils avaient joué au volley, il avait presque tiré la langue lorsque Knight avait ôté son tee-shirt.

L'homme était incroyablement sexy. Day se réajusta discrètement, heureux que la table cache tout. Il était évident qu'il avait vécu une vie de dur labeur, ses muscles étaient bombés aux bons endroits. Day avait travaillé dur à la salle de gym pour obtenir le corps qu'il avait, son collègue avait travaillé dur dans la vie pour avoir ce qu'il avait.

— Tu as fini dans la salle de bain ? demanda Knight en bâillant, se grattant le ventre et offrant un aperçu de la ligne de poils sombres sur sa peau légèrement olivâtre.

— Oui, elle est toute à toi, répondit Day en faisant de son mieux pour ne pas regarder. Je vérifie un certain nombre de choses. Il n'y a rien de vraiment nouveau.

— D'accord. Je vais me laver et nous pourrons prendre un petit-déjeuner et ensuite nous rendre au navire.

Il se retourna et entra dans la salle de bain. Day poussa un soupir de soulagement et il commença à emballer toutes ses affaires. Il ne lui fallut pas longtemps pour que ses bagages soient prêts. Il ne lui manquait que son kit de rasage et ses affaires de toilette. Une fois que Knight fut sorti, il les récupéra et ferma son sac.

Ils descendirent pour se restaurer, puis ils terminèrent leurs bagages avant de se diriger vers la réception pour rendre leur chambre. Une navette les emmena au port où ils firent la queue et s'enregistrèrent pour la croisière. Ils étaient en avance, mais quelqu'un devait avoir tiré quelques ficelles car ils étaient apparemment inscrits dans le système comme des croisiéristes fréquents et ils finirent assis dans un espace confortable pour attendre l'embarquement. Le processus était d'une efficacité incroyable et ils furent bientôt enregistrés sur le navire et dirigés vers la passerelle.

— Fais attention aux gens autour de toi, chuchota Knight.

— Penses-tu vraiment qu'il y a une menace ? demanda Day.

— Il y a toujours une menace, répliqua son partenaire.

Ils montèrent à bord et découvrirent qu'ils ne pouvaient pas accéder à leur cabine pendant encore quelques heures. Ils finirent par prendre un ascenseur vitré pour accéder au buffet et déjeuner.

— Je vais aller à la salle de gym, dit Day en sortant de la salle de buffet.

Il voulait faire un peu d'exercice et il restait encore du temps avant qu'ils puissent accéder à leur cabine. Son collègue hocha distraitement la tête et le jeune homme fit quelques pas.

— Tu veux venir ?

Le gars regarda les bâtiments portuaires, semblant un peu perdu.

— Je vais rester ici et m'occuper des sacs avec le matériel. Nous n'allons pas rester collés pendant toute la croisière, répondit-il d'une manière un peu brusque.

— J'essayais d'être gentil. Si tu ne veux pas venir, ne viens pas, rétorqua Day avant de se tourner pour partir. Tu sais, tu iras plus loin en étant agréable qu'en étant un vrai connard.

Bon sang, le mec pouvait être le plus grand des emmerdeurs. Il partit à grands pas à travers le pont, vérifia un plan du bateau avant de descendre l'escalier vers la zone du centre de remise en forme.

Il n'y avait pas de vestiaire qu'il puisse utiliser pour se changer, alors il utilisa les toilettes et il stocka ses affaires dans un casier temporaire. Dès qu'il sortit, il fut évident que c'était une croisière gay. Le gymnase était rempli de gars à divers stades d'habillage ou de déshabillage, selon le cas. La plupart portaient aussi peu de vêtements que possible afin d'en montrer autant que possible.

La vue était magnifique, et même s'il ne savait pas comment il se sentait par rapport au fait que tout le monde le pensait gay, c'était libérateur aussi. Il pouvait être simplement qui il était et personne ne le jugerait. Bon sang, vu les œillades qu'il recevait, il pourrait avoir à peu près tout ce qu'il voulait.

Le problème, c'était qu'il se sentait si mal à l'aise qu'il ne savait pas quoi faire. Une partie de lui voulait jeter le vernis qu'il avait passé tant de temps à perfectionner et plonger la tête la première dans le buffet des hommes exposés et apparemment mûrs pour la cueillette. Mais il était ici pour le travail, pas pour baiser pendant le voyage vers les Caraïbes. Deuxièmement, les gars sur le bateau pouvaient penser qu'il était gay, c'était leur couverture, mais il n'était pas question que Knight l'apprenne. Scorpion était peuplé d'hommes qui étaient des *mecs* et ils s'attendaient à ce qu'il en soit de même pour tous. La plupart étaient des ex-militaires et bien que le *Ne demande pas, Ne dit rien* soit mort, chez Scorpion, ils ne demandaient pas, ils supposaient juste.

Day trouva un banc et il fit quelques levers de barre légers avant de passer à quelque chose de plus lourd.

— Besoin d'assistance ? demanda un homme après son deuxième exercice

Ses yeux ne croisaient pas ceux de Day. À la place, il le regardait partout, comme s'il était le déjeuner. Le jeune homme se sentit si exposé qu'il fut à deux doigts de rougir comme une écolière.

— Ce serait sympa, merci, répondit-il.

Et il se recoucha sur le banc pour faire une autre série. L'homme se positionna au-dessus de lui et quand Day leva la barre, l'homme s'avança un peu plus et lui offrit une vue sur tout ce que le Bon Dieu lui avait donné. Day s'étouffa presque et seul un effort suprême lui permit d'empêcher la barre de s'écraser sur sa poitrine.

Au lieu de cela, il prit une profonde inspiration, il vida son esprit et il fit sa série. Il ne s'était pas attendu à cela.

— Merci, dit-il en se levant. En as-tu besoin ?

Apparemment l'offre et la vue étaient une invitation.

— Non, c'est bon, chantonna l'autre homme avec un sourire lascif.

Il semblait attendre que Day embraye sur son offre.

— Eh bien, merci, dit ce dernier, puis il se déplaça sur une autre machine.

L'homme passa et il le regarda. Pendant qu'il travaillait sur un appareil de développé incliné, le gars sembla trouver quelqu'un d'autre qui accepta son offre.

— Dayton ?

Il termina les deux derniers mouvements de sa série et regarda vers l'endroit d'où venait la voix qu'il avait entendue.

— C'est toi.

Un vieil 'ami' de l'université, Blain, entra dans son champ de vision. Merde, pourquoi était-il ici ? De tous les gens susceptibles d'être à bord, l'un d'eux devait être ce putain de Blain McIntyre.

— Je n'aurais jamais cru vivre assez longtemps pour te voir sur une croisière comme celle-ci, dit-il, éblouissant tout le monde à trois mètres à la ronde avec son parfait sourire refait par un dentiste.

— Je suis en vacances avec un ami.

Il devait garder sa couverture et ne pas en faire tout un plat. Il y avait cinq mille passagers, ou plus, sur ce bateau. Ce n'était pas comme s'il verrait beaucoup Blain.

Garde ton calme et colle à l'histoire.

— Il m'a invité avec lui.

— Je ne me serais jamais attendu à ce que tu fasses un pas en dehors du plus grand dressing au monde où tu t'étais toi-même enfermé, pour participer à des vacances comme celles-ci.

Oui, il était encore amer et plus garce que jamais. Il plissa les yeux.

— Alors, tu es ici avec un ami. Ami-ami, ou petit-ami ?

Day fit de son mieux pour sourire. Il avait eu l'espoir de passer le temps à bord dans l'anonymat, mais celui-ci venait de s'envoler par la fenêtre. De plus, son grand secret, la seule chose dans sa vie qu'il n'avait pas voulu révéler, était susceptible de devenir une question aux proportions épiques, connaissant Brian, maître ès drames.

— Knighton est un ami, nous avons eu des vacances en même temps et nous avons réservé la croisière.

Blain le regarda, puis il rejeta sa tête en arrière et il se mit à rire.

— Tu n'as aucune idée de quel type de croisière il s'agit, n'est-ce pas ? demanda-t-il en riant plus fort. Ça explique pourquoi tu es ici ?

— Et pourquoi es-tu ici ? Tu as fini de coucher avec les hommes dans la moitié nord du pays alors tu es venu ici pour trouver quelqu'un de nouveau ?

Il pouvait être méchant et garce, lui aussi et il continua,

— N'oublie pas, il y a deux côtés à chaque question tout comme il y a deux côtés à ton lit rotatif.

Blain pâlit légèrement et il regarda dans la salle de gym vers un appareil où un autre homme travaillait.

— Alors, tu es avec quelqu'un ? Est-il au courant au sujet de ton passé et de tes voyages à la clinique ?

À en juger par la manière dont les yeux de Blain s'obscurcirent, le mec avec qui il était n'en avait aucune idée.

— C'est très nouveau.

Day poussa un soupir de soulagement.

— Bien. Je te souhaite tout le bonheur du monde.

C'était vrai. Mais il croisa également le regard de son vieil 'ami' avec l'expression la plus dure qu'il puisse trouver au fond de lui. Blain se détourna et se dirigea vers l'homme qui soulevait des haltères. Au moins, il était peu probable que Blain cherche à avoir des contacts avec lui après ces quelques échanges, ce qui lui donnait un peu de temps, du moins pour l'instant. Il poursuivit son entrainement, conscient des hommes autour de lui. Quelques-uns parlèrent avec lui entre ses séries et il parla avec eux, mais il resta distant. Il ne les appréciait pas.

Ils semblaient tous se connaître, même s'ils étaient des inconnus. Ils parlaient une langue que Dayton ne comprenait pas et il n'était pas sûr de vouloir l'apprendre. Il était gay, il le savait. Mais être gay et agir comme tel étaient deux choses très différentes. Il avait tenté d'agir comme un gay avec Blain. Quelle erreur cela avait été, et le rencontrer à nouveau avait solidifié sa résolution de se concentrer sur sa carrière et de garder pour lui-même ce qu'il était.

— As-tu fini avec cet appareil ? demanda l'un des hommes d'une riche voix profonde.

— Bien sûr, désolé, fit Day en se levant et en s'éloignant d'un pas.

— Ne le sois pas, dit l'homme après s'être assis. Je m'appelle Ryland, ajouta-t-il avec un accent profond, très probablement texan. Es-tu ici avec quelqu'un ou tout seul ?

Il déplaça ses bras derrière les plots du Pec-deck et afficha un petit sourire.

— Parce que si tu es seul, je serais fichtrement heureux de te tenir compagnie pendant un certain temps. Peut-être pourrions-nous prendre un verre quand nous aurons fini ici ?

Il commença l'exercice et Day ne put s'empêcher de regarder la manière dont la poitrine de l'homme se soulevait et devenait plus dure à chaque mouvement.

— Je suis avec quelqu'un. Merci, cependant, dit-il en se forçant à sourire. Bonne séance d'entraînement.

Il avait foutrement besoin de sortir d'ici. Quand il rentrait chez lui, la salle de gym était un lieu de refuge, mais ici, ce n'était rien de plus qu'un marché aux bestiaux. Il trouvait ça troublant. Pour lui, la salle de gym était l'endroit où il travaillait son corps pour essayer d'assainir son esprit, mais ce ne serait pas possible à bord du bateau, du moins pas au cours de cette courte croisière.

Il attrapa son sac dans le casier et quitta la salle de gym, puis il monta l'escalier jusqu'au neuvième pont. Les portes d'accès étaient ouvertes et il s'avança pour vérifier les numéros des cabines passagers jusqu'à ce qu'il trouve la sienne. Il inséra sa carte, la porte s'ouvrit et il entra dans la cabine.

Knight se tenait au centre.

— J'espère que nos bagages vont bientôt arriver ici.

— Ils ne seront pas livrés avant ce soir. C'était indiqué dans les documents de la croisière, répondit-il en posant son sac sur le bord du lit avant d'inspecter la pièce.

— Il semble qu'ils nous aient réservé une sorte de suite.

— C'est le cas, et si tu regardes nos pass, nous sommes membres de leur club de croisiéristes fréquents.

— Je me demande comment c'est arrivé…, dit Knight en haussant les sourcils.

Day savait qu'il s'était fait coincé.

— J'ai pensé que nous pourrions aussi bien profiter de la meilleure expérience possible pour les quelques jours où nous serons à bord du bateau.

Il enleva son bagage du lit et ouvrit la porte de la salle de bain. Elle était spacieuse et il se débarrassa de ses vêtements trempés de sueur, enfilant un caleçon, un short et un tee-shirt frais. Il avait envie de prendre une douche et il regretta de ne pas l'avoir fait à la salle de gym, mais il pensa ensuite qu'il pourrait nager et utiliser les jacuzzis plus tard, et il décida donc d'attendre.

— Est-ce que tes jouets sont passés au travers ? demanda-t-il en sortant.

— Tu n'es pas le seul à avoir quelques astuces. Je les ai enfermés dans le coffre-fort. Ne les touche pas jusqu'à ce que j'aie une chance de te montrer comment les utiliser et que nous puissions examiner les mécanismes de sécurité. Je ne veux pas que tu tires dans ton propre pied.

La dérision dans la voix de Knight l'irrita, mais il l'ignora.

— Est-ce que les tiens sont passés ?

— Je ne sais pas. Je les ai enfermés dans mes bagages. Nous verrons dans quelques heures.

Il se dirigea vers la porte coulissante et il sortit sur le petit balcon dans le soleil de la Floride.

— Comment était la salle de gym ?

— Un centre de ramassage, rétorqua Day.

Il ne voulait pas entrer dans les détails et il n'allait certainement pas dire quoi que ce soit à propos de Blain. S'il pouvait passer les prochains jours sans drames majeurs, il se considérerait comme extrêmement chanceux. Sa sexualité ne regardait que lui. S'il voulait en taire le désert, c'était son affaire.

— Ils ont une belle salle de gym, cependant, ajouta-t-il. Qu'as-tu fait ?

— J'ai appris où se trouvaient les choses, fit Knight en commençant à faire les cent pas dans la pièce. Cette attente me rend fou. Nous aurions dû trouver une meilleure façon d'y arriver, qui ne nous prenne pas autant de temps.

— Nous ne pouvons pas simplement nous infiltrer dans le pays ou voler sur cette zone. Nous pourrions le faire à distance, mais c'était la meilleure façon de ne pas soulever les soupçons de qui que ce soit. Personne ne réfléchira à deux fois à un groupe de touristes, et pour l'excursion que nous avons réservée, il y aura des centaines de personnes réparties sur plusieurs bus. Nous pourrons facilement nous éclipser, souffla Day. Pourquoi ne pas tout simplement en profiter pendant quelques jours ? Tu semblais prêt à ça, en Floride.

— C'était parce que je pensais que nous avions plus de temps. Ils pourraient très bien lancer ce qu'ils ont prévu, quoique ce soit, pendant que nous essayons d'arriver. Et nous ne savons même pas ce qu'ils vont essayer de faire, dit Knight en continuant à déambuler comme un animal en cage. Nous devons trouver un moyen de comprendre ce qu'ils font. Au moins, nous pourrons en éviter une partie.

— Dès que mon sac sera livré, je mettrai le matériel en service et je surveillerai les fréquences qu'ils ont utilisées. Nous aurons peut-être de la chance.

Il se détourna.

— Et si cela ne suffit pas, demanda Knight. Et si nous faisons tout ce que nous pouvons et que cette… chose… *attaque* continue et que ça déchaine l'enfer ?

Day n'avait pas la réponse, donc il resta calme. Il avait réfléchi à tout cela de nombreuses fois.

— NOUS POUVONS seulement faire de notre mieux. Nous n'aurions pas été affectés à cette mission si nous ne pouvions pas la gérer.

Knight rit presque méchamment.

— Tu le penses vraiment ? Ils nous l'ont attribuée parce qu'ils pensaient que ce serait facile. La menace est dans une zone localisée. Tout ce que nous devons faire, c'est la trouver et la neutraliser. Je n'ai plus été sur le terrain depuis quelques années et tu es un bébé agent. Ils nous ont donné quelque chose de facile.

— Mais ce n'était pas ça, protesta Day. Ils ne savaient pas quelle était la menace.

— La menace en elle-même n'a pas d'importance. Nous sommes censés savoir où ils sont et les neutraliser. C'est tellement simple. Écoute, c'est comme ça que fonctionnent les ronds de cuir, ils réduisent tout au plus petit dénominateur commun parce qu'ils pensent que personne n'est capable de réfléchir.

Il se tourna vers Day.

— Es-tu prêt à ça ? questionna-t-il en plissant les yeux. Peux-tu tirer avec une arme à feu ?

Day ouvrit la bouche pour protester.

— Je sais que tu es aussi intelligent qu'ils l'ont présenté, cela va de soi, mais peux-tu tirer... et peux-tu tuer ?

Day rentra par la porte du balcon et il la ferma derrière lui avec un bang.

— Je veux te tirer dessus dès maintenant, est-ce que ça compte ? répliqua-t-il avec un demi-sourire parce que c'était seulement à moitié une blague.

— Très bien, mais peut-être rates-tu un éléphant dans un couloir ?

Day se rapproche.

— Je sais viser juste.

— Nous verrons, déclara son partenaire.

— Oh, nous verrons ? Et où cela se produira-t-il et pourquoi ma parole ne suffit-elle pas ? demanda-t-il, affichant clairement son énervement. Je suis fatigué de ta condescendance. Je peux très bien tirer et si tu veux savoir si je peux tuer, je te suggère de déverrouiller le coffre-fort et de te mettre debout sur le balcon. Je ne voudrais pas faire du désordre sur le bateau.

Knight le regarda.

— À Grand Cayman, il y a un club de tir. Nous ferons escale là-bas avant la Costa Maya. Je nous avais réservé un peu de temps pour pratiquer pendant que nous y serons, mais puisque que tu es si catégorique à ce sujet...

Day s'appuya contre la porte coulissante.

—Tu es un vrai trou du cul. En fait, je pense que c'est ton but dans la vie.

— Probablement, rétorqua Knight, pince-sans-rire. Mais cela ne change pas le fait que je veux m'assurer que tu peux manipuler et tirer avec une arme à feu avant d'en mettre une entre tes mains. Aussi, passe à autre chose, gros bébé, ajouta-t-il.

— Tu veux une compétition, aboya Day. D'accord, qu'est-ce que j'ai si je gagne ?

— Mon respect et la possibilité d'utiliser une de mes armes, et si je gagne, tu m'invites au steak house haut de gamme pour le dîner et tu me laisses t'apprendre à tirer avant d'arriver au cœur des choses et que tu me tires dans la tête.

Il fit une pause.

— J'ai réservé du temps supplémentaire au club de tir.

Le bâtard suffisant.

— Très bien, acquiesça Day, n'y voyant pas vraiment beaucoup d'inconvénients. Mais, jusque-là, plus de blagues ou de surnoms stupides. Si je gagne, tu devras payer le dîner avec les boissons. Et si je trouve, tu auras un surnom que je pourrais utiliser de retour au bureau.

Il croisa les bras sur sa poitrine.

Cela devrait le faire taire

— Tant que tu es prêt à faire la même chose, déclara Knight avec une lueur dans les yeux. Mais tu dois savoir deux choses, j'ai reçu une formation de tireur dans le Corps et j'y ai aussi appris à boire. Ta petite carte de bord va subir un sérieux entraînement.

Day leva les yeux au ciel.

— À quelle heure est le dîner, ce soir ? demanda-t-il pour changer de sujet.

Il se dirigea vers la table basse où se trouvait le programme de la journée et il le prit.

— Vingt heures trente et il y a un exercice d'alerte dans une demi-heure.

Une annonce passa au moment où il reposait la feuille et ils quittèrent la salle en direction de leur point de rassemblement.

Après l'exercice, qui consistait à regarder une vidéo et écouter les annonces de sécurité, ainsi que des explications sur leur environnement, ils furent libérés, et peu de temps après cela, ils quittèrent le port. Day retourna à la cabine et il vit que leurs bagages avaient été livrés. Il procéda au déballage et à la mise en place des équipements de communication qui étaient arrivés en parfait état de fonctionnement. Il ne savait pas où était Knight, et plus il restait loin de lui, mieux c'était.

Une fois qu'il eut tout mis en place, il se connecta au réseau par satellite sécurisé qu'il avait apporté avec lui et il envoya quelques messages pour informer l'équipe de soutien qu'il était en ligne et que tout fonctionnait. Ils avaient intercepté des communications supplémentaires et il se mit à les assembler.

Il faisait des progrès quand son partenaire entra dans la cabine, la porte se refermant en cognant derrière lui.

— Avons-nous quelque chose ? demanda-t-il en sortant son ordinateur portable de sa sacoche, le démarrant une fois que Day l'eut connecté.

— Il y a eu plus d'interceptions, mais ils ne disent rien de nouveau, à part qu'ils ont des difficultés à faire fonctionner 'la logique de partage'. Je ne sais pas ce que cela signifie.

Il sortit un dictionnaire et il s'intéressa à un site web d'argot espagnol pour s'assurer qu'il traduisait correctement les mots.

— Oui, c'est ce qu'ils ont dit, mais que je sois damné si je peux trouver quoi que ce soit dessus.

— 'Logique de partage' répéta Knight. Y-a-t-il quelque chose de spécial comme ça dans le codage de l'ordinateur ?

— Il y a la logique partagée où les modules de base sont écrits et ensuite utilisés dans plusieurs programmes, ou simplement appelés depuis les différents programmes ou les gestionnaires de tâches. Mais ils utilisent certainement un temps du verbe différent. Cela pourrait être la même chose et je le traduis mal, mais je l'ai passé dans un logiciel de traduction et j'ai obtenu la même réponse.

— Enregistrons-le avec le reste de nos informations, et avec un peu de chance, cela signifiera quelque chose. Il me semble vraiment que les choses s'accélèrent. Les communications sont plus nombreuses. C'est ce qui arrive avant que tout plan soit réalisé. Je soupçonne qu'il y aurait un silence radio si l'attaque finale était imminente. Donc le fait qu'ils parlent est une bonne nouvelle, d'après mon expérience.

— Bien, dit Day avec soulagement.

Qui qu'ils soient, ils étaient plus bavards qu'il ne s'y serait attendu.

— Nous interceptons toujours seulement une partie des communications. Espérons que nous en aurons plus en nous rapprochant.

— Puisque nous avançons maintenant, cela pourrait se produire à n'importe quel moment. Peut-être aurons-nous de la chance, bientôt. As-tu pu obtenir une meilleure approche de la localisation ?

— Un peu. Je suis sûr au moins que la partie de la transmission vient de cette zone.

Day afficha une carte du Yucatan et il tourna son écran.

— La seule chose que nous avons pu déterminer, c'est que c'est relativement proche de Costa Maya.

— Eh bien, ils auront besoin d'une ville proche pour pouvoir obtenir des fournitures. Cela ne sert à rien d'avoir une base au milieu de nulle part s'il faut faire des centaines de kilomètres tout le temps, et une grande partie de la région est composée de marais et de plaines. Les seules collines recouvrent des ruines. C'est comme ça que les archéologues savent où chercher, juste en voyant les collines. Tout le reste est plat.

— J'ai pensé que, peut-être, ils utilisent des ruines quelque part comme base. Cela pourrait expliquer un peu les interférences, dit Day. Ils pourraient en faire un abri et ils pourraient être partiellement sous terre. S'ils communiquaient sur distance courte, ils pourraient probablement obtenir un signal, mais il s'affaiblirait avec la distance, et s'il y avait de la pierre ou de la terre sur le chemin, cela pourrait expliquer la difficulté à trianguler la source.

Il retourna son écran vers lui et il entra ce qu'il avait trouvé dans une fiche de renseignements. Il ajouta également leurs soupçons à propos de l'intervention, fit des recherches supplémentaires et il chercha des images satellites de la région. Il obtint en grande majorité des images de végétation, mais il fut en mesure d'identifier quelques zones avec un potentiel et il les chevaucha avec la zone d'où il pensait que les transmissions provenaient. Cela progressait.

— Nous devons nous préparer pour le dîner et ranger cet équipement hors de vue.

Knight emballait déjà le sien et Day fit de même. Il débrancha l'équipement de communication et il le glissa dans sa valise et sous le lit. Ce n'était pas la meilleure des cachettes, mais personne ne devrait les chercher. Tout ce qu'ils pouvaient faire, c'était garder ça hors de vue. Ils se préparèrent pour se rendre à la salle à manger.

Ils arrivèrent et trouvèrent leur table où ils s'installèrent avec six autres personnes. Les présentations furent faites et après les observations obligatoires sur la symétrie de leurs noms, Day et Knight, les couples passèrent la majorité du repas à bavarder entre eux ou avec les autres convives à table. Day se sentait incroyablement mal à l'aise. Les couples parlaient de comment ils s'étaient rencontrés, depuis combien de temps ils étaient ensembles, tous ces trucs. Lorsque Willy, assis à côté de son partenaire Bobby, lui demanda depuis combien de temps ils étaient ensemble, il ne sut pas quoi lui dire.

— Dayton et moi sommes ensemble depuis quelques mois seulement.

Knight avait posé son bras autour de l'épaule de Day aussi aisément que ça. Le contact était doux et attentionné et il se laissa aller dedans sans vraiment y penser.

— Il a pu prendre un peu de vacances et je voulais faire quelque chose de spécial, aussi nous avons été assez chanceux de pouvoir réserver la croisière.

Knight se tourna vers lui et il sourit. Day lui répondit, surpris de ne pas avoir à se forcer pour le faire. Il appréciait ce genre d'attention de son partenaire, même si c'était juste un rôle.

— Nous avons tous les deux des horaires si chargés que le temps que nous arrivions à nous organiser pour prendre un peu de temps libre, il semble que nous ayons été parmi les derniers à réserver la croisière.

— Cette croisière est complète depuis des mois, dit Kevin, un faux blond, de l'autre côté de la table.

— Une cabine s'est libérée et nous avons eu la chance de l'obtenir, répondit Knight et il se tourna vers Day, lui souriant avec douceur.

Les autres autour de la table soupirèrent.

— Je me souviens quand tu avais l'habitude de me regarder comme ça, chuchota Bobby.

Et Willy l'attira dans un doux baiser.

— Je le fais encore et je le ferai toujours, déclara celui-ci et les autres soufflèrent doucement des ooohh.

Le serveur se présenta à leur table et il prit leurs commandes. La conversation se détourna d'eux et Day resta assis à écouter. Il s'attendait à ce que Knight enlève sa main, mais elle resta où elle était. Il ne bougea pas, se forçant à se détendre. Ils jouaient un rôle qui faisait partie intégrante de leur couverture à bord du navire. C'était tout. Il n'y avait rien de plus que cela.

— Alors, qu'avez-vous prévu demain ? demanda Kevin, aussi guilleret qu'une pom-pom girl.

Day répondit presque qu'il avait du travail, mais il réussit à empêcher les mots de passer ses lèvres. Ce n'était pas le type de réponse que donnaient les gens à bord du navire.

— Nous allons juste traîner. Knight a organisé quelque chose de spécial sur Grand Cayman.

Il ne dit pas que c'était un entraînement au tir. Il les laissa penser que c'était quelque chose de romantique plutôt que lié à leur travail. Les autres parlèrent de leurs plans et la conversation ne s'interrompit pas lorsque les plats furent arrivés. Elle dévia simplement sur la nourriture et qui cuisinait, leurs spécialités et tout ça.

Knight semblait à la hauteur pour le bien de la mission. Il parla et bavarda de choses banales. Apparemment, Day faisait une piccata de veau d'enfer qu'il adorait tout simplement. Il lui adressa même un coup d'œil aimant en parlant. Le gars aurait mérité un Oscar pour sa performance, et après quelques minutes, Day expliqua que Knight lui avait cuisiné un poulet en utilisant la recette de sa grand-mère. Il regarda celui-ci au cours de cet échange et il fut choqué par le regard sombre qui vacillait dans ses yeux. Cela ne dura pas longtemps, mais c'était surprenant et froid comme l'enfer par son intensité. Il se demanda ce qu'il avait dit et il se tourna vers lui à la recherche d'une explication supplémentaire dans son expression, mais cela avait déjà disparu et Knight souriait comme si de rien n'était.

Day se rappela qu'il avait lu le dossier de son partenaire et qu'il avait été surpris par le peu de choses qu'il contenait. Ses parents étaient indiqués, mais sans aucun détail et aucun autre membre de la famille n'était mentionné. C'était comme si cette partie du dossier avait été nettoyée. Il avait trouvé cela étrange quand il avait vérifié, étant donné les autres informations qui étaient inscrites, sur son passé professionnel. Quelqu'un, probablement Knight lui-même, avait obtenu que les enregistrements soient modifiés pour inclure uniquement les informations qu'il souhaitait voir connues. Sa curiosité était avivée et il existait d'autres sources d'information.

— Day, chéri, dit l'objet de tes pensées, ils demandaient si nous aimerions surfer sur le Flow Rider demain.

— Bien sûr, j'en suis si tu viens, répondit-il avec un sourire.

Knight n'eut pas l'air trop heureux, mais il garda un sourire plaqué sur son visage.

— À quelle heure voulez-vous que nous nous retrouvions ?

— Ça ouvre à onze heures, déclara Kevin, en regardant les convives autour de la table. L'affluence devient plus importante l'après-midi, alors pourquoi ne pas y aller à cette heure-là ?

Ils furent tous d'accord, et une fois le dessert servi, les couples commencèrent à quitter la table. Knight et lui firent de même et après avoir dit au revoir à tout le monde, ils se dirigèrent ensemble vers leur cabine. C'était agréable et Knight ouvrit la voie vers l'ascenseur. Ils descendirent à leur pont et entrèrent dans leur chambre, Day encore un peu rouge des petits contacts de l'autre homme pendant le dîner.

— Ça se passe bien, dit ce dernier dès que la porte fut fermée, son ton revenu à leur affaire.

— C'est vrai, acquiesça Day, en commençant à sortir leur appareillage pour l'installer une fois de plus.

Il s'interrompit en entendant un coup à la porte. Knight ouvrit à l'intendant qui venait s'assurer qu'ils avaient tout ce qu'il leur fallait. Son collègue referma la porte et Day remarqua pour la première fois le lit King Size. Il aurait dû s'y attendre.

— Je peux lui demander de le séparer en deux lits jumeaux, offrit Knight et il se dirigea vers la porte.

— C'est très bien, lui dit-il.

Le maintien de leur couverture était important. Personne ne devait soupçonner qu'ils étaient tout, sauf un couple heureux ensemble en croisière. Les gens parlaient et la dernière chose qu'ils voulaient, c'était qu'on parle d'eux. Il sortit l'équipement et le mit en place une nouvelle fois. Puis il s'assit au bureau et il se mit au travail. Aucune transmission n'avait été interceptée, mais il passa quelque temps à faire des recherches supplémentaires sur la zone qu'ils allaient traverser, pendant que Knight s'installait sur le canapé avec son ordinateur portable sur les genoux.

— As-tu trouvé quoi que ce soit ? demanda ce dernier.

Day secoua la tête. Il avait changé de sujet de recherches, ayant accompli tout ce qu'il pouvait faire pour l'instant.

— Je n'ai pas eu de chance, dit-il en plissant les yeux et en se mettant à nouveau à taper sur son clavier. Ils ont fait beaucoup pour couvrir leurs traces.

Il trouva quelques informations sur Knighton, des articles écrits dans le journal The Allegan, MI, sur son service militaire, mais très peu de choses. Il lut l'article, espérant au moins découvrir son prénom, mais merde, ils n'utilisaient que Knight ou son nom. En fait, ils utilisaient Soldat de Première Classe 'Knight' Knighton pour le nommer. Bordel. Comment diable faisait-il cela ?

— Je suppose que les gens que nous cherchons sont plutôt sophistiqués.

— Ou bien, ils sont chanceux, dit Day en levant les yeux sur Knight qui était plongé dans son travail.

Il avait un programme renifleur de réseau, juste pour voir si son partenaire faisait des recherches sur lui en quelque sorte. Il semblerait que non. Il put voir qu'il avait surfé sur le net pour voir s'il trouvait quoi que ce soit sur les groupes présents dans cette région du Mexique.

— Je continue à penser qu'ils ont l'aide de quelqu'un.

Il savait que Knight devait avoir eu de l'aide pour retirer toutes ses données personnelles et familiales de tous les dossiers. Mais ce casse-tête pourrait attendre un autre jour.

Knight leva les yeux de son écran.

— C'est toujours possible. De nombreux groupes terroristes pourraient fournir une aide ou une expertise. Parfois, je pense que si ces groupes travaillaient ensemble au lieu de se combattre les uns les autres…, fit-il en s'arrêtant et en faisant une pause. À quoi penses-tu ?

— Je ne sais pas. Mon esprit tourne en rond et il ne va nulle part.

Day frotta ses yeux et se leva. Il ferma son ordinateur portable et il entra dans la salle de bain. Il cherchait toujours un sens plus profond dans les choses. C'était ce qui l'avait rendu si bon pour les connexions que la NSA avait besoin qu'il fasse. Et il y avait un lien qu'il devait faire ici, mais il ne lui venait pas. Il ouvrit l'eau et s'aspergea le visage.

— Day, dit Knight à travers la porte après un coup rapide sur la porte.

— Ça va aller.

Il arrêta l'eau et essuya son visage avant d'ouvrir la porte et de sortir.

— Tu devrais aller te coucher et prendre un peu de repos.

Il avait espéré quelques paroles de sagesse.

— C'est tout ce que tu as ? lui demanda-t-il.

Knight haussa les épaules.

— Parfois, il n'y a pas de réponse, et plus tu essaies d'en trouver là où il n'y en a pas, et plus tu détournes ton attention et ton énergie loin du vrai problème, lui répondit-il avant d'attraper son épaule. Va te coucher, nous ne pouvons rien faire d'autre dans les jours à venir, à part recueillir des informations. Donc, nous allons continuer à le faire, mais tu ne dois pas t'épuiser dès maintenant.

— C'est ton avis, aboya Day.

— Ça a marché pour moi dans le Corps. Tu dois choisir tes batailles et rester fort. La meilleure façon de le faire, c'est de dormir et se reposer avant la bataille. Une fois que nous aurons débarqué et que nous serons seuls, ce sera une bataille contre la chaleur, la nature et éventuellement notre proie, s'expliqua Knight en s'avançant devant lui. Le travail de terrain est un travail de troufion. Des jours d'attente pour des minutes d'action. Mais nous devons rester forts pendant l'attente.

— Mais je rate quelque chose… nous ratons quelque chose, répondit-il. Je le sais.

— C'est probable. Peut-être plus d'une chose. Mais nous n'allons pas comprendre quoi simplement parce que nous le voulons. Dormons là-dessus et les choses paraîtront plus claires au matin.

Knight se recula et referma son ordinateur portable. Puis il entra dans la salle de bain et Day se prépara pour la nuit. Il mit la climatisation en marche afin qu'ils soient bien puis il grimpa dans le lit et s'installa sous les couvertures avant d'éteindre la plus grande part des lumières.

Il écouta l'eau qui coulait puis il ferma les yeux, roulant sur le côté, face au mur. La porte de la salle de bain s'ouvrit, la lumière inondant la pièce pendant quelques secondes avant qu'il fasse à nouveau sombre. Il entendit l'autre homme traverser la cabine et il sentit le lit bouger quand il s'assit sur le bord, puis se coucha. Il ne bougea pas et Knight s'installa confortablement, puis il ferma les yeux et le sommeil le gagna.

LE LENDEMAIN fut chargé, mais amusant. Knight et lui travaillèrent, mais ils jouèrent également dans le navire. Ils vérifièrent les communications supplémentaires interceptées et se penchèrent sur ce qu'ils avaient reçu, mais cela ne les aida pas beaucoup. Day installa son équipement pour essayer de capter de nouveaux signaux, mais sans résultat. Il réussit à se détendre et à se reposer un peu et il se sentit un peu mieux, mais quelque chose continuait à le tracasser, juste là au bord de son esprit. Juste au moment où il pensait que c'était à portée de main, qu'il était prêt à s'en saisir, quoi que ce soit, cela s'échappait à nouveau. C'était plus qu'irritant et il alla se coucher la deuxième nuit aussi contrarié qu'il l'avait été la première.

Le balancement qui les avait accompagnés les deux derniers jours avait disparu. Ce fut la première chose que Day remarqua quand il se réveilla. La deuxième, ce fut que Knight s'était collé à lui, le tenant fermement d'un bras autour de sa taille. Il n'avait rien dit la première fois que c'était arrivé et il était certain que son partenaire ne s'en souvenait pas. Du moins, il ne l'avait pas évoqué non plus.

Il ne bougea pas pendant un certain temps, absorbant l'attention et la tendresse, même si c'était involontaire. Comme la première fois, il s'extirpa soigneusement du bras de Knight et s'éloigna de lui avant de se lever. Aussitôt qu'il fut loin du lit, il se précipita vers la salle de bain et il ferma la porte. Que diable allait-il faire ? Il doutait que Knight ait eu l'intention de passer la moitié de la nuit à le tenir, et pourtant, c'était si bon et il aimait ça, il aimait vraiment ça, vu que sa verge était assez dure pour planter des clous. Non pas que cela importe. Son collègue n'était pas gay et il n'avait pas l'intention d'ouvrir sa bouche et d'ajouter une tension supplémentaire et un caractère d'étrangeté à la situation. Les choses étaient déjà assez bizarres. Il était un gay qui était censé être un hétéro sur une croisière gay, jouant la moitié d'un couple gay dont l'autre moitié était en fait hétéro. Tout cela pour présenter une image propre pour une mission qui aurait lieu après avoir quitté le bateau de croisière. C'était complètement fou et trop *Victor Victoria,* à dire vrai. Il se brossa les dents et se rasa avant de prendre une douche en pensant qu'il se sentirait peut-être mieux.

Cela ne fonctionna pas vraiment, et au moment où il rentra dans la chambre, Knight était revenu sur le côté du lit, les couvertures à la taille, couché sur le dos et ronflant comme un sonneur. Il prit quelques secondes pour le regarder et rêver avant de prendre doucement son ordinateur portable et de passer de l'autre côté de la pièce pour vérifier les nouveaux messages. Il n'y en avait pas, alors il essaya de voir ce qu'il pouvait apprendre sur l'homme endormi dans le lit à quelques mètres, mais il avait du mal à se concentrer sur son ordinateur plutôt que sur ledit homme.

Knight était magnifique, tonique, une ligne de poils noirs marquant le centre de sa puissante poitrine. Day l'avait taquiné, le traitant de vieux parce qu'il avait des touches de gris aux tempes, mais il était tout sauf vieux. Il y avait de la puissance en lui, et quand il roula sur le côté, Day fut confronté à la vue de son dos large, de la peau sensuelle contre les draps blancs, un beau contraste comme il en avait rarement vu. Il renonça à essayer de travailler et il regarda son partenaire endormi. Il voulait plus dans sa vie que la solitude qu'il avait actuellement. Bon sang, il ne s'était réveillé que trois fois dans sa vie avec quelqu'un le tenant dans ses bras, deux fois avec Knight, et celui-ci ne s'en rappelait probablement pas et une fois avec Blain. Cela avait eu lieu après qu'ils avaient tous les deux trop bu. Blain n'était pas du genre à rester pour les câlins du matin. Day l'avait découvert de manière violente, quand le gars lui avait expliqué les choses de la vie, du moins sa version personnelle.

— Quelle heure est-il ? murmura Knight, groggy.

— Un peu plus de huit heures. Il n'y a pas d'urgence, répondit Day en reportant son attention sur l'ordinateur. Les échanges ne nous disent rien de nouveau en ce moment.

Knight repoussa les couvertures vers le bas et sortit du lit. Seigneur, c'était encore meilleur de le voir debout. Bon sang, le mec était sexy. Du sexe sur pattes. Une photo de magazine porno. Day fit en sorte de garder la tête baissée pendant que l'autre homme marchait vers le placard dans un caleçon qui le moulait de manière presque indécente. Il sortit des vêtements et passa dans la salle de bain.

Dès que la porte fut fermée, Day relâcha le souffle qu'il avait retenu et il ajusta l'ordinateur sur ses genoux pour l'empêcher de se balancer sur son sexe. Toute cette situation lui mettait la tête à l'envers et le rendait fou.

Il termina ce qu'il faisait, puis il ferma son ordinateur et commença à emballer et à tout ranger. Une fois que ce fut fait, il tira les rideaux, ouvrit la porte du balcon et sortit dans la chaleur tropicale. L'anse autour du port était remplie d'hôtels étincelants et de maisons tropicales dominées par des palmiers. Une mer d'un bleu profond renforçait la luxuriance de l'endroit. Un paradis tropical comme il n'en avait jamais vu.

— Es-tu prêt à te faire botter le cul ? demanda Knight avec beaucoup trop de joie.

Day soupira et il quitta le balcon. Il était temps de payer les pots cassés.

— Allons manger, puis nous pourrons y aller. Notre rendez-vous au club de tir est à dix heures.

— Très bien, dit-il et il suivit Knight hors de la cabine.

Ils prirent leur petit-déjeuner au buffet et retournèrent ensuite à leur chambre pour prendre ce dont ils avaient besoin avant de quitter le navire et de trouver un taxi au port.

— Club de Tir Cayman, dit Knight au chauffeur.

Et celui-ci fonça à travers la ville et dans les collines.

Le club était installé sur un plateau, élégant, avec des champs de tir intérieurs et extérieurs.

— Puis-je vous aider ?

— Mon nom est Knighton. J'ai réservé pour quelques exercices de tir.

— Oui, monsieur, nous vous attendions, dit un homme, spectaculaire en blanc, en s'approchant. Je suis Manuel. Je suis chargé de vous aider autant que possible, se présenta-t-il en leur désignant l'intérieur. Vous avez précisé que vous vouliez commencer par du tir au pistolet et vous avez spécifié vouloir utiliser des pistolets de calibre 44. Nous avons préparé ceux-ci pour vous.

Manuel dut voir la surprise sur le visage de Day parce qu'il se tourna vers lui.

— Nous avons un stock complet d'armes au club. Beaucoup de nos clients arrivent ici sans avoir pu apporter leurs armes avec eux, donc nous leurs fournissons pour une utilisation au club.

— Excellent, dit Day.

Puis il suivit Manuel à l'intérieur d'un champ de tir luxueusement aménagé, accessible par un surprenant escalier délicatement sculpté, le bruit sourd des tirs de pistolet atteignant ses oreilles.

Ils entrèrent sur le pas de tir par le biais de lourdes portes une fois que les tirs se furent calmés.

— Vous êtes en bas, au bout, monsieur Knighton, avec votre invité à côté de vous. Est-ce que l'un de vous a besoin d'instructions ?

— Non. Je vous remercie. Je gérerai toute instruction, dit Knight.

Day grinça des dents devant tant de condescendance, mais il le garda pour lui et se rendit à son poste. Il mit le casque sur ses oreilles, mais il le souleva en sentant une tape sur son épaule.

— Est-ce que ça va ? Je peux t'aider si tu veux.

— Ça va, mais je peux regarder si tu préfères.

Il remit son casque anti-bruit et recula, regardant Knight qui chargeait son pistolet, l'armait, puis tirait dans la cible, juste à côté du centre. Il tira ensuite cinq autres coups en succession rapide, dessinant un rond serré au centre de la cible en papier.

— Voilà comment tu dois faire. La première sert à définir la cible, puis tu suis avec les autres, indiqua Knight, pensant clairement qu'il aidait.

Day abaissa ses cache-oreilles.

— Comme ça ?

Il chargea son arme, définit le pas de tir à proximité du point mortel, puis il embraya les cinq tirs suivants avant d'avancer la cible pour examen.

— Pas mal, mais tu n'as frappé la cible qu'une seule fois, dit Knight une fois que Day eut retiré ses protections auditives.

— Vérifie encore une fois, déclara-t-il en souriant. Tu verras une petite fleur à cinq pétales. J'ai mis les six coups de feu dans le même trou.

Il posa le pistolet, croisant les bras sur sa poitrine.

— Comment ? Chance ? balbutia le Marine.

—Tu n'as pas lu mon dossier de très près. Je suis arrivé deuxième en finales nationales de Ball Trap. J'ai perdu d'un point, sourit-il à nouveau. J'ai vécu entouré d'armes la majorité de ma vie. Mon oncle m'a initié quand j'avais dix ans et il m'a appris à tirer. Il tirait au pigeon d'argile et j'ai commencé avec ça, puis je suis passé au pistolet et aux cibles. Après le ball-trap, ce fut simple : la cible ne bouge pas.

— Tu aurais pu le dire.

— Et manquer la chance d'effacer l'expression suffisante sur ton visage ? Tu plaisantes ?

Day sourit à nouveau, mais il le laissa rapidement disparaître

— Mais peux-tu… ?

Knight laissa la question en suspens.

Il n'avait pas besoin d'en dire plus parce que Day n'avait pas la réponse à sa question. Comment savoir s'il pouvait tirer sur une autre personne ? Il soupira et l'ex-militaire acquiesça.

— Je comprends, dit-il d'une voix très basse. Tu ne sais pas tant que tu ne le dois pas.

Ils firent un autre tour et, cette fois, Day tira une série encore plus serrée, laissant très peu d'indications sur le fait que six balles avaient traversé la cible. Cette fois, il ne se vanta pas. Il savait qu'il avait déjà gagné le concours dans lequel il avait embobiné Knight.

— Pouvons-nous aller sur le champ de tir du Ball-Trap ?

— Si tu veux, fit Knight.

Ils demandèrent au responsable où ils devaient se rendre et ils suivirent ses instructions pour sortir du champ de tir et se rendre dans la zone située derrière le bâtiment. Manuel les y retrouva et il prit des dispositions pour qu'ils puissent tirer chacun une série de cibles en argile. Après avoir pris la mesure de l'arme à feu, Day réussit un cent pour cent sans aucune difficulté. Il savait faire cela et il se sentait aussi frais et détendu que durant toutes les années où il avait pratiqué. Il avait le sentiment d'être à la maison et il connaissait suffisamment son corps pour tirer en douceur pendant toute la série.

Quand il eut terminé, il quitta le pas de tir pour que Knight puisse s'avancer à son tour. Celui-ci ne fit pas aussi bien et Day l'arrêta à mi-parcours.

— Tu essaies de prévoir où va aller le disque et puis tu tires, suis-le, comprends le flux, puis tire. Tu as le temps. Cela se joue sur le flux et l'équilibre, laisse l'arme devenir une partie de toi. Le Ball-Trap se fait en finesse et en coulée, pas en muscles.

Il recula et Knight fit beaucoup mieux dans la seconde partie.

— Tu vois ?

Celui-ci hocha la tête.

— Je me rends au maître, fit-il avec un sourire étonnamment lumineux.

— J'ai eu des années d'expérience.

Bien sûr, l'ex-Marine en avait eu tout autant. Les siennes étaient juste très différentes de celles de Day.

— Nous devrions aller en ville pour déjeuner, puis nous pourrons retourner à bord du navire.

Il remercia leur hôte et ils s'arrêtèrent en chemin pour régler leur séance de tir.

— J'espère que vous avez été satisfaits, messieurs, leur dit Manuel au moment où ils se préparaient à partir.

Knight acquiesça et il lui serra la main, lui glissant probablement un pourboire. Ils le remercièrent tous les deux, puis ils prirent ensuite un taxi en ville, indiquant au chauffeur qu'ils voulaient de la nourriture locale. Il les laissa devant un petit restaurant de la rue principale et ils mangèrent un curry Caraïbes qui valait son pesant d'or. Une fois qu'ils furent rassasiés, ils déambulèrent dans la rue commerçante principale et ils rejoignirent finalement les autres croisiéristes sur le chemin du retour vers le bateau.

— As-tu passé un bon moment ?

Day se retourna et il vit Blain derrière lui. Il gémit intérieurement en souriant.

— C'était super. Knight m'a emmené dans un club de tir.

— Tu tires ? demanda Blain en posant sa main sur son cœur d'une manière spectaculaire et en commençant à ricaner.

— Oui. Il est l'un des meilleurs tireurs que j'ai pu voir, déclara Knight avec une telle gravité que le sourire disparut du visage de l'importun.

— Knight, voici Blain, nous sommes allés à l'université ensemble, dit-il se rappelant ses manières.

Il espérait fichtrement que ce dernier serait assez intimidé pour garder sa bouche fermée. Il aurait dû mieux le connaître.

— Dayton et moi étions des amis proches à l'époque, mais nous ne nous sommes pas vus depuis un certain temps, expliqua Blain avec une innocente feinte.

Day voulut lever la main et l'étrangler là, tout de suite. Soit Blain était vraiment vindicatif, soit il aimait juste jouer. Il se souvenait du gars comme d'une personne égocentrique et superficielle. Mais cela pouvait être dû au recul, il avait été si confus et excité à l'époque qu'il n'avait vu que ce qu'il voulait voir, bon ou mauvais.

— C'est agréable, dit Knight sans vraiment sembler très concerné. Nous rentrons. Allez-vous dans cette direction aussi ?

Day supposa que son partenaire essayait d'être aimable, mais bon sang, il n'avait pas besoin que Blain le suive, déblatérant sa merde sur tout le chemin du retour.

— Tu n'es pas avec tes amis ?

— Oui, je dois les retrouver, sourit son ancien condisciple. Nous devrions nous réunir et prendre un verre ou autre chose. Ce serait bon de rattraper le temps perdu.

— Bien sûr.

Que pouvait-il bien dire sans laisser penser qu'il était si foutrement nerveux de passer plus de temps que nécessaire avec lui ? Il ne voulait qu'une chose, que la mission débute. Il commençait à penser qu'il préférait tomber sur un nid de terroristes que d'essayer d'esquiver Blain pendant les deux prochains jours.

— On se tient au courant, alors.

Il recommença à marcher et Knight le suivit.

— Que s'est-il passé ? C'était un vieil ami…

Knight s'arrêta et il murmura :

— As-tu un problème avec les gays ? Je t'ai senti tendu la quasi-totalité du temps où nous étions là-bas. Est-ce à cause de cela ?

Day leva les yeux au ciel.

— Non, je n'ai pas de problèmes avec les gays. J'ai juste un problème avec lui. Il agit comme si nous étions des amis proches à l'université, mais nous nous connaissions à peine.

Knight le regarda les sourcils froncés.

— Tu ne m'as pas dit que tu avais rencontré quelqu'un que tu connaissais sur ce bateau. Tu aurais dû.

— Pourquoi ? C'est un gars avec qui je suis allé à l'université et je l'ai vu dans la salle de gym la première journée. C'est tout, dit-il en commençant à marcher. Ce n'est rien.

Knight le rattrapa et il saisit son bras.

— Rien n'est rien. Ceci pourrait être une coïncidence et puis aussi…

— À quoi penses-tu ? demanda Day.

— Quand nous serons revenus au bateau, je veux demander à Dimato de vérifier quelque chose. Merde, nous devons bouger, dit-il en accélérant.

— Quoi ? aboya Day.

— Nous devons savoir si un grand nombre de passagers de navires de croisière ont disparu de leurs navires à Costa Maya, plus que d'habitude, tu vois, lui expliqua-t-il en marchant plus vite.

— Merde de merde. Si nous nous en servons pour entrer dans la zone, alors pourquoi pas les terroristes ?

— Exactement. Des passagers ratent leur navire tout le temps et c'est à eux de se rendre au port suivant ou de rentrer chez eux. Je suis sûr qu'ils suivent les passagers, mais les navires ne cessent pas de bouger pour respecter le calendrier. Ainsi, tout comme nous allons utiliser ce navire pour nous faufiler dans le pays, pourquoi pas eux ?

— Les dossiers sont conservés, déclara Day.

— Oui. Mais je doute qu'ils soient aussi rigoureusement vérifiés que le sont ceux des compagnies aériennes. Il nous a été assez facile de faire passer du matériel de communication et même deux armes de poing à bord du navire. Nous avons juste dû faire preuve de créativité. Penses-tu que les terroristes soient moins créatifs ?

Il courait presque maintenant. Day courut à côté de lui et essaya de le faire ralentir.

— Il ne faut pas attirer l'attention, tu te rappelles ?

Ils retournèrent vers le navire, montèrent à bord et se dirigèrent directement vers leur cabine.

La porte était ouverte et pendant une seconde, le cœur de Day s'emballa jusqu'à ce qu'il voie leur steward faisant le ménage de leur chambre. Ils restèrent hors de son chemin le temps qu'il finisse et une fois qu'il fut parti, Day installa le matériel de communication et Knight passa un appel sécurisé afin d'expliquer ce dont il avait besoin.

Pendant que son collègue parlait à leur patron, le jeune homme vérifia s'ils avaient reçu des transmissions supplémentaires. Il y en avait beaucoup et il commença à les analyser. La plupart étaient banales et elles ne lui apprirent rien, mais une l'intrigua et il passa un certain temps à en assembler les parties

Knight termina son appel.

— Il va voir ce qu'il peut trouver. As-tu quelque chose ?

— Ils parlent à nouveau de la 'logique de partage'. Quelque chose à propos de peupler ce qu'ils construisent, quoi que ce soit. C'est la façon dont le programme va se déplacer et se développer en utilisant ce qui semble être une certaine logique de partage quelle qu'elle soit, mais ils ne disent rien sur le genre de systèmes qu'ils veulent attaquer.

— Bien sûr que non. Ils le savent déjà et ne vont pas se redonner une information qu'ils connaissent déjà. Ils doivent savoir que leurs conversations peuvent être entendues, aussi ils en disent aussi peu que possible.

Day mit ses écouteurs en continuant de parler avec son partenaire.

— Ils parlent de la suppression de choses… comme un virus.

Il écouta un peu plus, rembobina l'enregistrement et écouta encore. Puis il enleva le casque.

— Ils parlent de supprimer des choses et de partager le programme pour le remplir, expliqua-t-il en se relâchant sur sa chaise. Au début, les virus initiaux se déplaçaient d'un ordinateur à l'autre, cachés dans un fichier, et ils supprimaient tout à une date donnée. Il existe des protections contre ceux-là maintenant et tous les antivirus les bloquent. Cela doit être différent ici, mais je ne vois pas quoi.

— Tu y arriveras, déclara Knight.

Day fit une pause, ne sachant pas quoi faire avec ce compliment, même partiel. Il choisit de l'ignorer et écouta à moitié la conversation de Knight pendant que son esprit continuait à réfléchir. Il y avait quelque chose d'autre là, il le savait. Mais il n'arrivait pas à imbriquer tous les morceaux ensemble. Finalement, il renonça et il vérifia à nouveau ses messages avant de tout fermer.

— Je devrais pouvoir comprendre cela.

— Rappelle-toi que ces gens ne veulent pas que tu entendes cette conversation. Cela ne veut rien dire pour toi. Aussi pense à ce que la personne de l'autre côté pourrait savoir.

Day secoua la tête. Il commençait à avoir mal au crâne.

— Tout le monde apporte sa propre perspective à tout ce qu'il entend, déclara Knight. Quand tu écoutes ces interceptions, tu les écoutes comme si tu y étais. Mais ce n'est pas à toi qu'on parle. C'est à quelqu'un d'autre avec des expériences différentes. Donc, essaie de te mettre à leur place aussi. Peut-être que cela t'aidera à donner plus de sens aux messages.

Knight sortit sa valise et il plaça sa tenue de soirée sur le lit. Quand il eut fini, il rassembla le tout et se dirigea vers la salle de bain pour se changer.

Day sortit lui aussi une tenue habillée et il se changea dans la partie principale de la cabine. Il entendit retentir le sifflet du navire à plusieurs reprises et le paquebot se mit rapidement en branle pour quitter le port.

— Tu ne me dois pas ce dîner, dit-il quand Knight sortit de la salle de bain. Je t'ai induit en erreur.

L'expression de l'homme s'assombrit.

— Nous avons passé un accord et j'ai l'intention de m'y tenir, dit-il en attrapant ses affaires.

Day fit en sorte que la chambre soit en ordre, comme il l'aimait. Ils la quittèrent ensuite et descendirent vers la rangée d'ascenseurs.

— Veux-tu me dire le reste de l'histoire à propos de Blain ?

Day rata presque un pas et il faillit tomber face contre terre.

— Je suis un agent avec des années d'expérience. Je vois beaucoup de choses et je sens que tu me caches quelque chose. Il est sur ce navire et il sait quelque chose sur toi que je ne sais pas. Il y avait cette fatuité dans ses yeux et dans la courbe de ses lèvres. Alors, quel est le problème ? demanda-t-il en appuyant sur le bouton d'appel de l'ascenseur. Quoi que ce soit, cela restera entre nous. Cela ne finira pas dans un quelconque dossier ou rapport.

Les portes de l'ascenseur s'ouvrirent et ils montèrent dedans. Day n'avait pas l'intention de dire quoi que ce soit.

— Je ne veux vraiment pas en parler. Cela n'a rien à voir avec notre mission et tu devras me faire confiance là-dessus.

Son cœur battait dans ses oreilles et il remarqua à peine le mouvement de l'ascenseur. Quand les portes s'ouvrirent, il se dirigea directement vers le restaurant de grillades du bord sans regarder son collègue. Il l'attendit à la porte de l'établissement. Knight s'arrêta et le regarda simplement dans les yeux pendant quelques secondes. Puis il se détourna et ouvrit la porte.

— Allons dîner, dit-il en attendant qu'il passe, avant de le suivre.

L'hôtesse prit leurs noms et elle les conduisit à une table. Un serveur se présenta immédiatement et après avoir rempli leurs verres d'eau, il prit la commande des boissons.

— Je voudrais un Martini Vodka avec des olives en plus, dit Day.

Et Knight commanda la même chose. Le serveur leur remit les menus et le jeune homme l'étudia. Le repas était à trente dollars par personne ainsi, il n'y avait aucun prix sur le menu. Un seul prix et vous pouviez manger ce que vous vouliez. C'était facile de décider ce que vous vouliez manger. Quand le serveur revint avec les boissons, ils commandèrent et Day but la moitié de son martini en une seule gorgée. Il ne voulait pas parler de Blain, surtout pas avec Knight. Il espérait juste prendre quelques boissons et oublier cela complètement. C'était son espoir et son but, en fait. Quelque chose pour trinquer.

— Au succès, dit-il en levant son verre.

Knight fit de même et il prit une gorgée.

Il regretta de ne pas être meilleur pour faire la conversation, ou de ne pas connaître le genre de question à poser. Ils ne pouvaient vraiment pas parler de la mission.

— Viens-tu d'une grande famille ?

— J'ai une sœur plus âgée et un frère plus jeune, répondit Knight.

— Pas de nièces ou de neveux ? demanda Day.

Knight prit une autre gorgée de son verre.

— Bethany et son mari ont deux filles. Marie a quatre ans et Martha en a six.

Le sourire de l'homme lui dit combien il aimait ses nièces. Mais alors que Day le regardait, une profonde tristesse envahit ses yeux. Il s'adossa à son siège et fit signe au garçon, levant légèrement le verre.

— Et ton frère ? demanda-t-il doucement.

— Il est plus jeune et il court encore. Il a une petite amie, ou du moins, il en avait une la dernière fois que je lui ai parlé, mais qui sait ? Il semble en changer comme de sous-vêtements.

Le serveur posa le verre de Knight et prit le verre vide. L'ex marine le saisit et il le sirota.

— Et ta famille ? demanda-t-il ensuite.

Et Day eut l'impression qu'il essayait d'éloigner la conversation de lui.

— J'ai juste un frère aîné. Mes parents sont décédés tous les deux quand j'avais seize ans, mais mon frère était assez vieux pour me prendre sous sa responsabilité et m'élever, dit-il en posant son verre. Il a pris deux emplois pour nous nourrir, il s'est assuré que je travaille bien à l'école et il a obtenu des bourses d'études pour aider à payer l'université.

Il était plus reconnaissant envers son frère qu'il ne pouvait l'exprimer.

— Cela ne l'a pas empêché de me harceler jusqu'à ce que je sois diplômé, puis sa vie est partie en morceaux, en quelque sorte. Il avait une petite amie, mais elle l'a quitté, et maintenant, il mène cette vie de semi-hippie et il essaie de devenir riche rapidement.

— Vous vous entendez bien ?

— Oui. Ça a toujours été le cas. Ce que je pense vraiment, c'est qu'il a besoin de trouver quelqu'un et de fonder une famille. Il a pris soin de moi pendant toutes ces années et il est à bout, fit-il en haussant les épaules. Je ferais tout pour lui, mais je ne sais pas quoi faire.

— Parfois, l'impulsion pour changer doit venir de l'intérieur et personne ne peut vous aider, peu importe combien ils peuvent être bien intentionnés.

Knight déglutit et il vida presque le verre de Martini. Il y avait clairement une douleur très profonde là et Day s'interrogea sur sa source. Il avait lu ce qu'il y avait dans le dossier. Vu le maigre contenu, il commençait à se demander ce qu'on lui taisait. Il n'y avait pas la moindre référence à sa famille, quelle qu'elle soit, et presque pas d'historique autre qu'un bref aperçu de son service militaire. Le serveur apporta leur salade. Knight posa son verre, il en commanda un autre et commença à manger.

Ils pouvaient au moins parler de la nourriture, mais ce n'était pas grand-chose. Après les salades, les steaks et leurs garnitures furent placés devant eux. Knight mangea, mais il semblait plus intéressé par la partie liquide de son dîner. Quand il eut terminé son quatrième verre, Day commanda un café pour chacun d'eux. Il espérait que s'il cessait de boire, Knight s'arrêterait et cela fonctionna jusqu'à ce qu'ils aient fini leurs plats de résistance. Puis son partenaire commanda une autre tournée. Au moment du dessert, Day était étourdi, rieur et il ne ressentait plus aucune douleur. Knight ressemblait toujours à lui-même : fort, vigoureux, seulement plus bavard. Day était reconnaissant d'avoir mangé, mais cela ne semblait pas aider beaucoup. Il avait chaud et il avait besoin d'un peu d'air frais. Le serveur apporta la note et Knight lui remit sa carte de bord. Le jeune homme ne voulut pas voir le montant parce que la note d'alcool devait être astronomique.

— Tu es un bon gars, dit Knight quand ils quittèrent le restaurant en jetant un bras autour de son épaule. Tu dis la vérité et tu ne te vantes pas, même quand tu en as le droit.

Il trébucha et se rattrapa avant de continuer.

— Je t'aime bien. Tu es un bon gars.

— Tu l'as déjà dit, répondit Day.

Ils avancèrent vers les ascenseurs et ce fut comme un aveugle conduisant un autre aveugle. Il appuya sur le bouton et ils attendirent. Le balancement du bateau semblait amplifié et Day avait du mal à rester sur ses pieds. Il réussit à ouvrir la porte et ils entrèrent à l'intérieur. Knight s'appuya contre la porte du placard pendant que Day tâtonnait pour trouver l'interrupteur.

Il trouva la main de Knight à la place, mais quand il essaya de la relâcher, celui-ci s'agrippa, le tira plus près de lui et il le serra. Puis il l'embrassa. Ce ne fut pas cafouillant, pas de « oups, il fait sombre et je ne sais pas ce que mes lèvres embrassent ». C'était un baiser total, bouche ouverte, le baiser « aspirant ton visage comme s'il n'y avait pas de lendemain ».

Il sentit ses genoux faiblir et il ne sut pas quoi faire au premier abord. Il voulait lui rendre son baiser et le rompre en même temps. Le besoin d'être touché et qu'on s'occupe de lui l'emporta et il se blottit plus près de Knight, lui rendant son baiser. Il enroula ses bras autour du dos de celui-ci, les réunissant dans une flambée de chaleur qui lui donna le vertige.

— Merde, Day, gémit Knight quand ils se séparèrent pour respirer.

Day inspira rapidement, se demandant ce qui allait arriver. Il s'attendait à ce que l'autre homme réalise ce qui se passait et qu'il le repousse. À la place, Knight les fit bouger vers le lit.

— C'est… merde ; tu es sûr ?

Day prit les joues de son partenaire dans ses mains, sentant le chaume de la journée contre ses paumes. Ses yeux étaient vitreux et tout cela était probablement dû à l'alcool. Bon sang, ce qui restait encore en fonctionnement dans son cerveau lui disait que c'était probablement l'alcool pour tous les deux, mais….

— Fais chier, gémit-il.

Et il appuya ses lèvres sur celles de Knight, le tirant contre lui. Il y pensait depuis des jours maintenant et si l'homme était prêt, alors il n'était pas question qu'il dise non.

Ils ne se rappelleraient peut-être rien au matin, mais il prendrait tout ce qu'il pouvait en attendant.

Ils s'écroulèrent dans un enchevêtrement de bras et de jambes, utilisant leurs langues comme des armes de guerre, leurs lèvres et leurs dents comme cibles. La chaleur grimpa rapidement, Knight tâtonnant entre eux, enfonçant Day dans le matelas. Il tira sur la chemise de ce dernier, incapable d'arriver à quoi que ce soit. Il poussa un faible grognement sauvage et Day sentit qu'il l'attrapait et qu'il tirait dessus ensuite. Un bruit de déchirure retentit dans la pièce et sa chemise se fendit. Knight envoya sa protestation aux oubliettes en trouvant sa peau et en pressant ses mains à plat sur sa poitrine. La chaleur se répandit, atteignant son apogée quand Knight racla légèrement les mamelons de son partenaire avec ses doigts.

— Oui, siffla-t-il

Day commença à s'occuper de la chemise de Knight, le tissu n'opposant aucune résistance à sa force. L'ex-militaire s'assit et il retira brusquement ce qu'il restait de son vêtement, le jetant ensuite par terre. Il était magnifique, tout en muscles et tendons qui ondulaient à chaque mouvement. Day n'eut pas l'ombre d'une chance de regarder, parce que Knight se rapprocha de lui à nouveau. Le baiser suivant fut encore plus intense, rempli d'un désir que Day ne pouvait pas comprendre. Il le reconnaissait seulement parce qu'il lui rappelait le sien, aussi se laissa-t-il aller dedans, puisant dans la solitude, la nostalgie et les douleurs qui s'étaient installées au fil des ans.

— Merde, tu as si bon goût, lui dit Knight.

Puis il caressa ses joues et recolla leurs lèvres ensemble.

Day était si dur dans son pantalon qu'il s'attendait à ce que son sexe déchire le tissu à tout moment. Il poussa ses hanches vers le haut et l'homme au-dessus de lui soupira dans sa bouche quand il rencontra le tissu emprisonnant sa hampe.

Les dernières réticences de Day tombèrent et il glissa ses mains vers le bas du dos puissant de son partenaire et sur la courbe de ses fesses puissantes. Il serra fortement à travers le tissu, ses doigts rencontrant la chair ferme et dure. Knight grogna et Day le serra encore plus, poussant en avant, tellement désireux qu'il n'arrivait plus à penser.

L'homme au-dessus grogna et recula. Il tira sur la ceinture de Day, puis sur celle de son pantalon. Il réussit à l'ouvrir et le jeune homme lui fit la même chose en retour, repoussant le pantalon de Knight sous ses hanches. Un soupir gronda dans son oreille, la première fois que leurs sexes glissèrent l'un contre l'autre sans rien entre eux. Knight poussa et il fit de même. L'énergie s'accrut dans la chambre jusqu'à rivaliser avec celle produite par le soleil. Day suait à tout va, sa peau mouillée glissant, guidé par son seul instinct. Il arqua son bassin vers le haut, les mains pleines des fesses dures et lisses d'un homme. Il les saisit fermement, bien décidé à ne pas le laisser s'en aller.

— Putain ! hurla Knight et Day était totalement d'accord avec lui.

C'était primitif, passionné et d'une chaleur intense. Il le tint simplement contre lui de toutes ses forces, la passion grandit et ils poussèrent et appuyèrent jusqu'à ce qu'ils ne puissent plus la contenir plus longtemps. Son esprit planait et avec Knight l'entourant de son poids, de son parfum et de son contact, il était plus heureux qu'il ne l'avait jamais été, depuis aussi longtemps qu'il pouvait se souvenir.

— Oui, je vais jouir, siffla Day entre ses dents serrées quand le monde se renversa.

Il ferma les yeux, il serra Knight plus fort et il tomba dans un doux oubli.

IV

UN POIDS se pressait contre lui. La tête de Knight était trop remplie de coton pour qu'il puisse penser clairement. C'était un rêve... ça devait l'être. Des flashs de la nuit lui étaient déjà venus à l'esprit, mais il refusait d'y croire. Il ouvrit les yeux et la cabine défila et roula d'un côté à l'autre. Il les referma et ne bougea plus d'un pouce. Sa tête lui faisait mal et son estomac se soulevait. Mais aussi longtemps qu'il restait immobile, tout restait où c'était censé être.

Le poids à côté de lui se déplaça et grogna. Lentement, sa tête commença à se remettre, mais il avait encore peur de bouger. Il entendit un gémissement à côté de lui et il gémit en réponse quand le lit bougea. Le poids avait disparu maintenant et il se demanda qui diable était dans sa chambre avec lui et ce qu'il avait fait la nuit dernière.

Des pas rapides retentirent dans la pièce puis la porte se ferma suivi d'un bruit de haut-le-cœur, et il faillit faire la même chose. Il se força à s'asseoir. Il était nu, ses vêtements de soirée répandus partout sur le sol. Il se pencha en avant et le regretta immédiatement, mais il réussit à atteindre sa chemise. Il souleva ce qui restait de celle-ci sur le tapis et la laissa tomber une nouvelle fois.

— Qu'est-ce que j'ai foutu ?

Il tint sa tête et essaya d'obtenir que la foutue chose s'arrête de tourner. La porte de la salle de bain s'ouvrit et il leva lentement les yeux.

Day entra dans la chambre, une serviette autour de sa taille.

— Tu te souviens... beaucoup de la nuit dernière ? demanda-il en s'asseyant sur le côté opposé du lit et Knight se détourna en secouant la tête, ce qu'il regretta instantanément. N'importe quoi... qui soit arrivé ?

Knight soupira. À en juger parce qui était sec sur sa peau, il pouvait dire que quelque chose s'était produit, mais il était infoutu de dire ce que c'était, en cet instant.

— Je ne sais pas, je pense que quelque chose a pu se produire, mais ma mémoire est confuse. J'ai rêvé de choses étranges et si c'est ce qui est arrivé, alors... oui, déglutit-il et sa gorge brûlait comme l'enfer.

Tout lui faisait mal.

— Je suppose que nous avons quelques explications à donner… l'un à l'autre, au moins.

Knight ne voulait pas y penser. Il se leva en gémissant et marcha jusqu'à la salle de bain. Il ferma la porte aussi doucement qu'il le put et il se mit en quête de quelque chose pour sa tête. Il trouva du tylenol dans sa trousse et en prit deux avec un verre d'eau. Au moins, sa bouche n'était plus aussi sèche à présent. Le bateau poursuivait son tangage et une vague de vertige le parcourut. Il saisit le comptoir et se tint, attendant que cela passe. Heureusement qu'il l'avait fait. Il attrapa une serviette et il l'enroula autour de sa taille. Il avait envie de prendre une douche, mais il ne voulait pas allumer les lumières sinon sa tête palpiterait à nouveau. Il se contenta donc de la douce lueur de la veilleuse et fit ce qu'il avait à faire avant de quitter la salle de bain. Day avait réussi à s'habiller partiellement et il était assis sur le bord du lit, tenant sa tête en gémissant doucement. Knight lui donna un verre d'eau et un peu de tylenol.

— Ça t'aidera.

— Je ne pensais pas avoir bu autant que ça.

— Je me souviens de cette partie-là. Nous avons beaucoup bu, beaucoup trop, et de la vodka pour démarrer, gémit-il en s'asseyant sur le lit. Après ça, tout est flou. Je me souviens d'avoir atteint la cabine et puis…

Knight grogna bruyamment quand le souvenir d'avoir embrassé Day lui revint. Qu'est-ce qu'il avait fait ? Il avait trahi Cheryl et Zachary, voilà ce qu'il avait fait et maintenant il ne pourrait plus défaire cela.

— Rien, mentit-il et il grogna. Tout. Nous…

Il n'était pas question qu'il mente à Day ou à qui que ce soit. Ce qui était arrivé était arrivé et il devait être un Marine quoi qu'il en soit.

— Je ne sais pas pourquoi je l'ai fait, mais dès que la porte s'est fermée la nuit dernière, quelque chose dans ma tête s'est détraqué, et je voulais… alors je l'ai pris.

Il serra sa tête entre ses mains et il se précipita dans la salle de bain, y arrivant juste à temps. Il se mit à genoux sur le sol devant les toilettes et rendit le peu qu'il avait dans l'estomac.

Que diable avait-il fait ? Ses souvenirs de la veille étaient juste assez clairs pour qu'il se rappelle ce qu'il avait voulu et ce qu'il avait pris. Il n'avait pas demandé. Il avait fait tout simplement ce qu'il avait voulu. Comment pouvait-il vivre avec lui-même ? Il commença à trembler fortement. Il essaya de se lever, mais il échoua. Quand il essaya de nouveau, il se leva, il appuya sur le bouton pour tirer la chasse d'eau, puis il rinça sa bouche avec de l'eau avant d'ouvrir délicatement la porte de la salle de bain.

Il attendit un coup de poing, des cris, et peut-être une empoignade, mais il fut accueilli par le silence. Il entra lentement dans la pièce. Day était couché sur le dos sur le lit, les yeux fermés.

— Il y a beaucoup trop de mouvements et de lumière.

Knight ne comprenait pas. Eh bien, il était d'accord avec lui, mais il ne comprenait pas.

— Tu te rappelles d'hier soir ?

— La plus grande partie maintenant, oui, dit Day en se redressant lentement en tressaillant. Je ne sais pas quoi dire. Je n'avais pas l'intention que ça arrive, mais tu m'as embrassé et moi… eh bien…

Sa voix vacilla et Knight ne savait fichtrement pas quoi faire.

— Je suis désolé.

Les jambes de Knight se dérobèrent sous lui et il se précipita sur le lit plutôt que de s'écrouler sur le sol.

— Tu es désolé ? Après ce que je t'ai fait ?

Day se soutint sur une main.

— Tu penses avoir fait quoi ? La nuit dernière, les choses étaient un peu sauvages et inattendues, mais elles… merde, je ne sais pas quoi dire. Mais je pense que nous devons en parler.

— Parler. Tu veux parler après que… après ce que je t'ai fait. Si ça peut te consoler, je ne me souviens pas de tout, mais je n'avais pas l'intention de te blesser… de te forcer.

Merde, même les mots le rendaient presque malade. Il tint sa tête et resta immobile sur les couvertures.

— Je ne boirai plus jamais, aussi longtemps que je vivrai. Je n'ai jamais cru que je pouvais être capable de faire un truc comme ça à quelqu'un et…

— Attends une minute. Tu crois que tu m'as forcé ? C'est ça ? demanda Day en secouant la tête avant de gémir. Viens ici et couche-toi avant que nos deux têtes explosent. Tu ne m'as pas forcé, si c'est ça qui t'inquiète.

Le soulagement qui le transperça était incroyable. Day ferma à nouveau les yeux et Knight se relâcha et s'allongea sur le lit, posant sa tête sur un oreiller.

— Le baiser était une surprise et je n'avais aucune idée de... eh bien... comme je l'ai dit, je pense que nous avons des choses à nous dire. Surtout après la nuit dernière.

— Je ne t'ai pas attaqué, déclara Knight.

— Oh, tu l'as fait. Tu étais comme un animal en cage depuis longtemps à qui on vient d'accorder sa liberté. Ce que je voulais dire, c'est que tu ne m'as pas forcé. Les choses étaient un peu énergiques et tout ça était un peu surprenant. Mais tu ne m'as pas forcé. Tu étais du genre autoritaire et en contrôle, cependant. Peut-être que la prochaine fois, nous pourrons changer cela, fit-il en souriant.

Et l'estomac de Knight se troubla à nouveau.

— Nous... étions ensemble et je ne t'ai pas forcé.

— Non.

— Cela veut dire que tu étais d'accord avec ce qui est arrivé, constata-t-il en hochant la tête.

— Écoute. Si la nuit dernière était une énorme erreur due à l'ivresse pour toi, alors très bien. Je peux faire face à cela. Mais pour moi, ce que nous faisons ivre, c'est ce dont nous avons vraiment envie sobre. L'alcool réduit nos inhibitions et nous finissons par faire ce que nous voulons vraiment. Donc nie et cache-toi derrière le fait que tu étais ivre et tout le reste, si tu veux.

— Je n'ai pas dit ça. Merde. Tu sautes aux pires conclusions et tu peux essayer d'arrêter de m'analyser. Une tonne de gens ont essayé au cours de ces dernières années et ils ne sont arrivés à rien, alors, qu'est-ce qui te fait penser que tu feras mieux que les professionnels ? Si tu veux savoir quelque chose, demande-le-moi, et si je ne veux pas répondre, je te dirai d'aller te faire voir.

— D'accord. Es-tu gay ? demanda-t-il.

— Va te faire voir, répondit Knight.

— Pourquoi est-ce que toutes sortes de professionnels ont essayé de t'analyser ?

— Va te faire voir. Es-tu gay ?

— Va te faire voir.

Ils pouvaient être deux à jouer à ce jeu.

— D'accord. Je pense que nous avons compris tous les deux qu'aucun de nous ne veut parler de cette merde.

— Tu m'en diras tant. Mais une chose est sûre : après la nuit dernière, nous pourrons dire ce que nous voulons, il y a des choses en nous que nous devons mettre au clair.

— Va te faire voir et amen, répondit Knight en fermant les yeux. Cette conversation me file mal au crâne, bordel.

— Non. Je pense que la vraie conversation a eu lieu hier soir. Et si je me souviens bien, on n'a pas tant parlé que ça, répondit Day en se décalant un peu. Peu importe ce que nous ressentons, ou combien nous sommes mal à l'aise, nous devrons parler de ça.

— Très bien, souffla Knight. Mais pas avec la gueule de bois.

Il mit un bras sur ses yeux, refusant de voir quoi que ce soit, et continua.

— Nous devons être sobres pour ça. Alors, couche-toi et aide-moi à empêcher cette foutue chambre de tourner pendant un certain temps, puis nous pourrons quitter cette cabine et peut-être que je pourrais sauter par-dessus l'un des garde-corps, parce que je pense que je vais mourir et que ce sera beaucoup moins douloureux.

— Va te faire voir, dit Day avec une douceur surprenante en posant un gros baiser claquant sur son bras.

Puis il s'immobilisa et la pièce devint calme.

Cela prit un certain temps, mais la chambre cessa de bouger, sauf pour le roulis du bateau pour lequel il ne pouvait rien faire et lentement, il se sentit de plus en plus humain. Finalement, il se leva et alla dans la salle de bain pour avaler un peu plus d'eau. Puis il décida que prendre une couche pourrait l'aider à ne plus autant ressentir la gueule de bois.

— Mieux ? demanda Day quand il sortit de la salle de bain et qu'il commença à s'habiller.

— Oui, répondit-il.

Et Day décida de prendre une douche à son tour.

— Je ne veux pas manger quoi que ce soit, dit-il à Day quand celui-ci sortit de la salle de bain.

— D'accord, je te propose de nous allonger sur le pont pendant un certain temps et de profiter de la chaleur. Nous pourrons déjeuner plus tard et faire nos derniers préparatifs pour demain.

Au moins, ils pouvaient parler de ça sans que les choses deviennent bizarres.

KNIGHT FINIT par mettre son maillot de bain et faire ce que Day avait suggéré. Une heure plus tard, il était de nouveau allongé sur une chaise longue, respirant profondément et essayant de se rappeler tout ce qui était arrivé la veille. Il n'y arrivait pas. Il se souvenait que Day et lui avaient couché ensemble, beaucoup, à ce qu'il en savait. Les images qui passaient dans son esprit, venant de nulle part, lui disaient que ça avait été sauvage, chaud et peut-être un peu maladroit et qu'ils avaient fini avec deux chemises déchiquetées et des vêtements éparpillés partout. Il souhaitait vraiment pouvoir se rappeler.

— Est-ce que ce fauteuil est pris ?

Knight regarda le bel homme debout près de lui dans le Speedo le plus minuscule qu'il ait jamais vu, et qui ne laissait aucune place à l'imagination, y compris la religion de l'homme.

— Non, sourit-il.

Il se détourna pendant que l'homme s'installait sur le fauteuil, étalant tout en une offre claire.

— Où est ton… ami ? demanda l'homme d'une voix sensuelle. Je vous ai vus ensemble tous les deux. Vous êtes le couple le plus sexy sur ce bateau.

Il bougea légèrement et Knight baissa la main sur le pont pour attraper ses lunettes de soleil et les glisser sur ses yeux.

— Est-ce que vous jouez tous les deux ? Parce que je pourrais être le troisième pour un après-midi.

Knight se redressa.

— Non. Nous ne sommes pas comme ça.

— Dommage. Cela aurait pu être étonnamment amusant.

Il lança un sourire et Knight se rallongea, gémissant intérieurement. Il essayait toujours de trouver un sens à la nuit précédente et ce gars voulait faire un plan à trois. Bon sang, il n'était même pas sûr d'avoir un plan à deux de nouveau, et vu l'état de sa tête, même un seul à seul était probablement hors de question pendant un certain temps.

— Je pense que nous passerons, dit Knight.

— Passer quoi ?

La voix riche et douce de Day retentit, coupant à travers les brumes de l'alcool.

Knight ne voulait même pas évoquer ce qu'on leur avait offert.

— Je disais juste à ton ami que vous étiez le plus beau couple sur le bateau et je me demandais si vous vouliez vous amuser un peu.

Il garda les yeux fermés. Il ne voulait pas voir la réaction de Day, particulièrement s'il décidait d'aller avec ce type. Il était beau. Merde, pourquoi devait-il s'en préoccuper ? Cela avait été une erreur et ils le savaient tous les deux. Purée, tout était un tel gâchis.

— Non merci. Nous sommes exclusifs, lui et moi, répondit Day, puis il s'assit sur la chaise de pont de l'autre côté de Knight.

Knight sauta presque quand le jeune homme fit doucement courir ses doigts le long de son bras. Il réussit à sourire à la place, essayant de ne pas virer totalement au rouge. Cela faisait longtemps qu'il n'avait pas eu de contacts doux et attentionnés dans sa vie.

Il essaya d'ignorer l'homme, mais c'était difficile. Finalement, il tourna la tête de l'autre côté et Day lui sourit. Il fut secoué par la surprise. Un vrai sourire l'accueillait, s'affichant sur un visage aux yeux incroyables et aux boucles les couvrant presque. En un instant, il oublia tout à propos de l'autre homme.

— Tu te sens mieux ? demanda Day.

— Oui.

L'alcool quittait son système. Son estomac s'était calmé et sa tête se dégageait. Il se sentait à nouveau humain avec la chaleur du soleil du sud embrasant sa peau.

— Toi ?

— Oui. Je me sens assez bien maintenant, répondit-il, en s'installant mieux sur la chaise longue. Tout va bien se passer.

Knight voulait y croire, mais c'était difficile. En une seule nuit, tout avait changé. Il avait toujours su qu'il aimait les hommes. Il était gay et bien qu'il n'ait jamais employé ce mot pour se définir, ce n'en était pas moins vrai. Il pouvait vivre avec cela. Mais ce qu'il avait du mal à gérer dans sa tête, c'était d'avoir trahi Cheryl et Zachary. Enfin, Cheryl, surtout. Il avait en quelque sorte amoindri ce qu'ils avaient vécu ensemble et ça, il ne pouvait pas vivre avec. Et le pire était qu'il ne savait pas comment l'exprimer. Comme d'autres fois, il se demanda s'il ne devait pas juste dire ce qu'il ressentait, alors tout ne serait plus aussi pêle-mêle. Mais son esprit était comme les pièces d'un puzzle et aucune foutue pièce ne correspondait avec une autre.

Il ferma les yeux et essaya de laisser le tourbillon de pensées merdiques s'installer en un dépotoir de morceaux décousus. Il avait toujours aimé penser que ses affaires étaient en ordre mais ça n'était pas le cas et c'était ainsi depuis longtemps. Il garda ses yeux fermés, cachés derrière les lunettes de soleil comme il cachait le reste de lui-même, en gardant tout fermé. C'était plus facile et plus sûr de cette façon.

— Tu as besoin de crème solaire, dit Day doucement à côté de lui, en posant un tube dans sa main. Le soleil est très fort et tu vas cramer.

— Je ne crame jamais.

— Ça ne veut pas dire que tu n'as pas besoin de crème solaire, insista son partenaire. Alors mets-en un peu ou je le mettrais pour toi.

Aussi agréable que cela pourrait être, Knight ouvrit le tube et frotta un peu de crème sur sa peau. Le type qui s'était approché de lui plus tôt semblait avoir reçu le message qu'il n'obtiendrait pas plus d'attention et il était parti. Un autre homme était arrivé et il ne lui avait pas plus prêté attention qu'à un autre, en fait. Quand il eut badigeonné assez de crème solaire à l'apparente satisfaction de Day, il se réinstalla, reculant au fond de son fauteuil, et encore plus au fond de ses propres pensées. Finalement, la fatigue l'emporta et il s'assoupit en écoutant un chœur de voix rugueuses d'hommes parlant les unes sur les autres, le vent et le clapotis de l'eau de la piscine. C'était chaleureux et apaisant et il se laissa aller à se sentir en sécurité pendant quelques minutes. Il se sentait rarement ainsi dans quelque situation que ce soit, mais pour l'instant, c'était tout ce dont il avait besoin.

Des projections d'eau sur sa poitrine le réveillèrent. Il ouvrit les yeux sur Day, dégoulinant, debout près de lui, sans serviette. Il garda ses yeux mi-clos et le regarda. Ici, ce n'était pas un problème de le regarder. Day et lui s'étaient à peu près démasqués la veille, peu importait combien l'un comme l'autre souhaitaient éviter le sujet. Certes, il ne savait pas ce que Day ressentirait à être lorgné par son partenaire, mais…, il fit une pause. C'était la première fois qu'il pensait à Day comme son partenaire. Jusqu'à ce moment-là, il l'avait considéré comme le gamin débutant qu'il devait gérer, une épine dans son pied. Il devait encore savoir s'il pouvait compter sur lui pour assurer ses arrières, mais il pourrait sûrement voir cela avec le temps.

Il s'étira et se redressa, regardant autour de lui. La première chose qu'il remarqua fut que la moitié des hommes regardaient ouvertement Day et les autres faisaient sûrement de leur mieux pour ne pas le faire. Il se sentit traversé par une pointe de jalousie, mais il la repoussa. Ils avaient eu un échange… une chose… une rencontre, une semi-baise, bref, un truc étrange – il ne savait pas comment l'appeler –, mais il était fichtrement sûr que cela ne pouvait être un motif de jalousie.

Pourtant, il ne pouvait pas s'en empêcher et il se leva, contournant la chaise longue à l'endroit où se tenait Day.

— Tu sembles être le centre de l'attention.

Day renifla et haussa les épaules.

— Je suis le centre de l'attention d'aussi loin que je m'en souvienne. Au lycée, tout le monde voulait graviter autour de moi. Les filles s'accrochaient à moi et…

Il fit une pause, puis il reprit.

— Disons juste que je ne m'en aperçois plus beaucoup désormais. J'avais l'habitude de me délecter de l'attention jusqu'à ce que je comprenne que c'était du vent. Ils ne s'intéressaient pas à moi, ils voulaient juste être vus avec moi.

Il se pencha en avant et utilisa sa serviette pour se sécher les cheveux. Puis il les lissa vers le bas dans une vaine tentative d'apprivoiser cette débauche de boucles. Il n'y arriva pas et Knight sourit.

— Nous devrions trouver de quoi manger.

Il commençait à avoir faim, ce qui était un bon signe : il avait récupéré de sa soulerie.

— Qu'est-ce qui a tout déclenché, hier soir ? Tu ne buvais pas comme ça les autres soirs, dit Day.

Knight n'était pas prêt à parler de cela ici… ou pas du tout

— Va te faire voir, dit-il doucement.

— D'accord, mais tu limites sévèrement les possibilités de conversation.

— Tu peux me raconter un moment de ta vie quand tu veux, mais j'ai le sentiment que tu n'en as pas vraiment envie, pas plus que moi.

Il saisit sa serviette et glissa ses pieds dans ses chaussures bateau en caoutchouc.

— Allons nous changer, puis nous pourrons manger. Peut-être nous sentirons nous mieux après un peu de nourriture.

Il ne mentionna pas le fait de faire des projets pour le lendemain. Ils devaient aussi s'en préoccuper, mais il ne pouvait pas l'évoquer avec autant d'oreilles autour. Il fit signe à Day de passer devant et ils quittèrent le pont piscine puis prirent l'escalier menant à leur cabine.

— Mangeons et nous ferons des plans ensuite, dit-il aussitôt que la porte fut fermée. Nous devons maintenant savoir ce que nous pouvons prendre et laisser le reste. Ainsi, dit-il en regardant dehors par le balcon, personne ne pourra trouver quoi que ce soit de sensible.

— J'en suis conscient, dit Day.

Il saisit quelques vêtements et entra dans la salle de bain. Knight en profita pour tirer un tee-shirt et un short de sa valise.

— Nous aurons besoin de l'équipement de communication et il est suffisamment petit pour que je puisse le mettre dans mon sac à dos. Nous aurons également besoin de mon ordinateur portable. Il n'est pas grand et je peux aussi le mettre dans mon sac.

— Très bien, fit Knight en commençant à faire des listes dans sa tête. Nous serons en mesure d'obtenir quelques fournitures une fois que nous aurons quitté le navire. J'espère que cela ne prendra pas trop de temps pour les trouver et mettre ce groupe hors d'état de nuire. Nous ne sommes pas ici pour nous infiltrer ou essayer de devenir une partie de ce groupe ou quoi que ce soit. Ce que nous devons faire, c'est les arrêter et nous assurer qu'ils ne peuvent pas mettre à exécution ce qu'ils prévoient.

— Je comprends. Mais nous avons aussi besoin de découvrir ce qu'ils savent afin que des précautions puissent être prises pour repousser de futures attaques, l'informa Day, déjà à son ordinateur. Nous interceptons beaucoup plus de transmissions, alors, après avoir mangé, je devrais les passer au crible.

Knight n'était d'aucune aide sur ce front.

— Dans ce cas, je vais tout rassembler pour demain et nous pourrons examiner le plan une fois que tu auras terminé.

— D'accord, je te suivrai quand nous serons sur le terrain.

Knight tira la chaise de bureau et il s'assit.

— Je sais que tu as des compétences et la volonté de faire ce qui doit être fait. Il n'y a aucun doute à ce sujet. Mais le travail sur le terrain, c'est des imprévus, de la réactivité et des contacts. J'en ai un à quelques kilomètres à l'extérieur de la Costa Maya qui pourra nous aider avec quelques fournitures supplémentaires.

— Alors pourquoi ne t'a-t-il pas fourni les armes à feu ? Pourquoi les as-tu apportées ?

— Miguel est surveillé. Il est connu des autorités mexicaines, donc si nous devions lui demander d'essayer de nous trouver quelque chose, nous éveillerions les soupçons. Et même s'il a des contacts, il ne pouvait pas garantir qu'il aurait ce dont nous avions besoin, alors je les ai amenées. Il se serait mis en danger si je le lui avais demandé. Et une autre règle du travail sur le terrain, c'est de ne jamais mettre tes amis en danger si tu peux l'éviter d'une quelconque façon. Miguel devra vivre et travailler dans la région longtemps après notre départ, de sorte que toute aide qu'il nous donne ne devra jamais être connue, quelles que soient les circonstances.

Day hocha la tête.

— Allons manger. Nous avons tous les deux besoin de nourriture, puis nous devrons travailler.

Knight aurait aimé passer la journée sur le pont au soleil, mais ils avaient une tâche à faire et rien ne pouvait interférer avec ça. Day et lui devaient être prêts à lutter contre vents et marées.

— Allons-y.

Ils quittèrent la cabine et descendirent le passage vers l'arrière du navire, puis ils prirent l'ascenseur jusqu'à la salle du buffet. Ils durent faire la queue pendant quelques minutes. Knight était affamé et dès qu'ils eurent une table, il se dirigea vers le buffet, tandis que Day acceptait de rester et de commander des boissons non alcoolisées. Il remplit son assiette et quand il revint, des tasses de café, de l'eau ainsi qu'un Coca l'attendaient. Il s'assit et il piocha dans son poulet, bœuf, riz et pommes de terre. Certains des plats qu'il avait pris lui étaient inconnus, mais ils étaient bons, aussi, tout heureux, il les mangea.

Day revint.

— J'ai dû me battre pour le poulet frit, dit-il en s'asseyant avant de commencer à manger.

— Mange beaucoup. Nous aurons des ressources limitées demain. J'ai prévu des choses, mais c'est minime.

Il ne pouvait pas en dire beaucoup plus et Day sembla comprendre.

— Que font tes parents ? lui demanda-t-il.

Knight était prêt à lui dire qu'il ne voulait pas en parler, mais c'était plus facile de répondre à cette question qu'à d'autres.

— Mon père est un pasteur baptiste. Très vieille école. Ma mère est chef de chœur et le ministère de mon père a imprégné toute notre enfance et notre adolescence. La liste des choses que nous ne pouvions pas faire était plus longue que tu ne pourrais l'imaginer.

Il ramassa son morceau de poulet et il commença à le séparer en deux avant d'en prendre une bouchée. La plupart du temps, il utilisait cela comme couverture pour pouvoir décider comment il voulait expliquer les choses.

— La plupart des pasteurs sont différents à la maison de ce qu'ils sont à l'église. Du moins à ce qu'on m'a dit. Mon père ne l'était pas. Il était pieux à l'église et plus encore à la maison.

— Que veux-tu dire ?

— Papa se sentait véritablement responsable de la vie spirituelle de sa congrégation et de leur capacité à s'assurer une place au Ciel. Il croyait vraiment, et il croit encore, qu'il a sauvé des âmes pour Jésus. Le problème, c'était que nous, les enfants, nous voulions et avions besoin d'un père, pas d'un pasteur ou de quelqu'un de plus inquiet au sujet de nos âmes immortelles que de ce que nous étions en réalité, et la confusion que cela entraine. Mon père savait qui nous étions : nous étions ses enfants et nous allions être les modèles parfaits de la manière dont les enfants d'un pasteur baptiste devraient agir en tout temps.

C'était si difficile à expliquer sans point de référence.

— Est-ce pour cela que tu es devenu un Marine ?

— Oui. Ne te méprends pas. J'ai adoré le Corps. Ces années ont été parmi les meilleures de ma vie. Je me suis engagé avant que l'encre sur mon diplôme soit sèche. Mon père était livide et il a prié pour mon âme pendant des jours parce que j'étais susceptible d'ôter la vie. Il ne pouvait pas respecter cela.

Il posa son poulet et essuya ses doigts sur sa serviette.

— Je dois accorder à mon père qu'il n'était pas un hypocrite. Il prêchait les Dix Commandements depuis sa chaire et il faisait de son mieux pour les vivre chaque jour. Mais j'étais très heureux, parce que le Corps a son propre ensemble de commandements : l'honneur, le devoir, la loyauté, la fraternité, et inculque aussi le respect du but à accomplir et le sens de soi-même. Dans leurs annonces, ils disent qu'ils recherchent des hommes bons, mais ce qu'ils développent, ce sont des hommes qui sont au-delà d'être bons.

— Puis-je te demander pourquoi tu es parti ? demanda Day en fixant intensément sa fourchette.

— C'était vraiment compliqué et au-delà de que ce que je peux dire en ce moment.

Une si grande partie de sa vie était enveloppée dans tout ce dont il n'était pas prêt à parler. Il continuait à croire qu'il s'était occupé de ces sentiments et qu'il les avait rangés dans la bonne boîte.

— Je dirais que j'ai fait ça pour être avec ma famille. Je pensais que je faisais le bon choix.

En regardant en arrière, il n'était pas si sûr que cela avait été la bonne solution. Bon sang, tant de ses choix avaient viré à la catastrophe qu'il n'était plus sûr d'être capable de choisir, de sorte qu'il avait dérivé pendant des mois.

— La rumeur dans le bureau est que tu as… craqué. Je leur ai demandé ce qui était arrivé et ils m'ont répondu que si je voulais le savoir, je devais te le demander.

— As-tu demandé à beaucoup de personnes ?

— Non. J'ai demandé à un ami qui sait tout et qui est un peu bavard, mais il a refusé de me dire ce qu'il savait, aussi j'ai pensé qu'il ne savait rien du tout. Après, j'ai décidé que si c'était important et que je devais le savoir, tu me le dirais.

Knight hocha la tête.

— Si tu as besoin de le savoir, je te promets que je te le dirai.

Day hocha la tête et il retourna à son déjeuner. Knight n'avait pas prévu ce genre d'acceptation facile de sa part. La majorité des gens étaient curieux et ils ne cessaient pas de poser des questions. Que Day soit prêt à ne pas le sonder et à le laisser s'ouvrir quand il le souhaiterait ajoutait au respect qu'il développait pour lui.

— Comment est ton frère ? demanda-t-il

— Tu le détesterais, rit Day.

— Pourquoi ?

— Il est exactement ton contraire en bien des points. Il a pris toutes sortes d'emploi pour pouvoir m'élever et puis, une fois que ce fut fait, il est devenu hippie, je pense. Il est parti et il parcourt le pays en vivant de petits boulots et de la terre. Stephen a toujours eu l'envie de voir le monde et il l'a niée jusqu'à ce que je sois adulte, puis il est juste parti et il n'a jamais regardé en arrière. Je le vois plusieurs fois dans l'année, mais je ne sais jamais quand il va se montrer. Il vient plutôt autour des fêtes quand son besoin de sa famille devient plus important. Il reste quelques jours et puis il repart.

— Est-ce qu'il te manque et est-ce que tu aimerais qu'il reste ?

— Oui, il me manque. Il était ma mère, mon père et mon frère tout-en-un. Je lui dois tout, et pourtant… soupira Day. Je lui ai dit qu'il aurait toujours une place avec moi s'il en avait besoin d'une et si je lui disais que j'ai besoin de lui, il arriverait le temps d'un battement de cœur, mais je ne le ferais pas. Cela voudrait dire que je lui refuse la vie qu'il aime visiblement. Il a renoncé à beaucoup de choses pour m'aider, de sorte qu'appuyer sa décision est le moins que je puisse faire maintenant.

Il prit son verre et but la dernière gorgée d'eau.

— Ce qui me fait penser que mon frère et toi avez plus en commun que je ne le pensais.

Knight ne voyait pas vraiment ça, mais il resta calme.

— Stephen a toujours été farouchement loyal et il a donné de sa personne pour prendre soin de moi, dit Day. Il a fait ce qu'il devait faire sans une seule plainte. Et il était jeune… trop jeune pour avoir à élever un adolescent, mais il l'a fait. Il est aussi profondément indépendant et parfois, il peut être une vraie épine dans le pied.

Day laissa la dernière partie en suspens.

— Il semble être un gars assez décent, dit Knight.

Il venait de finir son assiette et essayait de décider s'il devait retourner au buffet pour se resservir. Il se décida pour une autre tasse de café et il resta tranquillement assis près de Day qui finissait son repas. Il ne voulait pas en faire trop après la séance d'entraînement qu'il avait donnée à son organisme.

— Mon frère est assez cool.

Knight acquiesça distraitement.

— Comment penses-tu qu'il réagirait s'il savait pour… la nuit dernière ?

C'était ce qu'il pouvait faire de mieux pour assumer ce qui c'était passé la veille et en parler.

— Cela ne lui poserait probablement aucun problème. Stephen est vraiment cool là-dessus. Très libéral et tolérant, fit Day en repoussant son assiette. Et non, je ne lui ai jamais dit. Je ne l'ai jamais dit à personne. Je ne l'ai dit à personne, sauf, eh bien, Blain et toi, bien sûr.

— Ah, je me posais la question, à ce sujet. Était-il ton premier ?

— Oui. On peut dire ça. Notre petite affaire s'est faite tacitement. Je ne savais pas grand-chose et il n'était pas le type de gars qui s'incruste pour le petit-déjeuner, sourit-il. Une sorte d'échange. Je pensais qu'il y avait plus et j'ai été blessé. Il soutient que c'est parce que j'étais dans le placard, mais il n'était pas intéressé par quoi que ce soit au-delà du sexe. Pas vraiment.

Il passa légèrement sa main dans ses cheveux, ébouriffant les mèches souples. Knight aima leur façon de retomber et eut envie de passer ses doigts dedans lui aussi.

— Bon sang, j'étais si stupide à l'époque.

— Si tu penses que ta famille te soutiendrait, alors pourquoi garder le secret ? demanda Knight.

Il connaissait ses propres raisons, mais il voulait réellement connaître celles de l'autre homme.

— Le travail, en grande partie. Les gens peuvent être cruels et je voulais être jugé sur mon mérite plutôt que sur cet aspect de ma vie. On m'a dit aussi que les gars pouvaient être catalogués s'ils faisaient leur coming out, aussi j'ai pensé que ce serait plus simple de garder ça pour moi. Ce n'était pas comme si je sortais avec d'autres gars. Je travaille, je rentre chez moi, je tombe dans mon lit, la plupart du temps et si j'ai du temps libre, je vais tirer.

— Ça semble assez solitaire, commenta son vis-à-vis.

— Et tu ne mènes pas exactement une vie de bâton de chaise, répliqua Day.

— C'est vrai, mais j'ai eu des gens dans ma vie. Je n'ai pas passé tant de temps que ça seul.

Plus il y pensait, plus il réalisait qu'il avait été très seul depuis la mort de Cheryl et de Zachary et cela avait eu des effets négatifs. Boire de l'alcool en était un des signes, ainsi que le fait qu'il n'avait pas envie de passer du temps avec des gens. Il était arrivé au point où sortir était trop compliqué, alors il restait chez lui tout simplement.

— D'accord, tu marques un point.

Il avait refusé ce qu'il était depuis si longtemps qu'il avait effectivement commencé à croire que l'illusion était réelle.

— Je suis à peu près seul depuis que Stephen a pris la route. J'avais des amis à l'université, mais ils sont presque tous partis chacun de leur côté.

Day reposa sa tasse de café.

— Partons pour que d'autres puissent manger et nous pourrons nous occuper de ce que nous avons à faire.

Knight acquiesça et ils traversèrent à grands pas le pont piscine vers les ascenseurs à l'avant. La brise était agréable et l'eau était séduisante, mais ils avaient des choses à faire, aussi peu importait combien Knight voulait tout balancer et s'amuser, ils continuèrent à avancer et prirent l'ascenseur jusqu'à leur pont.

Dans la chambre, Day installa son équipement et se mit directement à son travail, analysant les transmissions pendant que Knight commençait à emballer les affaires dont ils auraient besoin. Leur arrivée au port n'était prévue qu'en milieu de matinée, mais il était préférable d'être prêt.

—As-tu quelque chose ? demanda-t-il en voyant Day qui grimaçait.

— Je crois que oui. Je ne suis pas sûr de ce que nous allons faire à ce sujet, mais cette transmission cite One Drive. De ce que j'ai entendu, tout est en place. Ils planifient d'attaquer les fournisseurs de stockage en cloud.

Day lui fit un signe et Knight s'avança pour regarder son écran.

— Les gens s'inscrivent et achètent de l'espace sur le cloud pour stocker des copies de sauvegarde de documents et d'autres choses. Certaines entreprises stockent toutes leurs données sur le cloud. De cette manière, on peut y accéder de partout et par tout système.

Knight hocha la tête.

— Je possède un compte Dropbox, ainsi, je ne perds rien si l'ordinateur se bloque

— Exactement, et l'une des fonctions disponibles est la capacité de partager des fichiers avec d'autres personnes. Aussi, je pense qu'ils ont développé un programme qui va se partager entre les comptes puis, à une heure convenue, supprimera le contenu du compte.

— D'accord, mais cela ne supprimerait-il pas simplement la sauvegarde ? À quoi bon faire ça ?

— Eh bien oui, sauf si le programme a été installé pour indiquer au système que la sauvegarde sur le cloud était le primaire et si le primaire était ensuite supprimé par les terroristes…

— Cela supprimerait les fichiers sur l'ordinateur hôte quand ils seraient mis en ligne parce que l'agent sur leurs ordinateurs penserait qu'il doit faire ça pour les garder synchronisés.

Il commençait à comprendre le problème.

— Et si cela arrivait, ce ne serait pas seulement les copies qui seraient supprimées…

— Non, les systèmes de fichiers entiers d'entreprises pourraient être anéantis. En outre, l'augmentation du trafic sur l'internet serait énorme avec tous ces fichiers et ces messages envoyés tous à la fois de chaque utilisateur. Ça surchargerait l'épine dorsale de la communication dans certaines régions, ce qui provoquerait des problèmes supplémentaires. Il y a tellement de commerce en ligne maintenant que toute interruption à long terme coûterait des milliards, des dizaines de milliards, peut-être, et saperait la confiance dans les systèmes.

Day déglutit fortement en le regardant

— À quel point es-tu sûr de cela ? demanda Knight en planant au-dessus des épaules de son partenaire.

— Très sûr, dit-il en pointant une carte. Penses-y, s'ils arrivaient à leurs fins, je veux dire à atteindre les négociations, ils pourraient mettre le marché boursier à genoux. Les transactions Internet seraient terminées. Merde, la plupart des transactions comportent une composante Internet.

Même avec un tunnel VPN sécurisé, cela utilise toujours la bande passante. Si ces gars réussissent à ce que ça se répande, cela pourrait être beaucoup plus catastrophique qu'une simple perte de données. Les ramifications pourraient se répercuter à travers les infrastructures et l'économie pendant des mois.

— D'accord. Alors, comment les arrêtons-nous ?

— Je n'en suis pas sûr. Le plus simple serait de les arrêter avant qu'ils puissent le déployer. Ce n'est pas comme si nous pouvions le désamorcer. Une fois que le programme est déclenché, il est là pour faire son travail et ce sera difficile de l'éradiquer.

— À quoi pourrait ressembler le système ?

— Un ordinateur, je dirais. Ils ont probablement dû avoir besoin d'ouvrir plusieurs comptes ainsi que d'en pirater d'autres afin de pouvoir pénétrer rapidement. Si c'est lent, les entreprises peuvent réagir et se protéger, fit-il en haussant les épaules avant de continuer à taper sur son clavier. Je soupçonne qu'ils ont déjà piraté un certain nombre de comptes sans que leurs propriétaires le sachent. Ils ont toujours des problèmes avec la logique de partage et c'est le seul point positif. Le programme doit se déplacer comme s'il était partagé de compte en compte. Ils n'arrivent pas à le faire fonctionner. Nous devons mettre la main sur leurs équipements, ainsi que sur les personnes derrière tout ça et surtout sur les cerveaux.

— D'accord. Cela pourrait-il être fait par une seule personne ?

— J'en doute. Il y a une véritable expertise à l'œuvre, ici. Je pense que nous devons contacter Dimato et lui faire savoir ce que nous avons trouvé. As-tu eu un retour sur les personnes disparues des navires de croisière dans la région ?

Knight secoua la tête et il appela leur patron en utilisant la ligne sécurisée.

— Nous avons peut-être une idée sur ce que nous affrontons, dit-il quand Dimato répondit. Vous aviez raison. Cela ressemble à une attaque sur les données, mais il semblerait qu'ils veuillent utiliser des systèmes de stockage en cloud pour attaquer. Dayton est en train d'analyser comment cela pourrait être fait.

— Très bien, déclara Dimato. Excellent. Je dois avoir quelques amis en contact avec les entreprises de stockage en cloud et je vais m'assurer qu'ils sachent que nous avons détecté une menace potentielle pour qu'ils puissent être prêts.

Knight entendit des bruits de papier qu'on bougeait puis les clics doux d'un clavier.

— Vous aviez également raison au sujet des personnes disparues des bateaux de croisière vers Costa Maya. Il y a eu sept incidents signalés au cours des six derniers mois sur diverses compagnies de croisière. Et ce ne sont que ceux qui ont été rapportés. Il y en a probablement plus qui n'ont pas été signalés. Deux semblent être légitimes et cinq semblent être des alias. Nous essayons de faire ce que nous pouvons.

— D'accord. Je vous remercie. Nous nous préparons et nous quitterons le navire demain comme prévu. Nous prenons tout ce que nous pouvons et nous laisserons le reste.

— Ne vous inquiétez pas, votre famille sera là, quand le navire reviendra au port, pour réclamer vos bagages et les récupérer pour vous. Tenez-vous-en au plan et attrapez ces gars-là. Faites aussi vite que possible et barrez-vous du pays.

— Comment proposez-vous de faire cela ? Vous avez planifié notre entrée sur le territoire, mais vous ne nous avez pas donné de détails pour en sortir. Je comptais retourner en ville en affirmant que nous avions été séparés de notre groupe. Ensuite, nous espérons que nous pourrons prendre un vol à l'aéroport.

Il attendit pour voir si Dimato avait d'autres suggestions. Il ne semblait pas, alors il continua avec son plan, sachant que les choses pouvaient changer en un clin d'œil.

— Restez en contact et appelez si vous avez besoin de soutien.

C'était le code de Dimato pour « Appelez si vous avez besoin d'un soutien militaire et je tirerai quelques ficelles pour vous sortir de là ».

— Nous le ferons. Nous passerons en silence radio à partir de demain quand nous aurons quitté le navire, sauf pour demander de l'aide. Toutefois, si vous ne recevez pas de nos nouvelles après quarante-huit heures…

Il n'en dit pas plus. S'ils n'étaient pas revenus dans deux jours, quelque chose aurait très mal tourné

—…Vous pourrez décider ce que vous pensez être le meilleur à ce moment-là.

Dimato soupira.

— Je comprends, mais j'ai pour réputation de ramener mes hommes et je ne laisserai pas tomber si facilement. Alors, écoutez, sortez de là contre vents et marées et appelez, peu importe comment.

— Nous ferons tout notre possible, promit Knight, puis il raccrocha.

Il relaya ensuite ce dont Dimato et lui avaient discuté.

— Es-tu sûr que nous pourrons sortir de là ? demanda Day.

— Non. Mais nous allons le découvrir. Si nous réussissons, nous aurons besoin d'autant de discrétion que pour entrer. Nous devons juste sortir en un seul morceau.

Il se remit à faire ses préparatifs nécessaires et son collègue retourna à son analyse.

— As-tu été réussi à restreindre la source des transmissions ?

— Huit kilomètres à l'ouest et un kilomètre six au nord de la Costa Maya. Nous allons devoir comprendre l'infrastructure routière. Il y a une route générale qui traverse cette zone, mais il doit y avoir une piste ou autre chose, répondit-il en tournant son ordinateur de sorte que l'autre homme puisse voir l'écran. Je pense que ceci est une piste qui nous mènera là-bas, mais je soupçonne qu'elle sera surveillée.

— Oui, nous devrons donc comprendre comment arriver là-bas sans être vus, confirma Knight en fixant l'écran. Il y a des chemins. Nous devons juste être créatifs.

Il avait fait tant de choses comme ça en tant que Marine, aussi y pensa-t-il comme un militaire.

— La route n'est pas trop longue et ils ne s'attendront pas à voir quelqu'un. Bien qu'ils puissent avoir pris des précautions de sécurité.

Il allait devoir jouer. Il devait faire des recherches en amont pour voir à quoi ils se frottaient.

— À quel point ta photographie est récente ?

— Celle-ci est la seule que j'ai pu trouver et elle n'a pas de date.

— Envoie une note à Dimato et demande une photo récente avec autant de résolution qu'il puisse trouver. Ça devrait nous en dire beaucoup, espéra-t-il.

Plus ils connaissaient d'entrées, meilleures seraient leurs chances d'entrer rapidement et de revenir en un seul morceau.

Day s'en occupa et Knight continua à préparer tout en réfléchissant à des options et des scénarios. La manière d'arriver à l'emplacement devrait être relativement facile, il pouvait le voir dans son esprit.

— Je pense que nous devrions donner l'impression d'être des touristes qui se sont perdus, dit Knight en pensant à haute voix. Du moins, aussi longtemps que possible. De cette façon, personne ne nous accordera trop d'attention. Ils penseront probablement que nous sommes une paire de gringos et ils riront sans doute de nous dans notre dos, mais ils ne nous accorderont pas une seconde pensée. Quand nous approcherons, je camouflerai tout sous des ponchos que nous porterons. Cela les rendra plus difficiles à voir.

Il prit les petits paquets de son sac et il les déposa dans celui qu'il emporterait. Il s'assura qu'ils aient de l'eau et de la nourriture. Il avait déjà sauvegardé les données dont il avait besoin dans son ordinateur portable, donc, juste avant leur départ, il nettoierait la machine et il la laisserait derrière lui.

— Avons-nous vraiment besoin de prendre tout le matériel de communication ?

Day leva les yeux de là où il travaillait.

— Il le faut, si nous voulons parler à n'importe qui en toute sécurité ou si nous voulons suivre tous les signaux.

— Eh bien, nous savons à partir d'où ils travaillent et nous pourrons passer un appel normal avec un portable si nous sommes prudents sur ce que nous disons. Je suis préoccupé par le poids que cela fera si nous prenons tout cela, expliqua-t-il en désignant la valise qui abritait l'équipement de communication.

Day y alla, tira un levier et retira une partie du système.

— Le reste, c'est une batterie et de la puissance. Voilà tout ce que nous devons prendre. À pleine charge, la batterie tient pendant environ deux heures. Donc, tant que nous sommes prudents, nous ne sommes pas obligés de prendre ça. Cela nous permettra d'économiser beaucoup de place.

— Bien. Mais que faisons-nous du reste ?

— Je prévoyais de le jeter par-dessus bord avant d'entrer dans le port, à moins que tu aies d'autres idées.

Il n'en avait pas pour l'instant. Il détestait perdre un atout dont ils pourraient avoir besoin à un moment donné dans le futur, mais le laisser dans la cabine n'était pas une option.

— Nous pourrions prendre tout cela avec nous et voir ensuite si nous pouvons trouver un endroit où cacher l'unité de base sur le port. Elle serait hors du bateau, ainsi, si nous en avons besoin, nous pourrions la récupérer plus tard.

— C'est bien pour la valise, mais cela signifie que nous avons moins de place pour d'autres choses.

— Ne t'inquiète pas. Une fois que nous aurons débarqué, nous pourrons acheter de l'eau et des choses dans le port, sourit-il, un plan prenant forme. Nous ne prendrons rien que nous pouvons remplacer dans l'un des magasins. De cette façon, nous aurons de la place pour ce qui est vital et acheter le reste en utilisant la place faite en cachant l'unité de base. Ça devrait nous amener là où nous devons aller.

— D'accord, fit Day. Dimato a déjà envoyé les images que nous avons demandées.

Knight se posta derrière lui et il baissa les yeux sur son écran, faisant de son mieux pour ne pas inhaler. Il échoua, et il étouffa un gémissement. Il devait garder son esprit et son attention sur la tâche à accomplir.

— Voilà, c'est la photo la plus récente de celles qu'il a envoyées, indiqua-t-il en agrandissant la zone près de la route.

— Tu vois ça ? demanda Knight en pointant l'endroit. Il y a quelque chose à côté de la route. Je suppose que c'est un garde et probablement un véhicule. Ils essaient de garder profil bas et d'éloigner les gens en même temps.

Il prit le contrôle et il déplaça lentement l'image, la scrutant.

— C'est là qu'ils travaillent. Tu vois les pistes qui y mènent ? Ils se servent du feuillage pour se couvrir, mais ils n'ont pas fait un bon travail pour cacher leurs traces et si je ne me trompe pas, c'est cette petite colline, probablement un bâtiment enseveli ou un temple. Ils doivent utiliser ça pour leur couverture.

— Quoi ? demanda Day

— Tu vois le rectangle qui est partiellement masqué ? Je soupçonne que c'est un générateur qu'ils essaient de dissimuler. Ils ont probablement mis des branches ou quelque chose de plus, mais ils n'ont pas pris la peine de changer la forme.

— Comment as-tu vu ça ? l'interrogea le jeune agent en penchant sa tête sur le côté. Je vois seulement la jungle.

— Regarde la ligne juste là. Il n'y a pas de lignes droites dans la jungle. Je parie que si nous nous emparons de leur générateur, ils seront paralysés. Au moins leur équipement et les ordinateurs le seront. Ça devrait nous faire gagner du temps et causer de la confusion.

— Ils peuvent avoir des batteries.

— Mais elles ne durent pas longtemps dans la majorité des cas. Les équipements et les ordinateurs tirent beaucoup de puissance et les batteries se déchargent rapidement, exact ?

Day hocha la tête

— Donc, tout ce que nous avons à faire, c'est prendre le générateur, pas l'éteindre. S'ils ne peuvent pas redémarrer, ils sont faits, sourit Knight et son partenaire hocha la tête.

Ils regardèrent le reste des photographies aériennes pour trouver tout autre indice, mais ce fut difficile de capter d'autres choses. Tout autre ajout, quel qu'il soit, était soit bien caché soit à l'intérieur d'autre chose.

— Nous savons ce que nous prenons et nous avons un plan pour y aller et faire ce qu'il y a à faire. Qu'en est-il pour le retour ? demanda Day.

— Nous allons tenter d'*emprunter* un véhicule et nous le cacherons plus tard pour avancer. De cette façon, nous pouvons l'utiliser pour la récupération et le laisser à un endroit où il pourra être facilement trouvé de sorte que les propriétaires ne soient pas lésés. Une fois que nous l'aurons, nous prenons le générateur, nous détruisons tout et nous partons.

Il se tourna vers le jeune homme.

— Cela voudra vraisemblablement aussi dire prendre des vies.

Il savait que celui-ci pouvait tirer, mais pourrait-il tuer ?

— Rappelle-toi qu'une fois que nous aurons commencé, tous les hommes présents là-bas essaieront de nous tuer. Aussi, tu devras être prêt à faire ce qui est nécessaire.

Day prit une profonde inspiration.

— Je le ferai. Ne t'inquiète pas à ce sujet. Je surveillerai tes arrières comme tu surveilleras les miens.

Knight n'en était pas sûr. Day disait ce qu'il fallait, mais il savait que certains hommes pouvaient tuer et que d'autres ne le pouvaient pas.

— Quoi ?

— Ce n'est pas facile, réfuta-t-il en se tournant pour se diriger vers les portes coulissantes. Quand j'étais au camp d'entraînement, il y avait un gars, Howie. Il était, lui aussi, tout feu tout flamme, quand il est arrivé, et il a été excellent pendant la formation. Il pouvait tirer, courir, se battre, tout cela. Le gars était comme une machine, solide comme un roc et la première personne que tu voulais à tes côtés dans un grand affrontement. Eh bien, du moins, c'est ce que nous pensions tous.

Il tira le rideau et regarda l'eau au dehors en continuant.

— Il a été expédié à l'étranger et il a atterri en Afghanistan. Puis, tout a changé. Je n'y étais pas, mais apparemment, il était en patrouille et son unité est tombée dans une embuscade. Un de mes amis y était et il m'a dit qu'Howie a sorti son fusil, a visé et s'est arrêté. Il ne pouvait pas appuyer sur la gâchette. Au dernier moment, il a hésité.

— Qu'est-il arrivé ?

— Howie est mort ce jour-là. Le gars lui a tiré dessus pendant son moment d'hésitation. On ne saura jamais s'il aurait finalement pu le faire parce qu'il n'a pas eu cette chance. L'ennemi l'a eu en premier, dit-il en se retournant. Je veux donc que tu entres bien ça dans ta tête : pas d'arrêt pour penser et pas d'hésitation. Tu tires pour nous protéger, toi, moi et la mission. Les autres ne feront pas une crise de conscience. Ils tireront, alors tu dois faire la même chose, assena-t-il aussi durement qu'il le pouvait. Je ne veux pas que tu finisses comme ça et cela pourrait se produire. Je me moque que tu doives prendre sur toi ou quoi que ce soit d'autre. Il suffit de faire ce que tu dois. Me comprends-tu ?

Il était beaucoup plus incisif qu'il ne l'avait prévu.

— Je ferai ce qui sera nécessaire.

— Et tu te sentiras comme une merde à ce sujet. C'est notre cas à tous la première fois que nous devons tuer. Cela vient avec aussi. Mais dans l'ardeur du moment, il suffit de faire ce qui doit être fait. Après, quand ce sera terminé, je serai là, ainsi que d'autres qui ont vécu la même chose.

Knight aurait souhaité que quelqu'un lui ait expliqué tout cela la première fois qu'il était allé au combat et qu'il avait dû tirer sur un adolescent sortant de l'enfance. Il avait eu mal et il pouvait encore voir son visage, la surprise. Il ne devait pas avoir plus de quinze ans, mais il portait une mitraillette et il se préparait à l'utiliser sur ses copains. Il n'avait pas eu le choix mais il ne l'oublierait quand même jamais.

— Tu seras vraiment là ?

Knight hocha la tête.

— Bien sûr. Tu es mon partenaire.

Il se retourna et regarda le soleil rebondissant sur l'eau. C'était presque aveuglant et pourtant, il n'avait jamais vu quelque chose d'aussi beau et tranquille.

— Knight, chuchota Day juste derrière lui. J'ai peur.

— Bien. Je sais que tu mentirais si tu me disais le contraire. Utilise la peur et reste sur tes gardes. Tout le monde a peur. Ceux qui réussissent utilisent cela pour rester sur le qui-vive et au top de leur forme.

Day ne s'écarta pas et Knight pouvait sentir sa chaleur derrière lui. Il n'osa pas bouger. Day posa sa main sur son épaule.

— Nous devons vraiment parler de la nuit dernière. Je sais que tu ne veux pas. Tu parles de foncer dans des gens, de tirer et Dieu sait quoi d'autre que nous devrons faire. Pourtant, tu ne veux pas parler de ce qui s'est passé entre nous, hier soir.

— Je ne peux pas. Pas encore. Je dois rester concentré sur le travail à accomplir.

— Rien à foutre du travail à accomplir.

Knight se retourna et il verrouilla ses yeux sur ceux d'un brun profond de Day et sur la courbe inquiète de ses lèvres. Il se rapprocha et le jeune homme glissa une main sur son cou puis sur l'arrière de sa nuque, l'attirant plus près de lui.

— Que fais-tu ?

— Eh bien, je pensais que puisque tu ne voulais pas parler de la nuit dernière, alors tu étais peut-être un homme d'action.

Day le rapprocha et l'embrassa avec ardeur. Knight hésita, puis il entoura la taille de l'autre homme avec ses bras, tirant vers lui ce gars au goût doux et enivrant.

— Je suis baisé, chuchota-t-il quand ils se séparèrent.

— C'est bien mon intention, dit Day vivement.

Puis il se pressa contre lui encore une fois, l'embrassant comme si sa vie en dépendait. Il berça la tête de Knight entre ses mains et baisa sa bouche avec sa langue. Il prit deux secondes pour respirer, puis il suça sa lèvre presque jusqu'au sang.

— Pas de possibilité de se cacher derrière l'alcool ou autre chose. Tu me veux… je peux le sentir, dit Day en poussant ses hanches vers l'avant. Maintenant, tu peux le sentir aussi. Alors, si tu ne veux pas parler de ça, nous allons plutôt le faire.

Et il le propulsa sur le lit. Le matelas frappa l'arrière de ses genoux et Knight tomba. Il finit allongé sur le lit et Day se sauva.

— Où vas-tu, merde ?

— Préservatifs. Ils étaient dans le pack de bienvenue de la croisière. Je suppose qu'ils voulaient envoyer un message.

Il les laissa tomber sur le lit et rampa sur lui. Le jeune homme tira sur l'ourlet de son tee-shirt et Knight leva les bras. Il voulait cela tout autant que Day, peut-être plus. Sa conscience le piqua, mais il l'envoya par-dessus bord quand Day laissa tomber son tee-shirt sur le sol et caressa sa poitrine avec ses mains chaudes.

— Enculé…

— C'est le moins que l'on puisse dire, répliqua Day, et avant que Knight puisse le corriger, il gémit de sa manière de pincer son mamelon, puis de se pencher en avant, le léchant et le suçant.

— Qu'est-ce qui te fait penser que tu es...

Day s'arrêta et le regarda.

— Si tu penses que parce que tu es le plus grand et, je ne sais pas, le plus vieux, je suis en quelque sorte la femme, tu ferais mieux de réfléchir à nouveau. Fous-moi la paix et n'oublie pas.

Day lécha sa poitrine et descendit ensuite sur ses abdominaux sans laisser à Knight la moindre chance de réagir. La réclamation qui s'était formée dans son esprit s'évapora comme le brouillard du matin. Il haleta et passa ses doigts dans les doux cheveux de Day qui explorait son abdomen, taquinant le bord de son short avec sa langue et ses doigts avant de faire sauter le bouton en le tenant bien serré contre lui.

Day écarta le tissu et il fit glisser sa main, qui était sur le nombril de Knight, plus bas, et encore plus bas, avant de passer sous la ceinture de son maillot de bain.

— Bon sang..., gronda Knight quand son partenaire prit ses bourses en coupe dans une main, utilisant l'autre pour descendre le short et le maillot de bain

— Eh merde.

Day retira sa main et grimpa sur le lit. Il arracha violemment les chaussures de l'homme allongé, puis il tira son short et son maillot de bain le long de ses jambes et les jeta par terre d'un seul geste. Ce faisant, il saisit le bord de son propre tee-shirt, il le tira et le passa par-dessus sa tête. La bouche de Knight s'assécha en voyant toute cette peau dorée exposée à sa vue. Il ne s'était pas rasé et, Seigneur, il voulait lui demander de ne plus jamais se raser. Il était encore plus sexy avec sa légère barbe.

— Tu veux voir le reste ?

— Putain, oui ! répondit Knight d'une voix rauque.

Day se retourna et il fit glisser son short, ses fesses dorées se déplaçant devant lui. Une fois qu'il eut tout enlevé, il se tourna et le regarda Il avait senti son sexe, mais le voir... merde. Il se redressa et il enroula ses doigts autour de la longueur dorée épaisse. Elle palpita dans sa main à chaque vrombissement de son cœur.

Il la caressa lentement et Day haleta et gémit doucement avant d'appuyer sur lui pour qu'il s'allonge. Knight se laissa faire volontiers et il regarda le jeune homme qui grimpait sur le lit. Leurs poitrines se rencontrèrent et leurs peaux aussi. Leurs hanches se réunirent, suivies par leurs lèvres, puis le sexe de Day se nicha contre le sien, glissant sur toute sa longueur. Son monde explosa en un éclat de lumière et Knight se serra étroitement contre lui, gémissant quand ils commencèrent à bouger ensemble. Il passa ses mains sur les muscles dorsaux bien dessinés de Day, faisant une pause sur le bas de son dos avant de descendre ses mains pour prendre ses fesses fermes en coupe.

— Baise-moi, chuchota-t-il entre deux baisers à couper le souffle, se pressant plus près de lui.

— Oui, accepta Day en l'embrassant encore plus fortement.

Knight les fit rouler sur le lit, souriant à Day lorsque leurs rôles s'inversèrent. Il l'embrassa et Day le fit rouler en arrière, provoquant un gémissement qui s'acheva sur une bouche bée.

— Je peux prendre le contrôle, fit Day en plaquant ses lèvres sur celles de Knight.

Ce dernier se blottit plus près, le poids du jeune homme si agréable sur lui.

Day rompit leur baiser et il lécha son cou à la base de sa gorge.

— Bon sang, tu as si bon goût. Je ne pensais pas qu'un gars pouvait avoir un goût comme ça, comme toi.

— Qu'est-ce que tu attends ? demanda Knight, ses mots se perdant dans un gémissement.

— Je ne sais pas. Ça n'a pas d'importance.

Day aspira un mamelon et il continua ses explorations. Knight n'avait pas beaucoup réfléchi à ce que serait le sexe avec Day, mais il s'était attendu à ce qu'il soit réticent. Rien de tel avec lui, et quand il glissa sa langue sur la longueur de son pénis, Knight pensa qu'il ne pourrait jamais plus respirer à nouveau.

— Merde, gémit-il

— Oui, marmonna Day avant d'aspirer et de sucer la tête de sa hampe dans sa bouche.

— Bon sang, grogna Knight et il se pressa vers l'avant, désirant en avoir plus.

La chaleur humide était géniale. Merde, c'était la meilleure chose qu'il avait ressentie autour de son sexe depuis… toujours.

Day en prit plus puis il hocha la tête. Les mouvements étaient maladroits et parfois hésitants, mais Knight ne s'en souciait pas. Il en aimait chaque seconde. Il se figea quand Day souleva une de ses jambes avant d'appuyer un doigt sur son entrée. Il n'avait aucune connaissance sur ce sujet, mais dès que le jeune homme le prit profondément et avec passion, Knight oublia tout… jusqu'à ce que Day enfonce un doigt en lui et touche quelque chose qui envoya des décharges électriques à travers lui.

— C'était quoi ? gémit-il. Refais-le !

— J'ai lu qu'il y avait un point chez les hommes et…

— C'était rhétorique. Parle moins… suce plus.

— Autoritaire, répliqua son amant et il l'aspira à nouveau.

Knight sentait qu'il ne pourrait plus garder le contrôle de son corps très longtemps. Day lui avait fait des choses qu'il n'aurait jamais cru vouloir ou pouvoir faire. Il savait depuis longtemps qu'il avait renoncé à cette partie de sa vie. Il l'avait fait pour sa famille, mais maintenant…

— Arrête de penser et laisse-toi aller, lui dit Day et il ajouta un deuxième doigt glissant.

Knight prit une seconde pour se demander d'où était venu le lubrifiant, mais il n'en avait fichtrement rien à faire. Tout ce qu'il savait, c'était que Day jouait en quelque sorte de lui comme d'un instrument et il voulait… merde. Il le désirait autant qu'il avait besoin d'air pour respirer.

Les doigts de Day s'éclipsèrent et Knight gémit quand il abandonna aussi son membre. Il avait commencé à monter au ciel et il ne voulait pas que ça s'arrête.

Day ouvrit l'un des préservatifs et il lui fallut quelques secondes pour l'enfiler. Il se lubrifia et s'avança.

— Tu es sûr de toi ?

— Bordel. Oui ! Si tu dois me baiser, alors fais-le maintenant.

Son grondement sonna à peine comme des mots à ses oreilles, mais Day leva ses jambes, installa ses chevilles sur ses épaules, puis il poussa en avant. Knight avait toujours été à l'autre bout de l'équation, avant. Il serra les dents, puis il expulsa son air quand le jeune homme entra en lui.

— Merde…

Day s'arrêta et Knight souffla comme s'il venait de courir un marathon. Sa tête flottait et il se sentait déjà plein, mais Day s'enfonça encore plus profondément, glissant sa hampe épaisse en lui. Bon sang, comment allait-il en prendre plus ? Il était à quelques secondes de lui demander d'arrêter quand il sentit les hanches de son amant contre ses fesses.

— Merde, baisé…, gémit ce dernier.

— Sans blague, répliqua Knight.

103

Day caressa la poitrine de son partenaire et celui-ci sentit des mains douces sur son menton. Quand il se tourna, il vit le regard brûlant de Day sur lui, chaud et intense. Ils ne bougèrent pas. Bon sang, Knight avait peur de respirer, puis la chose étonnante arriva. Day commença lentement à déplacer ses hanches d'avant en arrière. Knight savait baiser, il l'avait déjà fait avant, mais ça… Merde. Les mouvements étaient lents et réguliers. Bon sang, Day bougeait à peine et il sentit tout son souffle sortir de ses poumons d'un seul coup.

— Qu'est-ce que tu me fais ? demanda-t-il dans une brume de confusion sensuelle.

Day sourit et il bougea plus rapidement sans le quitter du regard. Knight relâcha une partie de la tension qu'il avait retenue en lui et le plaisir fleurit instantanément du plus profond de son corps. Le jeune homme le caressa et le tint dans son regard, dans ses mains. C'était comme si Day se souciait vraiment de lui. C'était une notion difficile à accepter pour Knight. Cela allait à l'encontre de tout ce qu'il avait imprimé dans sa tête depuis des années. Il savait qu'il était gay et qu'il préférait les hommes aux femmes, il l'avait admis. Mais il avait toujours pensé que le sexe entre hommes était juste du sexe, rien de plus que des pulsions animales. Mais c'était quelque chose de plus. Day lui faisait quelque chose de plus… ou était-ce lui ?

— Lâche tout, murmura Day, se penchant en avant pour l'embrasser durement en accélérant le rythme. Lâche tout et monte en flèche.

Voir Day comprendre ce qu'il pensait le rendit perplexe, à moins que ce dernier ne pense la même chose. Ce devait être ça. Ils devaient être tous les deux tout aussi confus. Il pouvait le comprendre, et tandis que Day était aux commandes, il pouvait se perdre dans les yeux chocolat et la peau musquée et parfumée. Les mouvements de ce dernier devinrent rapidement plus frénétiques, et bientôt, le lit bougea en rythme avec le mouvement du navire. Knight ne serait bientôt plus en mesure de retarder plus longtemps son explosion. Il cracha dans sa main, il se prit en main et se masturba comme un fou.

— Ouvre tes yeux, je veux te voir, dit Day.

Knight n'avait même pas réalisé qu'il les avait fermés, mais dès qu'il les ouvrit, il rencontra à nouveau le regard rempli de passion de son amant. Il déglutit et Day poussa avec plus de force et plus en profondeur, puis il se retira presque entièrement avant de claquer de nouveau en lui.

— Je sais ce que tu veux. Je peux le voir à ton souffle qui devient haletant et à tes yeux qui brillent quand je te suis en toi.

Day ressortit, puis glissa à nouveau en lui, roulant ses hanches dans une action rythmique ressortant de lui encore une fois.

Knight ne pouvait pas tenir plus. Il retint son souffle, criant quand sa délivrance s'amorça en lui. Day poussa profondément et il resta, palpitant, en lui. Ils restèrent tous les deux immobiles. Knight avait peur de bouger et il était fichtrement lessivé. Il serra Day et s'alanguit dans la chaleur du peau à peau. Day respirait lourdement à son oreille et après quelques secondes, il la suça légèrement.

— Tu es waouh.

Knight sourit

— Ça fait longtemps.

— Pour nous deux.

— Je suppose, mais comment sais-tu comment… si tu n'as pas fait cela très souvent, comment es-tu si bon ? demanda Knight en ouvrant les yeux.

— Un talent naturel combiné avec… eh bien, du porno, sourit Day comme un petit garçon qui aurait été pris la main dans le pot de Nutella

— Ça doit être le porno, plaisanta Knight et son partenaire claqua légèrement son bras.

Il resserra son étreinte et il referma les yeux une fois de plus.

— Petit malin, murmura Day. Je voudrais voir quel talent tu as.

— C'est ce que tu voudrais ? demanda Knight.

Et il les fit rouler sur le lit.

— Voyons voir ce que nous pouvons faire à ce sujet, sourit Day.

Il enroula ses bras autour du cou de l'ex Marine, le tira vers le bas et l'embrassa. Alors que leurs précédents baisers avaient été remplis de feu, d'ardeur et de passion, celui-ci fut lent, languissant et plein de chaleur et de plaisir. C'était si différent et pourtant pareil. C'était Day.

Knight lui rendit son baiser, laissant lentement s'accumuler la passion. Day semblait sacrément bien dans ses bras, comme si c'était sa place. Mais il ne pouvait pas laisser ce sentiment prendre racine. Ils étaient en mission ensemble et il semblait qu'ils avaient tous les deux des passions longtemps réprimées bouillonnant sous la surface. Cela ne voulait pas dire que cela signifiait plus que ça.

La chaleur et l'énergie réapparurent dans son corps, alimentées par les caresses de Day.

— J'aime tes fesses, lui dit le jeune homme en faisant glisser ses mains vers le bas pour les empoigner.

Il n'avait jamais pensé qu'il apprécierait, mais dès le premier jour, c'était chaud, tendre et intime tout à la fois. Il poussa légèrement ses hanches et Day répondit en faisant de même.

— Es-tu si impatient, d'habitude ?

— Je ne sais pas, répondit son amant. Je me plais à penser que c'est parce que c'est toi.

— Je me plais à penser que c'est moi aussi, fit Knight en capturant ses lèvres.

Penser qu'il pouvait aussi rapidement faire remonter Day après une telle intensité était suffisant pour que son propre corps se réveille. Il se serra plus près de lui et fléchit lentement ses hanches, glissant son membre durcissant le long de celui de son compagnon.

— Où sont le lubrifiant et ces autres préservatifs ?

Day regarda vers la table à côté du lit et Knight attrapa le lubrifiant et il enduisit ensuite ses doigts. Il taquina lentement la peau de l'intimité de son amant avant d'enfoncer un seul doigt en lui.

— Tu n'es pas obligé de me traiter comme si j'étais fragile.

— Je ne veux pas te faire mal.

— Je sais que tu ne le feras pas, déclara Day.

Knight s'enfonça plus profondément. Il recroquevilla légèrement son doigt et son partenaire haleta et s'accrocha à lui comme s'il allait voler en éclats. Il le recentra en soutenant son regard, puis il déchira le sachet d'un préservatif. Il n'y avait aucune manière gracieuse de dérouler ce fichu truc, comme il le découvrit, mais il réussit et il tira Day sur le bord du lit. Il se tint debout et installa les jambes de son compagnon sur le haut de sa poitrine. Puis il verrouilla son regard sur lui, l'écouta respirer et se pressa lentement en lui.

Il avait eu des rapports sexuels avant, mais rien ne l'avait préparé à la chaleur et à la pression qui entourèrent son sexe quand le corps de Day s'ouvrit à lui. Ses jambes tremblaient d'un tel enthousiasme qu'il devait sortir d'une manière ou d'un autre. Il ne voulait pas aller trop vite, mais son instinct lui disait de s'enterrer dans Day et de lâcher la vapeur.

— C'est ça, gémit Day, se pressant contre lui, le forçant à entrer plus profondément.

Knight perdit la bataille du contrôle et il fit claquer ses hanches vers l'avant. Day cria et ils s'immobilisèrent tous les deux.

— Bon sang, c'est si bon, murmura Knight

— Alors, bouge.

Knight se rapprocha plus et Day commença à bouger avec lui. La seule chose à faire était de lui donner ce qu'il voulait. Day agrippa son bras.

— Je te fais mal ?

— Bon sang, non, dit Day en se poussant plus près, amenant Knight encore plus en lui. Baise-moi comme tu l'entends.

Knight recula et claqua en lui, ses hanches giflant ses fesses.

— Comme ça ?

— Putain, oui.

Il saisit les chevilles de Day afin d'écarter ses jambes et il lâcha la bride à son contrôle. Il poussa ses hanches, s'introduisant au plus profond de son amant. Tout n'était plus qu'instinct maintenant. La sueur coulait sur sa poitrine et il pistonnait ses hanches comme une machine. La tête de Day roulait d'avant en arrière sur le lit et les yeux écarquillés, il scandait « putain », « oui », « encore » et « encore ». Knight lâcha ses chevilles et il agrippa ses hanches, utilisant l'effet de levier pour claquer leurs corps ensemble. La chaleur, la prise ferme et les bruits de son compagnon se combinèrent pour le conduire au bord de la folie.

Des gouttes de sueur coulaient sur son front et sur son torse. Il caressa la poitrine de Day puis attrapa sa longueur, la caressant aussi vite et aussi fort qu'il le pouvait.

— Tiens-toi au lit comme si ta vie en dépendait, l'avertit-il et Day s'agrippa aux draps.

Knight jeta tout son poids et son intensité dans ses coups.

Il ne savait d'où venaient toute cette passion et cette intensité. Il avait toujours été un amant prudent, mais son compagnon le rendait sauvage et ses inhibitions tombaient rapidement dans l'oubli.

— Tu es foutrement chaud avec mon sexe en toi.

— Oui ? Prouve-le ? haleta Day en s'agrippant fermement au lit.

Et Knight lâcha tout. Sa tête était légère comme une plume et son cœur battait à ses oreilles. La sueur continuait de couler sur lui.

— Bordel, cria Day assez fort pour alerter la moitié du navire sur ce qu'ils faisaient.

D'une certaine manière, il serait heureux de rester ainsi éternellement, Day autour de lui, serrant son membre comme un étau.

Des picotements apparurent à la base de sa colonne vertébrale et se propagèrent en lui. Ses genoux voulaient lâcher et il ne tenait debout que grâce à sa volonté. Ses jambes tremblaient et il hoqueta et gémit en sentant l'apogée de Day. C'était une sensation incroyable de sentir et de voir son

107

amant jouir autour de lui et il savait qu'il garderait le souvenir de cette joie pure et de cette intensité. Knight gémit en le percutant et il le tenait toujours quand son orgasme le surprit. Il jouit violemment, remplissant le préservatif, son corps s'effondrant à la suite de deux orgasmes puissants en moins d'une heure.

Il s'écroula en avant dans les bras de son amant, incapable de rester debout. Leurs corps se séparèrent et ils haletèrent. Chaque contact semblait plus fort et hors de proportion. Il ne voulait pas bouger et pourtant il avait peur d'écraser Day. Il réussit à se poser sur le lit à côté de lui, respirant comme s'il venait de courir un marathon.

— Je suis désolé

Day s'immobilisa.

— Pourquoi ?

— Pour t'avoir fait mal. J'ai dû te blesser. J'étais tellement hors de contrôle.

— Tu ne l'as pas fait, et oui, tu étais hors de contrôle de la meilleure façon qui soit. C'était génial que je puisse faire sortir tout ça de toi, fit Day en lui caressant le bras. J'en veux encore, ajouta-t-il en se remontant sur le matelas. Bouge sur le lit et allonge-toi complètement.

Knight fit ce qu'il lui demandait. Il n'avait pas l'énergie de discuter. Une fois qu'il fut installé, Day ôta le préservatif et quitta la pièce. Il revint avec un gant de toilette et le plaça sur la tête de Knight.

— Je vais bien, dit celui-ci.

— Reste juste allongé et pour une fois, ne discute pas.

Il resta où il était, laissant l'air frais sécher sa peau.

— Bon sang. Tu es sûr que je ne t'ai pas fait mal ?

— Non. Je te promets que je te le dirai s'il y a quelque chose que je n'aime pas ou que je ne veux pas. J'ai une voix et je suis assez grand pour dire ce que je veux faire savoir. Tu ne dois pas t'inquiéter pour ça lui, dit-il en se rapprochant de lui, posant une main sur sa poitrine. Repose-toi juste un moment et tu redeviendras désagréable et autoritaire.

— Tu sais comment titiller l'ours, n'est-ce pas ? l'avertit Knight.

— Tu vois, tu vas déjà mieux.

Knight entendit un sourire dans sa voix. Il ne pouvait pas le voir, mais il l'entendait avec certitude.

— Maintenant, peux-tu me dire pourquoi tu as tellement peur de me blesser ?

— Tu es vraiment assez curieux pour être un psy, constata Knight en déplaçant son bras, puis il ouvrit les yeux et il se tourna vers Day. Va te faire foutre.

— Après ce que nous venons de faire, je crains que ce soit totalement impossible. Alors maintenant, tu me le dis. Je ne te demande pas de me révéler tous tes secrets, mais je pense que celui-là est pertinent. Peut-être pas pour la mission, mais pour moi, l'informa-t-il en se rallongeant. J'attends.

— Aaah, merde, grogna Knight.

Juste ce dont il avait fichtrement besoin de parler.

V

DAY GISAIT nu contre lui. Cela aurait dû lui sembler incroyablement bizarre d'être couché nu à côté de son partenaire de travail. Mais ce n'était pas le cas. Certes, si les autorités dont ils dépendaient découvraient ce qu'ils avaient fait sur cette croisière « mission », tout ce truc de partenaire changerait probablement rapidement, ainsi que le statut de leur emploi. Zut, il devait se concentrer et se détacher de ses stupides soucis pour le moment.

— Tu n'es pas obligé de me le dire.

Knight gémit doucement.

— Tu peux laisser tomber ta merde passif-agressif. C'est ennuyeux, fit-il en se détournant.

Day avait déjà remarqué que lorsque son compagnon voulait se cacher du monde, il jouait l'autruche avec son rituel du « je me mets un bras sur les yeux ». Il écarta son bras et se tourna vers Knight.

— Si j'entends un soupir ou si je vois un seul signe ou toute autre absurdité, je vais…, dit Knight.

— Tu vas quoi ?

— Je vais te jeter par-dessus le garde-corps et je dirais à tout le monde que tu ne pouvais plus vivre en étant un tel trou de balle, dit-il d'un air très sérieux. Ou bien, je dirais que tu es un espion et que je t'ai balancé par-dessus bord pour t'empêcher de répandre les secrets du gouvernement.

Day roula des yeux.

— Tu es le trou du cul, pas moi.

— Ils ne le savent pas.

— D'accord, aussi longtemps que nous sommes d'accord sur qui est le trou du cul, ça me va. Aucune pitié et aucune plainte de ta part.

Il voulait sourire, mais il l'effaça de son visage. Knight était sérieux à sa manière, moqueur et menaçant. Ce qui était arrivé l'avait, quoi qu'il en soit, profondément affecté.

Day se tut et il s'installa confortablement sur le lit. Le bateau se balançait doucement, le soleil brillant par les rideaux ouverts. Il aurait dû être détendu et en train de dériver vers le sommeil dans une atmosphère par ailleurs pacifique, mais au lieu de cela, il était énervé.

— J'avais dix-neuf ans. J'avais quitté la maison et j'étais en congé après le camp d'entraînement, commença Knight. Deux semaines. Les autres gars rentraient chez eux pour voir leurs familles. Mais je ne voulais pas faire ça. Je m'étais enfui et je ne voyais pas la nécessité de rentrer pour me soumettre à l'examen de mon père. Je suis donc resté à San Diego avec l'un des autres gars. Mark et moi étions amis en quelque sorte et il se trouvait dans une situation identique à la mienne. Aussi, nous avons loué un petit endroit et nous nous sommes dit que nous allions passer les deux semaines à la plage à ne rien faire.

Knight ne le regardait pas et Day resta calme, ne voulant pas interrompre le flux de l'histoire.

— Mark était un bon gars, continua-t-il en faisant rouler sa tête sur l'oreiller. Il a été blessé en Irak, il y a cinq ans et il a perdu ses jambes. Je suis allé le voir après ça et il n'était plus le même. Personne ne savait quoi faire et ses parents étaient dépassés. Il s'est suicidé quelques semaines plus tard parce qu'il n'arrivait plus à se voir comme un homme complet après ça.

Knight releva les yeux vers le plafond. Il aurait dû lui être facile d'établir un contact visuel, mais cela ne l'était pas, même si Day souhaitait qu'il le fasse.

— Il avait une vieille voiture, donc un matin, nous avons fait une virée sur la côte, à Venice. Muscle Beach. Nous étions tous les deux à la fois musclés et forts, aussi nous pensions que nous ferions le spectacle. Bien sûr, par rapport à ces gars-là, nous ne l'étions pas beaucoup, mais c'était amusant. Mark est parti se balader sur la promenade pour prendre du plaisir et je suis allé dans l'une des salles de sport puis à nouveau à l'extérieur pour profiter de la plage elle-même. Bon sang, il y avait des gars partout et j'avais passé des semaines d'entraînement physique intense enfermé avec des gars qui ne parlaient quasiment de rien à part de filles et de baiser. Je me suis retrouvé à traîner avec certains d'entre eux et je me suis fait remarquer. J'étais jeune, j'étais beau, ce que certains d'entre eux recherchaient semble-t-il. J'ai été invité dans un bar et il ne m'a pas fallu longtemps pour remarquer qu'il n'y avait que des gars là-bas.

— Ton premier bar gay ? demanda Day.

— Oui. Les gars m'offraient des boissons et j'ai bu la plupart d'entre elles parce que, bordel, j'étais jeune, stupide et excité. Une combinaison mortelle. Quoi qu'il en soit, ce type m'a approché après que j'en ai pris quelques-unes et il est monté à l'assaut. Il a dit qu'il aimait les Marines et il m'a demandé si je voudrais avoir du plaisir avec lui. Il était mignon et beau, bien habillé, baisable. Tout en lui criait le sexe. Il avait un appartement dans le coin, alors nous y sommes allés et les choses sont allées très vite.

Day suivait l'histoire, mais il n'avait pas vu un problème jusqu'à présent.

— Je ne vois pas de problème.

— Il n'y en avait pas. Le gars a dit que son nom était Jimmy, probablement un faux nom, mais cela n'avait pas d'importance. Il a dit qu'il aimait les garçons forts, alors je l'ai malmené un peu. Je ne l'ai pas vraiment blessé et il semblait apprécier. J'ai bien aimé aussi. C'était fort et nous avons passé un bon moment, expliqua-t-il en se raclant la gorge. Quoi qu'il en soit, nous sommes arrivés au clou de la soirée et nous étions vraiment à fond. Jimmy me criait de le baiser et je l'ai fait comme s'il n'y avait pas de lendemain. Tout à coup, il y a eu ce bruit et il a commencé à gémir. Cela semblait différent. Pas bien, mais je n'ai pas compris tout de suite. J'étais sur mon nuage.

Il fit une pause et Day se tourna pour le regarder.

— Je me suis arrêté par la suite et sa mâchoire était tendue et son visage crispé de douleur. Je me suis retiré et je l'ai installé doucement sur le lit.

— Qu'est-il arrivé ?

— Je ne sais pas. Il a dit que tout allait bien, mais je savais que ce n'était pas le cas. Je lui ai demandé s'il avait besoin d'aide et il m'a dit que ce serait mieux que je parte. Il a commencé à se déplacer vers le côté du lit et je l'ai aidé, raconta-t-il de plus en plus agité. Tout ce que je à quoi je pensais, c'est ce qui se passerait si j'étais pris ici. Je serais viré du Corps, plus de famille, déshonoré et sans aucun endroit où aller.

— Qu'est-ce que tu as fait ? demanda le jeune homme en essayant de ne pas laisser l'inquiétude transparaître dans sa voix.

— Je l'ai aidé, il a trébuché et il s'est dirigé vers la salle de bain.

— Il marchait tout seul, déclara Day.

— Oui, mais je pouvais dire qu'il y avait un problème. Il ne marchait pas bien et il était tout courbé. Je l'ai entendu dans la salle de bain et j'ai pensé que peut-être il était malade. J'ai lui ai demandé s'il allait bien et tout ce que j'ai eu comme réponse c'est que je ferais mieux de m'en aller. Alors, j'ai réuni mes vêtements et mes affaires. Une fois habillé et prêt à partir, je lui ai demandé de nouveau s'il allait bien.

— A-t-il répondu ?

— Oui, il a dit qu'il allait bien, donc je suis parti et j'ai trouvé Mark. Il parlait avec quelques filles sur la plage et je suis allé avec lui. Nous avons pris un truc à manger et aussi quelques boissons, mais j'étais totalement ailleurs et je regardai continuellement autour de moi. Je m'attendais à ce qu'on vienne me chercher à tout moment. Bien sûr, personne n'est venu et, en fin de compte, Mark et moi sommes retournés à San Diego. Il s'est absenté pour s'envoyer en l'air et j'ai bu un peu trop, finissant par être malade dans les toilettes du restaurant avant d'arrêter les frais. Au moment où il est revenu, j'avais expurgé la majeure partie de la merde de mon système et nous sommes rentrés en voiture à la maison. Probablement une chose stupide à faire, mais nous étions les rois de la stupidité.

— Je crois que je ne comprends pas

— Je n'ai plus pensé à rien jusqu'à… eh bien, tu sais comment les choses ont une façon de te revenir en pleine face ? Eh bien, c'est arrivé une semaine plus tard. Les gens habitant la porte à côté de la nôtre recevaient le journal et je l'ai pris parce qu'ils étaient partis, pour qu'on ne sache pas qu'ils n'étaient pas chez eux et j'ai vu le visage de Jimmy. Il y avait des gens qui organisaient une collecte pour lui parce qu'il s'était blessé à la colonne vertébrale et qu'il ne pouvait plus marcher. Ses parents étaient de San Diego et c'est pour ça qu'il passait dans le journal ici.

— Comment savais-tu que c'était de ta faute ? Quelqu'un a-t-il essayé de te contacter ?

— Non. Et qu'est-ce que Jimmy était censé dire ? Qu'il a été blessé en baisant avec un gars ramassé au hasard dans un bar ? Non, il a inventé une histoire en disant être tombé dans les escaliers et s'être blessé, mais c'était bien lui. J'ai entendu le « pop ». Nous ne faisions que baiser, mais j'ai dû le faire trop fort ou autre chose. Je sais que je l'ai blessé. Et je n'ai jamais couché avec un autre gars… jusqu'à toi.

Day ne savait pas quoi dire. Tant de choses lui venaient à l'esprit. Il voulait dire que baiser quelqu'un jusqu'à le paralyser n'était possible que si quelque chose était déjà de travers. Cela n'arrivait pas comme ça, mais Knight semblait penser que c'était réalisable. Il voulait le réconforter ou tout du moins l'apaiser. Mais il ne savait pas comment faire sans que cela ressemble à de la pitié ou autre chose qui, il le savait, l'énerverait. Il soupçonnait que son compagnon lui avait confié une histoire qu'il n'avait jamais racontée à personne auparavant… jamais. Comment pouvait-il ? Il se tourna vers lui. Knight regardait toujours le plafond, les yeux fixes

113

Bon sang que pouvait-il dire qui fasse une différence ? Il n'y avait rien, pas vraiment. Knight devait arriver de lui-même à réaliser qu'il n'était pas responsable. Les mots étaient trop faciles, trop vite utilisés la plupart du temps. Alors, Day fit la seule chose qu'il pensait pouvoir faire. Il bougea son bras entre eux et il prit la main de son amant dans la sienne. Entrelaçant leurs doigts, il la tint simplement et il attendit tranquillement.

Finalement, il sentit que son compagnon serrait sa main en réponse et il sut que son message avait été reçu. Pas de pitié, pas de sympathie ni de platitudes, juste un soutien. C'était tout ce qu'il voulait transmettre.

IL SE passa un bon moment avant que l'un d'eux ne bouge. Leurs paumes avaient sué d'être ensemble, mais Day n'y avait pas prêté attention. Il tint la main de Knight aussi longtemps que celui-ci la lui laissa. Son amant finit par bouger et leurs mains se séparèrent puis il descendit du lit avec un petit gémissement. Day ne fit aucune remarque sur ce que son partenaire lui avait dit, il le regarda simplement se diriger vers la salle de bain. Une fois qu'il fut hors de vue, il soupira et se lova dans le lit complètement chiffonné. Tout son corps lui faisait mal, mais d'une manière qui diffusait un peu de chaleur à travers celui-ci. Il aimait la raison de la présence de ces douleurs. L'eau coula puis il entendit que Knight commençait à se doucher. Il pensa lui demander s'il voulait un peu de compagnie, mais il se ravisa. Knight avait besoin d'un peu de temps pour faire face à des souvenirs qu'il pensait probablement profondément enterrés et qui venaient d'être exposés à la lumière crue du jour une fois de plus.

D'une certaine manière, il était honoré que Knight ait partagé son histoire avec lui et qu'il lui ait fait assez confiance pour lui dire ce qui était arrivé. Même si cela n'avait pas d'importance pour lui, il savait que son compagnon n'avait voulu blesser personne.

Day avait besoin de passer à son tour dans la salle de bain, aussi enfila-t-il le short qu'il avait porté un peu plus tôt et s'assit-il à son ordinateur pour voir si des informations supplémentaires lui étaient parvenues. Non qu'il soit vraiment capable de se concentrer pour le moment, mais cela lui donnait quelque chose à faire. Il y avait plus d'échanges et il commença à parcourir ses programmes pour voir s'il y avait quelque chose de significatif. Un échange attira son attention et il repassa dessus.

— Knight, dit-il quand il entendit l'eau s'arrêter. Knight

La porte de la salle de bain s'ouvrit.

— Ils ont résolu le problème de partage. Ça semble être le dernier obstacle à la mise en œuvre d'après ce que j'ai pu entendre. Mais ils en parlent toujours, donc j'espère que cela veut dire que nous avons encore un peu de temps.

— Moi aussi, répondit Knight, sans beaucoup d'énergie.

Il avait l'air usé et fatigué, mais Day n'était pas non plus un paquet d'énergie. Entre leur sexe athlétique et l'histoire de Knight, il était épuisé. Cependant, il y avait encore du travail et des préparatifs à faire.

— À quelle heure accostons-nous ?

— Dix heures, répondit Day après avoir regardé le programme. Je réfléchissais. Je sais que le plan initial était de se servir de l'excursion pour nous emmener à l'intérieur des terres, mais étant donné que le groupe est si proche de la ville, cela va nous amener plus loin que la zone à laquelle nous devons accéder.

— Je suis d'accord. Je pense que nous devons annuler l'excursion. Cela ne fera que soulever des soupçons si nous ne nous montrons pas. À cause de ça, l'idée de Dimato ne me semble pas aussi bien pensée. Disparaître d'un plus petit groupe serait beaucoup plus visible que de tout simplement descendre du navire, se fondre dans la masse et ne pas revenir. D'ailleurs, Dimato n'est pas au courant de tout ce que je sais.

— Qu'est-ce que ça veut dire ?

— Nous avons tous des contacts et certains d'entre eux doivent rester secrets. C'est le cas de mon ami Miguel. Dimato ne connaît pas son existence et je prévois que cela reste ainsi.

Son expression dure était un avertissement.

— Alors, comment pouvons-nous y arriver ?

L'excursion était censée être leur moyen de transport, mais si elle n'était pas nécessaire, alors il fallait trouver une autre solution. Ils pouvaient marcher, mais ce n'était pas l'idée la plus agréable et elle n'offrait pas de possibilité d'un repli rapide si nécessaire.

— Laisse-moi faire, répondit Knight.

Day hocha la tête et il décida de faire confiance à son partenaire et à ses compétences.

— Parfois, il suffit d'obtenir un peu d'aide de ses amis, lui dit-il en lui lançant un rapide sourire. Je reviens. Finis ce que tu as à faire et quand je reviens, je t'exposerai mon plan et nous pourrons y aller.

Knight quitta la pièce et Day essaya de ne pas s'énerver à cause de cette histoire de *mon* plan.

Un soupir gronda dans sa gorge. Il repoussa sa chaise et décida qu'une douche était probablement une bonne chose. Il avait besoin de temps pour appréhender le fait qu'il allait vraiment vivre sa première mission sur le terrain. Il avait craint qu'elle soit annulée ou que l'emplacement change et qu'ils ne soient pas au bon endroit ou un truc comme ça. Tant de paramètres pouvaient mal se passer ou changer en un instant qu'il avait été sûr que quelque chose gâcherait leur mission. Mais cela semblait se dérouler correctement et ils étaient au bon endroit pour ce qui pourrait être juste le bon moment. C'était passionnant et effrayant en même temps.

Il entra dans la salle de bain et ouvrit l'eau avant d'entrer dans la petite baignoire. Il se lava rapidement les cheveux et le corps, les traces de ce qu'ils avaient fait, Knight et lui, disparaissant dans le siphon. Quand il eut terminé, il se rinça et sortit. Il se sécha rapidement avant de bousculer un peu ses cheveux pour s'assurer qu'ils ne faisaient pas des paquets et n'avaient pas l'air touffus. Puis il quitta la salle de bain et il s'habilla avant de retourner travailler.

— Je pense que je suis arrivé à un point où je ne peux pas faire beaucoup plus, déclara-t-il à Knight quand celui-ci revint, fermant la porte de la cabine derrière lui. Nous avons assez bien mis en évidence l'emplacement et nous l'avons confirmé avec des photos satellites.

— La seule chose que je voudrais vraiment savoir, c'est combien ils sont là-bas. Et peux-tu me dire avec qui ils communiquent ? Les signaux que nous interceptons proviennent de cette région, mais avec qui parlent-ils ? Où se trouvent-ils ?

— C'est la partie difficile, expliqua Day. Nous n'avons pu savoir que cela venait d'ici que parce qu'ils utilisent des téléphones satellites, des portables non standard, et que c'est une faille dans leur conception que nous exploitons. S'ils utilisaient des équipements plus récents, nous n'aurions presque rien obtenu du tout. En me basant sur ce qu'ils disent, je crois que l'autre côté est quelque part en Colombie. Medellín a été mentionnée, mais cela ne signifie pas grand-chose. Ils ne parlent pas beaucoup des emplacements. Ils ne sont pas stupides et ils semblent être conscients qu'ils pourraient être interceptés. Ils sont très concis.

— Alors, pourquoi tous ces échanges en premier lieu ? demanda Knight, s'interrogeant presque lui-même.

— Je pense que le patron, quel qu'il soit, a requis des rapports, expliqua Day.

Et Knight rit.

116

— Quoi ?

— Cela veut dire qu'il ne fait pas confiance à ces gars-là. C'est bon. Nous pourrions avoir besoin d'utiliser ça à notre avantage à un moment donné. Je ne sais pas comment, mais c'est bon à savoir.

— Pourquoi ?

— Parce que tous les faits, tous les indices, peuvent être précieux. Tu ne sais pas quand une information sera essentielle pour entrer ou sortir le moment venu. Les avantages peuvent servir à tout moment. Aussi, je te suggère de stocker toutes les informations que tu peux tirer de ces conversations et de les garder en mémoire. Nous pourrions en avoir besoin.

Il se détourna et Day le vit bailler, puis il conclut :

— Autrement, je pense que nous sommes aussi prêts que nous pouvons l'être.

— Tu voulais revoir le plan, l'invita Day.

Knight s'assit sur le bord du lit et il récapitula ce qu'il avait prévu et quand.

— C'est un aperçu et nous ferons des ajustements en cours de route, mais nous avons besoin d'un plan d'ensemble. Si nous sommes séparés, nous désignerons un endroit sur la Costa Maya pour nous retrouver. Autre chose : l'équipement est superflu, donc débarrasse-t'en si nécessaire. Assure-toi qu'il n'est plus opérationnel, l'eau fonctionne très bien sur tout ce qui est électronique et tu devrais en trouver suffisamment autour de toi. Idem pour les armes. Tu ne dois pas te faire attraper avec quoi que ce soit qui puisse être utilisé contre toi. Si l'armée ou la police apparaissent, méfie-toi. Ils pourraient bien toucher des pots-de-vin ou même faire partie du complot.

— Bien. Cela fait beaucoup à appréhender.

— Oui, c'est vrai. Nous devons ressembler à des touristes à tout moment sauf quand nous ferons notre dernière incursion. Si quelqu'un nous voit, nous dirons que nous explorons le Yucatan à la recherche de ruines. Il y en a assez ici pour que cela nous serve. Il suffit de garder ton esprit fixé sur l'objectif et de réfléchir. Ne pas réagir. Parfois, l'instinct est bon, mais parfois ce qu'il nous crie est exactement le contraire de ce que nous devrions faire.

— D'accord. J'essaierai.

— Es-tu nerveux ?

Day hocha la tête.

— Excité ?

Le jeune homme hocha la tête à nouveau.

— Suffisamment effrayé pour te pisser dessus ?

— Presque.

— Génial. Si tu n'avais pas peur, je me demanderais ce qui ne va pas chez toi et je suggèrerais peut-être que tu restes ici afin que nous ne soyons pas tués tous les deux. Utilise la peur mais ne la laisse pas te paralyser. La peur ne contrôle pas. Toi oui.

— Penses-tu qu'il y ait une possibilité que nous puissions attraper ces gars sans détruire tout leur équipement ? Ce serait intéressant de voir ce qu'ils font et comment ils ont prévu de faire tout disparaître. Les informations sur les programmes qu'ils ont développés seraient précieuses pour les sociétés de stockage ainsi que pour le gouvernement.

— Nous verrons. Notre objectif principal est de stopper cette attaque. Si nous pouvons nous procurer des atouts supplémentaires dans le processus, ce serait bien, bien sûr. Neutraliser ce groupe et en voir un autre sortir avec les mêmes méthodes et les mêmes programmes est la dernière chose que nous souhaitons. Nous détruirons tout si nous le devons. C'est le plus important. : enlever la capacité de l'ennemi à mener une guerre.

— D'accord, dit Day en continuant à regarder dans les informations qu'il avait.

Mais il abandonna après un certain temps. Il ne pouvait pas faire plus de connexions.

— J'ai demandé des photographies plus récentes. Un satellite doit passer sur la zone demain matin. Ce sera une heure avant le lever du soleil, mais cela devrait nous montrer si quelque chose a changé.

—Bonne idée, lui dit Knight avec un sourire.

— Et maintenant ?

— Le dîner est dans quelques heures. Je dis que nous devons nous détendre et tirer le meilleur parti de la soirée qu'il nous reste. Demain sera une longue journée, aussi nous devons bien dormir ce soir.

Day se demanda si c'était une allusion à ce qu'ils avaient fait durant l'après-midi, mais il ne posa pas la question.

— Je pensais sortir, nager un peu, peut-être faire un peu de jacuzzi. Voir ce qui se passe.

Cela semblait être un bon moyen de se détendre et de ne pas penser jusqu'à l'obsession à ce qu'ils feraient le lendemain. Il pensa à aller à la salle de gym, mais il avait déjà fait sa séance d'entraînement et il avait besoin de détente. Day chercha son maillot de bain et il le mit à la place de son short. Quand il sortit de la salle de bain, Knight s'était aussi changé. Il lui tournait le dos, donc il prit quelques minutes pour profiter de la vue sur ses jambes épaisses comme des troncs d'arbre et son cul costaud.

— Je suis prêt si tu l'es.

Knight se retourna et il attrapa une serviette et sa carte-clé. Day fit de même et ils quittèrent la cabine.

Les gens dans la piscine sautillaient. Un groupe faisait l'animation en direct. Les jacuzzis étaient complets mais un peu d'espace se libéra dans l'un d'eux et quand Day y entra suivi de Knight, celui-ci comprit pourquoi. Les autres hommes mataient le jeune homme ouvertement, certains léchant leurs lèvres. Il ne savait pas quoi faire de ça et il décida de l'ignorer.

— Vous passez un bon moment ? demanda-t-il à la place.

— Oui, répondit un des hommes et les autres hochèrent la tête.

Day s'installa et il se détendit, fermant les yeux. Knight s'installa à côté de lui, mais la tension ne sembla pas le quitter.

— Tu pourras y penser plus tard…, chuchota Day sans avoir besoin de finir sa pensée. Détends-toi juste, lui dit-il en tapotant sa main sous l'eau.

Knight se tourna vers lui, il fronça les sourcils et se détourna ensuite. Day n'était pas sûr qu'il soit vexé et il ferma les yeux. Un pied caressa le sien, mais il l'ignora. Cela se produisit une deuxième fois et il ouvrit les yeux. Un des hommes de l'autre côté du bain attira son attention et le pied le caressa une troisième fois. Day retira ses jambes et il réalisa que tous les autres gars le regardaient aussi. Knight affichait toujours un air renfrogné. Il se pencha et toucha doucement son menton. Quand il se tourna vers lui, Day lui donna un baiser dur mais relativement rapide, puis il recula et se rassit. Avant de fermer les yeux, une fois de plus, il remarqua que l'air renfrogné de son partenaire avait disparu et que quelques-uns des gars s'éventaient visiblement tandis qu'un autre riait doucement.

— Pas de chance, Rudy, dit un gars.

— Petit malin, répliqua Monsieur Jetefaisdupied.

Et de l'eau gicla.

— J'espère que tu es content, murmura Knight.

— Je le suis, en fait. Merci, sourit-il sans ouvrir les yeux.

Qu'ils soient jaloux ou envieux, peu importe. Ils pouvaient regarder s'ils voulaient, même s'il ne savait pas trop ce qu'il ressentait à être l'objet de l'attention des autres hommes. Il avait passé tant de temps à nier qui il était que cela prendrait du temps et beaucoup plus d'introspection pour qu'il soit à l'aise dans sa propre peau. Cependant, il avait l'impression qu'il pourrait enfin y arriver.

— Depuis combien de temps êtes-vous ensemble ? demanda l'un des hommes à Knight, Day ignorant la question.

— Eh bien, nous avons été amis un certain temps, mais…

— La mer a opéré sa magie sur vous ? Comme c'est charmant. Une vraie idylle à bord.

Il semblait évaporé et Day se força à ouvrir les yeux pour jeter un coup d'œil sur lui, puis il les referma. L'homme approchait très probablement des cinquante ans et il était assis à côté d'un homme du même âge. Ils semblaient être ensemble et heureux, assis l'un près de l'autre.

— Je suppose qu'on pourrait dire ça, admit Knight qui semblait un peu mal à l'aise.

— Il n'a jamais aimé parler de lui, ajouta Day en le poussant légèrement avec son bras. Et les relations…, dit-il avec un sourire. Les sentiments…

Il posa sa main sur sa poitrine et essaya d'avoir l'air choqué.

— Va te faire foutre, assena Knight, pince-sans-rire.

— C'est ce qu'il dit pour 'Je ne veux pas en parler'.

— Waouh, c'est si mignon. Voilà, on sait qu'on est accro quand on développe son propre code pour les choses, dit l'un des hommes plus âgés.

Knight ne dit rien et Day ne put retenir un petit rire.

— Dans ce cas, cela signifie que Knight ici est un cul taiseux, fit-il en se tournant vers lui. C'est une des choses sur laquelle nous sommes d'accord.

Ce dernier soupira, mais il ne réfuta pas. Day ferma les yeux une fois de plus et il laissa le soleil, la chaleur, l'eau et le brouhaha heureux de la conversation couler sur lui. Il lâcha les soucis et se détendit simplement. Demain viendrait avec tout ce qu'il faudrait. Ils avaient un plan et ils s'étaient préparés autant qu'ils le pouvaient. Il ne leur restait plus qu'à pénétrer les lieux, remplir la mission et repartir.

Certains des gars quittèrent le bassin, ce qui fit plus de place. Day bougea un peu et il étendit à nouveau ses jambes, maintenant que monsieur Jetefaisdupied était parti. C'était agréable et finalement il ouvrit les yeux et l'un des autres hommes engagea la conversation.

— Alors, comment vous êtes-vous rencontrés tous les deux ?

Day regarda son compagnon qui resta silencieux. Connard.

— Nous travaillons ensemble et je l'avais déjà aperçu, mais nous n'avions jamais rien dit parce que c'était le travail. Quoi il en soit, je suis sorti en club et il était là, un grand gars calme, faisant tapisserie. Alors, je suis allé vers lui et je lui ai demandé de danser avec moi.

Day se dit que puisqu'il devait inventer une histoire, elle pouvait tout aussi bien être bonne.

— Mais il a refusé en disant qu'il ne pouvait pas danser. Je pense aussi qu'il était un peu surpris de voir quelqu'un du travail. Je suis parvenu à le tirer sur la piste de danse et il avait raison. Le mec danse comme un manche à balai. J'ai dû lui faire quitter la piste avant qu'il ne blesse quelqu'un.

Day sourit et Knight grogna.

— Après cela, il s'est excusé et il est parti, probablement intimidé par moi.

— Oui, bien sûr, se moqua son amant.

Day avait supposé qu'il obtiendrait une réaction de sa part.

— Alors, j'ai été cool au travail mais je me suis arrangé pour le rencontrer régulièrement et finalement, je l'ai eu à l'usure et il a accepté de me voir.

— Oui, c'est juste l'inverse qui s'est produit. Tu m'as poursuivi et je suis finalement sorti avec toi pour arrêter les airs de chiot à qui on vient de donner un coup de pied. C'était pathétique. Il traînait autour de mon bureau, m'adressant ces regards blessés. J'ai eu pitié de lui et j'ai accepté de boire un verre avec lui pour qu'il arrête avec son regard de basset, raconta Knight en lui lançant un regard 'on peut être deux à jouer à ce jeu'.

— Ça n'a pas d'importance, j'ai continué à le tanner et nous sortons ensemble depuis quelques mois maintenant et quand il m'a demandé de partir en croisière avec lui, j'ai accepté avec réticence, juste pour qu'il ne soit pas seul, inventa Day, en faisant de son mieux pour avoir l'air innocent.

— Ce sont des conneries et tu le sais.

Knight avait l'air en colère et Day craqua. Il ne put s'en empêcher. Son partenaire était vexé par une fausse histoire sur une fausse relation qui était une couverture pour une mission d'infiltration. C'était impayable et c'était une histoire qu'il ne pourrait jamais raconter à personne. Parfois, la vie n'était pas juste.

— Tout va bien, chéri, tu es une bonne prise, mais je suis le seul à le savoir.

— Qu'est-ce que j'ai dit à propos de titiller l'ours ? grogna-t-il

121

— Tu n'es pas un ours, rétorqua Day en tendant la main et en frottant la poitrine de son amant. Tu n'es pas assez poilu, même si tu grogne pas mal. Tu peux être un ours léger ou une oursette.

Il prenait vraiment beaucoup trop de plaisir à ça.

— Tu n'es certainement pas petit, continua-t-il.

— Dieu merci, tu as capté ça. Je commençais à avoir peur.

Il grognait encore et Day pensa qu'il était temps de reculer.

— Alors, que ferez-vous lorsque vous rentrerez chez vous ? demanda l'homme âgé.

Day haussa les épaules et regarda Knight qui les haussa aussi.

— Nous verrons probablement ce qui se passera.

Il passa un bras autour de Day et l'attira plus près de lui. Day ne voulait pas trop analyser ça, mais il aimait l'idée de voir où les choses iraient avec Knight après la fin de cette mission. Cependant, il comprenait qu'une fois la mission terminée, ils retourneraient tous les deux à leurs vies. Il était probable que Knight retomberait dans son mode de vie solitaire. Mais il savait déjà que les choses seraient différentes pour lui. Ce voyage lui avait ouvert les yeux sur un monde où les gens étaient ouverts à ce qu'ils étaient. Il aimait ça et il était fatigué de nier une grande partie de lui-même. Peut-être qu'il aurait un rendez-vous.

— Le bureau peut être vieille école.

— Beaucoup de 'phobes' ?

— Oui, répondit Knight. Beaucoup d'entre eux, y compris notre patron. Je pense qu'il est le pire.

Day se demanda s'il s'agissait d'un mot d'avertissement.

— Il ne supporte pas que quelque chose se mette en travers du travail et à son avis une telle chose le ferait certainement. Il peut être une vraie pourriture.

Day hocha la tête. Les gars pensèrent probablement qu'il manifestait son accord et il espéra que Knight comprenait que son message avait été reçu.

— Avez-vous tous des plans pour demain ? demanda-t-il, pensant que c'était un bon moment pour changer de conversation.

Les hommes parlèrent des excursions qu'ils avaient prévues. La majorité d'entre eux se dirigeraient vers les ruines d'un site ou d'un autre. Knight et lui dirent peu de choses sur leurs plans, à part qu'ils avaient l'intention d'explorer un peu et voir ce qu'ils pourraient trouver.

Day commençait à avoir chaud, aussi il se leva et s'assit sur le bord du jacuzzi pendant une minute puis il tapota l'épaule de Knight et sortit pour se diriger vers la piscine la plus proche. Il se glissa dans l'eau plus froide et il pataugea un peu. Les piscines n'étaient pas assez grandes pour nager mais c'était bien pour se rafraîchir. Il remarqua qu'un certain nombre de gars s'intéressaient à la natation en même temps que lui. C'était agréable pour son ego d'être le centre de l'attention. Il savait qu'il était beau, il n'avait aucun doute à ce sujet, mais il ne souhaitait attirer l'attention que d'un seul homme. Il sortit de la piscine et se trouva une chaise longue, se séchant avant de s'allonger pour profiter du soleil de la fin d'après-midi.

Knight vint finalement le rejoindre et il s'installa silencieusement sur la chaise longue à côté de lui. Day pouvait sentir sa présence plus que l'entendre ou la voir. Il n'avait pas quitté le ciel des yeux, mais il reconnaissait le son de la respiration de l'homme et le parfum qui flottait au-dessus de lui. Leur petit affrontement dans le bain à remous l'intriguait. Leur histoire avait été aussi fausse que possible. Il avait créé les bases à la volée, en quelque sorte, dans lesquelles il avait inséré certains éléments qui lui étaient propres, pour que cela reste crédible. Mais son compagnon avait-il fait la même chose ? Il se mit mentalement une gifle pour avoir pensé comme une adolescente angoissée. Les choses étaient ce qu'elles étaient. Knight et lui n'étaient pas un couple. Ils jouaient ce rôle pour maintenir une couverture qui ne serait plus nécessaire dans quelques jours.

Il devait laisser tomber ça, et il se garda bien de mettre un nom sur ce « ça ». Mais merde, il n'avait pas eu besoin de voir le gars pour savoir qu'il était là. Il pouvait le sentir, le ressentir. Il laissait libre cours à ses sentiments pour lui. Il avait passé beaucoup de temps seul et il s'accrochait à la première personne venue. D'accord, son coéquipier était un mec fiable... puissant, sexy, intense... eh bien, un trou du cul intense, mais il pourrait faire face à cela. Il savait contrer un crétin avec un peu d'humour et de ténacité.

— Le soleil se couche, commenta Knight jouant les Lapalisse.

Day regarda les ombres s'allongeant sur le pont et les groupes de gars ramassant leurs serviettes et se dirigeant vers l'intérieur. Le nombre d'occupants de la plateforme avait considérablement baissé. Même la musique avait cessé. Les vagues et le vent faisaient, à présent, leur propre mélodie, accompagnant le roulis rythmé du bateau.

— Tu veux partir ? marmonna-t-il.

Il n'était pas d'humeur à bouger, mais il voulait vérifier les détails un à un ce soir pour une dernière fois. C'était aussi la première tâche qu'il accomplirait le lendemain matin, ainsi ils auraient les informations les plus à jour.

— Je ne sais pas. Ça semble idiot de rester alors qu'il n'y a plus de soleil.

Cependant, Knight ne bougea pas d'un centimètre.

— C'était comment ta famille... avant... ? demanda-t-il. Étiez-vous heureux ?

— Oui, répondit Day avec un sourire. Nous partions faire du camping en famille. Papa était un grand randonneur et maman était une femme du style 'attendre son retour au camping, lire et préparer le dîner'. Stephen et moi avions l'habitude d'aller avec notre père. Nous partions après le déjeuner et nous rentrions au camping tard dans l'après-midi. Maman prévoyait toujours des guimauves et d'autres trucs comme ça.

Il gloussa avant de continuer.

— Je me souviens d'une fois où nous étions partis en randonnée dans un des parcs nationaux. Papa nous avait dit qu'il y avait un refuge avec une cheminée à la fin. Je devais avoir huit ans et c'était une longue marche. Papa m'avait donné la responsabilité de porter les guimauves.

Knight rit, doucement mais vivement. Une riche et agréable musique.

— J'étais un gamin et nous avons marché, genre, des années ! Alors, quand nous sommes arrivés au refuge, Papa nous a envoyés à la chasse aux bâtons pendant qu'il démarrait un feu. Une fois que tout a été prêt, il s'est retourné et il a demandé les guimauves. Je lui ai répondu que j'avais eu faim en lui tendant le sac et ce qui restait dedans. Stephen m'a arraché le sac et j'ai couru en pensant qu'il allait me frapper ou que papa allait me mettre la fessée.

Il rit en repensant à ce souvenir.

— Inutile de dire que papa est venu me chercher, après que Stephen avait fait griller la dernière guimauve. Il ne m'a pas donné la fessée. En fait, je pense qu'il essayait de ne pas rire.

— Oh, bon sang, je pense que tu as dû être un sacré gamin.

Day haussa les épaules.

— On m'avait donné le sac et je pensais qu'elles étaient à moi, alors je les ai mangées en marchant. Papa avait un sac avec lui, j'ai cru qu'il avait prévu d'autres aliments pour notre repas. Tout ce qu'il avait, c'était de l'eau et des barres Granola qui ne grillent pas bien, raconta-t-il, laissant sortir les souvenirs chaleureux de sa famille. Après un peu de temps, nous avons éteint le feu et nous sommes rentrés. Bien sûr, papa a raconté à maman ce qui était arrivé et elle m'a regardé pendant deux secondes puis elle a ri aux éclats en disant à papa qu'il aurait dû le prévoir. Après cela, on ne m'a plus jamais permis de transporter quelque nourriture que ce soit au cours des randonnées.

Il fut envahi de tristesse.

— Mon père était très patient. Il était très intelligent, mais mes grands-parents ne croyaient pas à l'éducation. Ils croyaient au travail alors il a trouvé un emploi juste après le lycée. Il a toujours fait de son mieux pour nous, dit-il avant de faire une pause.

— Tu as dit qu'ils étaient décédés tous les deux, l'incita son compagnon.

— Oui. Maman est morte deux ans plus tard, je pense, quand j'avais dix ans. Elle a eu un cancer du sein et elle n'a pas pu être sauvée. Papa a tenu six ans de plus et ensuite, il a été tué dans un accident du travail.

Il fit à nouveau une pause avant de reprendre.

— Il travaillait dans un entrepôt et une section d'étagères pleines s'est effondrée. Elle avait été mal montée, semble-t-il. Après, Stephen m'a élevé jusqu'à ce que je sois assez vieux pour me prendre en charge moi-même.

— Quel âge avait-il quand votre père est mort ?

— Vingt-et-un ans. Il avait espéré aller à l'université, mais il ne pouvait pas se le permettre. La compagnie où papa travaillait avait versé une assurance-vie et un petit dédommagement pour l'accident, mais ce n'était pas suffisant pour qu'il puisse faire des études. J'ai pu y aller grâce à des bourses. Je lui ai dit qu'il devrait y aller, mais il avait d'autres plans. Une fois l'école finie, il restait un peu d'argent de côté et nous l'avons partagé. J'ai encore la quasi-totalité de ma part.

Day fit une pause et il se tourna sur le côté.

— Ça peut paraître stupide, mais aussi longtemps que je le garde, j'ai l'impression d'avoir toujours une partie d'eux. C'est stupide, je le sais.

—La famille n'est pas stupide et en vouloir toujours une... eh bien, c'est ce que nous voulons tous.

Sa chaise longue craqua quand il se leva et enfila son tee-shirt.

— Je pense que nous avons partagé assez d'histoires tristes pour la journée, commenta Knight en inspirant profondément. Parfois, la vie craint. Nous faisons du mieux que nous pouvons et nous continuons ensuite.

Il s'éloigna sans un mot et Day resta là, ayant encore besoin de rester seul quelques minutes. Merde, ce n'était pas la bonne journée pour parler de la peine et de la douleur.

Il devait repousser tout cela de son esprit. Ils avaient une mission et c'était là-dessus qu'il devait se focaliser et pas sur ses parents qui avaient disparu depuis plus d'une décennie. Son père lui aurait dit de remettre sa tête à l'endroit et c'était ce qu'il voulait faire. Il se reprit avec détermination et il se leva, mit son tee-shirt et attrapa le reste de ses affaires. Après avoir vérifié qu'il avait tout, il quitta le pont et se dirigea vers la cabine.

Knight s'était déjà changé et il était assis devant son ordinateur.

— Il y a un message de Dimato. Il souhaite que tout aille bien et il nous indique que, de leur côté, les échanges semblent s'être arrêtés. Il dit que le dernier message qu'ils ont intercepté date d'il y a trois heures et qu'il n'y a rien eu depuis.

Day laissa tomber sa serviette et le reste de son merdier, il pourrait se changer plus tard. Il se connecta et vérifia son propre équipement.

— J'ai un seul message datant d'environ une heure, indiqua-t-il en mettant ses écouteurs pour écouter. C'est court. *Ir mañana*. Ça signifie littéralement « demain », dit-il, son estomac se serrant. Cependant, ça pourrait également se traduire par bientôt.

Il vérifia plus loin, mais il ne trouva rien de plus.

— Je vais vérifier plus tard, mais je pense qu'ils sont passés en mode silence. Quoiqu'ils aient planifié, cela pourrait arriver demain ou le jour d'après. S'ils sont vraiment prêts, je doute qu'ils attendent longtemps, à moins qu'ils veuillent faire coïncider leur attaque avec quelque chose en particulier.

— Quand une attaque de ce type aurait-elle le plus grand impact ?

— Je ne suis pas sûr. Je soupçonne qu'ils voudraient le faire en dehors des horaires ouvrables. Les entreprises ont tendance à avoir moins de personnel pendant ces périodes, de sorte qu'elles seraient plus lentes à réagir et ce genre d'attaque exige un peu de temps pour se construire. Si elle était stoppée et neutralisée trop tôt…

— D'accord, donc soit à la première heure demain matin, soit tard l'après-midi ou en début de soirée. Je suppose qu'ils pourraient le faire aussi bien tard dans la nuit, résuma Knight, restant ensuite silencieux pendant quelques secondes. S'ils le font tôt le matin, alors nous serons arrivés trop tard. Nous pourrons essayer d'éponger et de les attraper, mais les dégâts auront déjà eu lieu.

Knight se mit à faire les cent pas.

— Peux-tu contacter Dimato et t'assurer qu'il est au courant de ce que tu as trouvé ? Il peut alerter les entreprises de la menace. S'ils sont au courant, ils pourront essayer de minimiser l'impact sur leurs systèmes et nous devons garder ce putain d'espoir qu'ils attendent jusqu'à que nous puissions ruiner leur petite fête.

— Je suis déjà dessus. Je lui envoie un message en ce moment.

Day tapa un message instantané et il l'envoya. Dimato répondit aussitôt qu'il comprenait et qu'il transmettait l'information aux personnes appropriées.

— Il va transmettre le message par des canaux.

— Bien.

— Mais cela ne va pas prendre trop longtemps ?

— C'est juste un code pour le cas où quelqu'un nous surveillerait. Pas de souci.

Knight commença à marcher à pas plus mesurés.

— Je déteste ce moment dans la mission. Il n'y a rien que nous puissions faire à part attendre et être prêts à partir ensuite.

— Eh bien, voilà une autre forme de « se dépêcher et attendre », je suppose, déclara Day.

— Oui. C'est toujours nul.

Day le croyait. Son compagnon était très certainement un homme d'action.

—Les choses sont réglées ici, alors préparons-nous pour le dîner. Je sais que nous avons un peu de temps, mais si nous nous habillons, nous pourrons flâner sur la promenade et voir s'il y a des achats que nous devons faire, fit-il en se levant. Il pourrait y avoir quelque chose sans quoi nous ne pourrions vivre.

— Merde. As-tu le gène gay du shopping ? s'inquiéta Knight sur un ton moqueur.

— Pas vraiment. Mais ça nous donnera quelque chose à faire et rester assis ici dans la cabine à attendre un truc qui risque de se produire, ou pas, ne sera bon ni pour l'un ni pour l'autre. Nous avons rassemblé autant d'informations que nous le pouvions. Nous savons où ils sont. Si c'est nécessaire, nous nettoierons et les cerveaux essaieront de comprendre comment régler le gâchis. Espérons que nous serons en mesure de régler ça. Mais tourner comme un lion en cage ne nous aidera pas.

— Très bien, accepta Knight. Mais c'est toi qui doit te changer. Je ne pense pas qu'ils voudront de toi habillé comme ça sur la promenade. Tu créerais une émeute, sourit-il. Remarque, la vue est tout à fait spectaculaire.

— Alors, tu m'aimes vraiment bien ? le taquina son partenaire

— Va te changer, dit-il et il se détourna.

C'était la personne la plus frustrante que Day ait jamais rencontrée. Il voulait claquer l'arrière de sa tête pour lui faire dire ce qu'il ressentait, juste une fois. Même si cela ne servait à rien, sa tête étant vraiment trop épaisse pour que le message passe. Il ouvrit la porte du placard, sortit sa housse de vêtements et il la porta dans la salle de bain.

— C'est une soirée habillée ce soir, tu sais.

Il sourit en entendant les jurons de l'autre côté de la porte. Il accrocha le sac et il commença à se laver. Puis il s'habilla et il sortit de la salle de bain, portant sa veste sur son bras.

— Alors ? À quel point vas-tu être chic ? demanda Knight, puis il se tourna et s'arrêta net. Bordel, souffla-t-il. Tu…

Day baissa les yeux sur le smoking qu'il venait d'enfiler pour s'assurer que tout allait bien.

— Purée, mec, tu es assez beau pour…

Knight fit une pause.

— Eh bien, nous avons déjà fait ça plus tôt, mais merde. Cela va être la ruée. Ces garçons vont te suivre partout comme le joueur de flûte.

Il se dirigea vers le placard d'où il sortit un sac de costume et il prit son tour dans la salle de bain.

Day finit de s'habiller et il enfila des chaussettes noires avant de mettre des chaussures, noires également. Quand il mit sa veste et qu'il se regarda dans le miroir, il dut admettre qu'il avait l'air bien. Il sourit et redressa sa cravate avant de s'éloigner du miroir. Il fit en sorte que tout le matériel soit rangé hors de vue, puis il s'assit sur le petit canapé. Knight le rejoignit quelques instants plus tard, l'air fringant dans son costume sombre.

Il était définitivement fait pour ce genre de vêtements. Les épaules larges remplissaient la veste fuselée qui mettait en évidence la taille mince de l'homme.

— Je pense que nous ferions mieux de rester tous les deux hors de la ruée, sourit-il en aidant son partenaire à redresser sa cravate. Tu as l'air fringant.

— Je déteste porter ce truc, grommela Knight. C'est beaucoup trop de vêtements et je me sens coincé.

— Je parie que tu as piqué cette réplique à ton neveu, le taquina son collègue. Finis et nous pourrons sortir.

C'était le dernier soir où ils pourraient prendre un peu de plaisir. Après le dîner, ils devraient travailler, dormir et puis se lever tôt pour faire les derniers préparatifs pour le travail qu'ils étaient venus effectuer. Knight finit de se préparer et ils s'assurèrent qu'ils étaient prêts. Ils quittèrent ensuite la cabine pour se diriger vers les ascenseurs.

— Eh bien, n'est-il pas appétissant ?

Ils entendirent le commentaire de Blain au moment où ils entraient dans le hall de l'ascenseur.

— Presque assez pour en manger. Eh bien... c'est déjà fait... ça.

— Il l'est oui, et j'aime quand il s'habille pour moi, déclara Knight avant que Day puisse dire quelque chose, se gonflant pour paraître aussi grand que possible.

Blain écarquilla les yeux et il fit un pas en arrière.

— Pas terrible ce ton malveillant. Cela vous fait juste paraître stupide, poursuivit Knight.

Les portes de l'ascenseur s'ouvrirent et il les guida vers la cabine vide.

— Vous pouvez attendre le prochain dit-il en le regardant jusqu'à ce que les portes se ferment. Quel énorme trou du cul.

— Eh bien, il faut bien qu'il ait quelque chose d'énorme, plaisanta Day avant de pouvoir s'en empêcher.

Knight se tourna vers lui et ils partagèrent un rire pendant que leur ascenseur descendait. Les portes s'ouvrirent et ils sortirent tous les deux dans une marée humaine agitée. Les hommes grouillaient, parlant et riant en se frayant un chemin vers la place centrale du navire. Certains des magasins sur la promenade faisaient des soldes et une foule grouillante manœuvrait pour essayer de faire des affaires.

— J'ai vu des bancs de piranhas moins voraces, commenta Knight alors qu'ils contournaient une table où des gens prenaient des brassées de foulards à dix dollars. On pourrait penser que c'est l'affaire de leur vie, mais ces mêmes foulards sont probablement vendus sur chaque croisière et ils ont des caisses entières de ceux-ci quelque part en bas, murmura-t-il. Ils les achètent vraisemblablement pour un dollar dans un de leurs ports.

Day pensa qu'il avait raison et ils ne dépassèrent cette frénésie que pour tomber sur une autre. Là, c'était des montres à vingt dollars avec des noms de marque dont il n'avait jamais entendu parler auparavant. Les gens essayaient de les attraper afin de pouvoir profiter de la prétendue bonne affaire. Un gars en tenait huit entre ses mains et il annonçait à tous ceux qui voulaient l'entendre qu'il avait terminé ses achats de Noël.

— Ho Ho Ho, murmura Day à son compagnon et ils partagèrent un sourire.

Ils se rendirent dans les magasins pour échapper au brouhaha et ils regardèrent ce qui était à vendre : bijoux, vêtements, souvenirs, alcool, cigarettes, tous les articles duty-free habituels. Ils n'avaient besoin d'aucun d'eux, mais ils continuèrent à se promener et à un moment, Knight passa son bras dans celui de Day et ils marchèrent ensemble jusqu'à l'heure du dîner.

LA NOURRITURE était bonne et il en était de même de la conversation. Cependant, dès que le dîner fut fini, ils retournèrent à leur cabine. Ils changèrent de vêtements et ils se mirent au travail.

— Ils sont tranquilles, dit Day en vérifiant les conversations. J'ai même vérifié d'autres fréquences provenant de la même zone pour voir si elles avaient changé. Il n'y a rien.

— Bien. Nous attendrons le survol final par satellite dans la matinée, nous ajusterons les plans si nécessaire et puis nous partirons. Je dois effacer toutes les données sensibles de mon ordinateur. J'ai tout sauvegardé afin que rien ne soit perdu mais je ne veux pas laisser tout ça ici.

Day tendit la main pour prendre l'appareil et il installa un programme sur l'ordinateur de son collègue.

— Tu as tout supprimé ?

— Oui, mais supprimé ne veut pas dire disparu.

— Ça le sera maintenant, l'informa Day en démarrant le programme. Cela nettoiera et réinitialisera tout l'espace supprimé de sorte qu'il aura l'air de sortir tout droit de l'usine. Il ne touche pas ce qui est existant, mais il nettoie vraiment l'espace vide. Si quelqu'un tente de récupérer quoi que ce soit, il sera bluffé, lui expliqua-t-il en lui rendant son ordinateur portable. Ça va prendre un certain temps à se faire, donc laisse-le tourner tout seul puis tu pourras le mettre dans tes bagages.

Ils avaient prévu de laisser tout le reste. La chambre devait donner l'impression qu'ils avaient raté le navire plutôt que prévu de disparaître. Donc, ils avaient laissé des affaires réparties dans la salle de bain et des vêtements suspendus dans le placard. Day rangea son smoking dans sa housse, mais il la laissa dans le placard. Il détestait faire ça, mais il avait signé pour.

— Je vais marcher un peu, dit Knight en saisissant sa carte-clé. Je dois me vider la tête afin que je puisse m'assurer que nous n'avons rien oublié. Je ne serai pas trop long.

Day continua à travailler.

— D'accord, dit-il.

Il pensa à lui proposer de venir avec lui, mais il se retint. Si Knight avait besoin de temps pour réfléchir, il voulait probablement du temps seul. Il s'occupa de préparer son équipement pour le départ et fit en sorte d'avoir tout ce dont il pourrait avoir besoin. Maintenant que le groupe était devenu silencieux, il n'était plus aussi sûr d'avoir besoin de l'équipement de communication, mais il décida finalement que la capacité de communiquer s'ils en avaient besoin était aussi importante que d'écouter.

Knight n'était toujours pas revenu au moment où il termina. Il se faisait tard, aussi mit-il tout de côté, ferma la porte du placard et rangea la chambre avant de se laver et de se préparer pour la nuit. Il envisagea de garder son sous-vêtement, mais décida que non. Il éteignit les lampes et il s'allongea à plat ventre sur le lit. La cabine était sombre et un peu chaude. Il glissa ses bras sous l'oreiller, posa sa tête et ferma les yeux. Il savait qu'il ne dormirait pas. Il était trop énervé et inquiet pour le lendemain. Knight et lui iraient au charbon. Quelque chose allait certainement se passer et ils devaient réussir.

La porte de la cabine s'ouvrit, la lumière brilla dans la pièce et la porte se referma.

— Day ?

— Hummm, répondit-il sans lever la tête. Est-ce que tu vas bien ?

— J'ai juste passé un peu de temps à penser et à revoir les choses.

Day l'entendit se déshabiller et ensuite marcher vers la salle de bain. Il ferma les yeux encore une fois et il attendit que Knight sorte. La lumière inonda brièvement la chambre, puis il entendit un clic doux et la chambre redevint sombre. Knight se rapprocha et il s'assit au bord du lit. Day resta où il était.

Son compagnon toucha son dos. Day ronronna de plaisir et il sentit que Knight déplaçait sa main. Il le caressa lentement en descendant vers la courbe de ses fesses. Le jeune homme s'immobilisa sous sa caresse.

— Tu es incroyable, dit Knight dans l'obscurité.

— Tu ne peux pas me voir.

— Je n'en ai pas besoin.

Il se rapprocha et Day sentit qu'il chevauchait ses jambes, ses fesses nues reposant sur ses cuisses.

— Je peux te sentir.

Day garda les yeux fermés et il céda à l'envie de se complaire dans l'attention de son amant. Il avait besoin de ça maintenant. Son esprit était allé dans un million de directions différentes, mais avec une seule caresse, il se centrait sur Knight. Il soupira doucement son plaisir. Les quelques fois où ils avaient été intimes, cela avait été frénétique, énergique et presque une bataille. Il ne le voulait pas cette fois-ci, il y aurait assez de combats le lendemain. Il pourrait y avoir des affrontements d'une certaine sorte. Il devrait même peut-être avoir à décider s'il pouvait tirer sur quelqu'un.

— Détends-toi et cesse de t'inquiéter à propos de tout, chuchota Knight. Je peux presque entendre ton esprit ressasser tes préoccupations. Arrête ça. Je surveillerai tes arrières. N'en doute jamais. Tout comme je sais que tu le feras pour moi, lui dit-il en saisissant ses épaules et en pétrissant la base de son cou avec ses pouces.

— Bon sang, c'est bon, gémit Day doucement.

Il ne pouvait pas voir quoi que ce soit dans l'obscurité, aussi garda-t-il les yeux fermés et s'abandonna-t-il aux mains de son compagnon. Il voulait poser tellement de questions, mais ce n'était pas le moment et… Il devait faire face. Knight et lui se retrouvaient ensemble dans une situation à laquelle aucun d'entre eux n'aurait pu résister longtemps, étant donné les circonstances. Dès que la mission serait terminée, ils reviendraient probablement tous les deux à leur propre vie et ils laisseraient cet interlude se fondre en un souvenir heureux.

Pour l'instant, il avait l'intention d'ajouter de la matière à ces souvenirs. Il savait qu'il agissait comme une gamine. Ils avaient des rapports sexuels et ils apprenaient à se connaître l'un l'autre, c'était tout. Il doutait fortement qu'il y ait quelque chose de plus que cela. Quelques fois, lorsque son amant avait laissé tomber sa garde, même pour quelques secondes, il avait vu la douleur profonde. Ce genre de douleur ne pouvait pas guérir ou disparaître en quelques jours. Elle était permanente.

— C'est bon ? demanda l'objet de ses pensées en faisant de longues caresses de haut en bas sur son dos, s'accompagnant de la totalité de son corps.

Quand il se penchait en avant, Day sentait le sexe de l'autre homme se pressant contre ses fesses, se blottissant parfois entre elles. Puis il se redressait à nouveau et la pression s'allégeait puis disparaissait avant de revenir.

— Oui, chuchota Day. Après la… mort de mon père, commença-t-il. Je ne voulais pas que quelqu'un me dise quoi faire ou prenne le contrôle sur moi. Stephen était toujours très bien à ce sujet. Il guidait sans commander. Mais, je veux…

— Je sais. Les hommes comme nous ne lâchent pas très bien les commandes, dit Knight en se penchant pour embrasser son oreille. Après…

Il fit une pause avant de reprendre.

— Eh bien, disons juste que je veux toujours tout contrôler. C'est comme si je ne pouvais pas être blessé ainsi. D'après ce que tu dis, je vois la même chose en toi.

Il le tenait toujours.

— Oui, il y a des moments pour laisser quelqu'un d'autre prendre le contrôle…

Day ne put finaliser sa pensée. Il ne savait pas ce qu'il voulait dire ni ou sa pensée l'emmenait, alors il laissa s'estomper sa voix.

— Veux-tu me le laisser maintenant ? susurra Knight à son oreille.

Et son partenaire murmura son approbation. Knight enroula ses bras autour de sa poitrine, le tenant et caressant légèrement en même temps ses pectoraux, touchant ses mamelons avec ses doigts quand ils passaient dessus.

— Oui.

Il le libéra et Day l'entendit tâtonner sur la table de chevet. Il devait avoir trouvé ce qu'il cherchait parce qu'il remit ses bras autour de lui, appuyant sa poitrine contre son dos. Ils partagèrent leur chaleur et Day tourna la tête sur le côté pour être embrassé par Knight. Ce ne fut ni élégant ni gracieux, mais c'était agréable et il songea qu'il aimait être tenu. Knight l'entourait et rien ne pouvait leur nuire. Ils étaient seuls et en toute sécurité. Il pouvait abandonner le contrôle, la nervosité, l'inquiétude et tout ce qu'il avait retenu depuis si longtemps et juste *être*. Au moins pour un petit moment.

Knight recula et embrassa son épaule, puis le long de son cou. Il se glissa sur le dos de l'homme allongé, son poids diminuant au fur et à mesure qu'il disséminait des baisers le long de sa colonne vertébrale. Quand il atteignit le bas de son dos, il alla en léchant jusqu'à son flanc. Day se tortilla et essaya de ne pas rire. Heureusement, Knight ne le fit qu'une fois et Day se calma dès que son compagnon se saisit lentement de ses jambes et fit courir ses mains sur ses mollets et ses cuisses. Merde, c'était si bon que ses jambes tremblaient. Il s'accrocha au bord du matelas. Il voulait écarter plus ses jambes, mais Knight était sur le chemin, donc tout ce qu'il pouvait faire, c'était attendre encore et espérer foutrement que Knight allait continuer.

— Quoi, tu me taquines ?

— Non, répondit Knight.

Day le sentit se déplacer, puis les deux mains continuèrent jusqu'à ses fesses et les écartèrent.

— Putain, jura Day quand une chaleur humide glissa sur le pli.

Il resserra son emprise sur le matelas et il siffla entre ses dents.

—C'est toi qui regardes du porno. Je suis sûr que tu as déjà vu ça, fit Knight en grognant sourdement.

— Oui, mais je ne m'attendais pas à ce que tu... n'attendais ça de personne...

Il haleta à nouveau quand Knight lui coupa la parole, le léchant durement. Il arqua son dos, poussant avec ses mains, laissant retomber sa tête. La sensation de la langue de son compagnon sur sa peau ultrasensible était fichtrement étonnante et bien loin de tout ce qu'il avait pu imaginer. Il en voulait tellement plus, il voulait sentir ça et quand Knight sépara ses fesses et l'explora d'une langue ferme, il l'obtint. Il trembla de la tête aux pieds et sous l'impulsion la plus minimale de ses hanches, son sexe frotta contre les draps, lui procurantDes sensations supplémentaires. Il n'était pas prêt à jouir, mais les picotements avaient déjà commencé. Il tenait encore, faisant de son mieux pour ne pas bouger pendant que Knight s'escrimait à le faire exploser.

Day ne savait plus quel jour on était ni où il se trouvait. Quand son amant s'arrêta, il pouvait à peine avoir une pensée cohérente. Il tressaillit et inspira profondément, essayant de comprendre ce qui allait bien pouvoir se passer ensuite. Knight se déplaça sur le lit, sa chaleur disparaissant. Day entendit une petite déchirure puis il attendit quelques secondes de plus.

— J'ai besoin de toi, chuchota son amant.

Et Day hocha la tête dans l'obscurité. Il était hors de question qu'il puisse former des mots, alors il grogna à la place, serrant toujours le matelas, ses bras tremblants d'impatience. Knight enfonça ses doigts en lui et il les fit travailler. Puis il se pressa sur son intimité et il se coula en lui. Day siffla et il fit de son mieux pour respirer, étendu là, si fichtrement proche de la limite. L'homme était grand. Il l'avait déjà constaté, mais il semblait que l'enfoiré ait encore grandi.

Une vanne voleta aux abords de son esprit. Elle n'y resta pas longtemps, Knight s'enfonça plus loin et Day ne put plus arrêter le flux régulier d'obscénités sortant de ses lèvres.

— Foutu fils de pute.

Knight s'arrêta.

— Ne t'avise pas de faire ça.

Il continua jusqu'à ce que ses hanches touchent les fesses de Day. Puis il s'étendit sur lui, le prenant en sandwich entre le matelas et sa chaleur intense. Ils restèrent immobiles. Knight le tint, léchant son oreille et palpitant en lui. Merde, c'était si bon.

Day se poussa en arrière contre lui juste pour que son compagnon sache qu'il aimait ça. Knight ne bougea pas, mais quand le jeune homme se serra plus près, il l'entendit et le sentit soupirer. Ils étaient si près que le son n'était pas nécessaire. Il pouvait sentir l'excitation de Knight et entendre la façon dont son souffle accrocha quand il serra son canal autour de lui aussi serré que possible.

— Oh, bon sang, gémit Knight doucement dans l'oreille de Day.

Celui-ci sourit et il recommença. Knight déplaça ses hanches légèrement et Day le saisit à nouveau au moment où il bougea. Le frisson qui parcourut Knight commença dans sa poitrine et déchira la totalité de son corps. Puis Knight recula et se pressa en lui et ce fut au tour de Day de trembler.

— Voilà, chuchota-t-il et Day sentit qu'il embrassait son épaule en se retirant lentement.

Puis il entra à nouveau dans son corps. Day écarta ses bras et il se livra à son amant. Il se sentait bizarre et bien en même temps. Bizarre, parce qu'une partie de lui se sentait ulcérée d'être si complètement sous le contrôle de quelqu'un, et bien parce qu'il savait dans son cœur que Knight ferait la même chose pour lui s'il le lui demandait.

Quand son partenaire se retira brusquement, Day fut surpris. Knight le tapota légèrement sur le côté et Day roula sur son dos. Knight attendit qu'il soit bien installé puis il entra en lui une fois de plus. Dans l'obscurité, il ne pouvait pas voir le visage de l'homme au-dessus de lui, mais il savait d'où venait sa respiration et il se verrouilla sur la source du son. Il était surpris par l'opacité qui régnait à bord du navire et combien c'était merveilleux, permettant de se dissimuler et de se libérer. Dans ce noir, il pouvait lâcher ses inhibitions, s'ouvrir sans avoir l'impression de céder quoi que ce soit.

Ils bougèrent ensemble, Knight envoyant des secousses passionnées à travers Day qui respirait en harmonie avec lui. Il n'y avait rien d'hésitant chez l'ex Marine. Il poussait avec une puissance exigeante, prenant et donnant en même temps. Ils avaient commencé en douceur, mais en quelques secondes, la passion fit passer leur moment ensemble à l'ardeur, le feu et l'énergie. Knight se retira totalement hors de lui et il s'enfonça ensuite dans son corps, sortant et entrant en quelques secondes.

— Knight, murmura Day à plusieurs reprises.

Il s'interrogea sur le prénom de son compagnon. Dans des moments comme celui-ci, il aurait voulu pouvoir l'utiliser et dire à l'homme à quel point il le touchait. Tout le monde l'appelait Knight. Il voulait quelque chose de spécial qu'il pourrait utiliser, mais il n'avait rien.

— Donne-moi tout ce que tu as.

Celui-ci hésita, puis il prit de la vitesse, s'enfonçant en lui à chaque respiration. Day se saisit de son propre sexe, se caressant au rythme des ruées de Knight. La pression montant en lui était presque écrasante et il avait besoin de se libérer plus frénétiquement que tout autre chose dans sa vie auparavant. Son amant changea légèrement d'axe au-dessus de lui et Day claironna quand le plaisir le transperça. Il se masturba deux fois, puis il trembla sous la jouissance, geignant et gémissant si fort qu'il faillit rater le gémissement de Knight au moment où ils se rejoignaient dans la douce euphorie.

VI

KNIGHT DORMIT comme un bébé avec Day blotti contre lui et il ne se réveilla pas une fois de toute la nuit. Ils prirent leur petit-déjeuner et quittèrent ensuite le navire avec une facilité déconcertante. Ils se dirigèrent vers la zone portuaire de la Costa Maya où quelques vieilles voitures servant de taxi attendaient. Knight se dirigea vers l'une d'elles et ils grimpèrent à l'intérieur. Ils s'assirent sur la banquette arrière et Knight donna l'adresse de Miguel au chauffeur, espérant secrètement que le véhicule resterait en un seul morceau assez longtemps pour les amener à leur destination.

La course ne prit que quelques minutes pénibles, et avant que le chauffeur se gare enfin, tous deux avaient été fichtrement près de vomir à sa conduite erratique. Knight le régla en dollars américains et il sortit de la voiture, reconnaissant de retrouver la terre ferme une fois de plus.

— Vous appellerez lorsque vous serez prêts à repartir ? demanda le chauffeur, en tendant une carte avec un numéro de téléphone dessus.

Knight sourit et la prit, la rangeant dans sa poche quand l'homme fut reparti.

— Sûrement pas, murmura-t-il.

La maison devant laquelle ils se tenaient ressemblait à toutes celles devant lesquelles ils étaient passés : rugueuse, érodée par les années, son dernier ravalement datant d'au moins dix ans. Il poussa la porte de la clôture métallique. Elle protesta bruyamment quand il l'ouvrit et il traversa une cour autrefois belle et qui donnait l'impression désormais que la jungle essayait de la récupérer. Il frappa à la porte et celle-ci s'ouvrit.

— *¿Qué quieres?* demanda un homme en rapide espagnol.

Day traduisit à l'oreille de son coéquipier.

— Knighton, dit-il et il attendit.

Quelques secondes plus tard, Miguel apparut derrière l'homme.

— Entre, mon ami, dit-il en souriant, poussant l'autre individu du chemin avant d'aller vers une autre porte.

— Voici mon inutile beau-frère, José, déclara-t-il avec un sourire, il ne parle pas anglais.

— Voici mon partenaire, Dayton

— RAVI DE VOUS rencontrer.

Miguel referma la porte sur une agréable maison, le confort à l'intérieur sans commune mesure avec l'extérieur.

— Je sais pourquoi tu es ici et j'ai préparé des affaires pour toi.

Il s'avança dans la maison et ils le suivirent. Son beau-frère fit de même, mais il lui parla durement et il rebroussa chemin.

— Je le garde autant que possible hors de mes affaires. La majorité du temps, il vient ici pour échapper à ma sœur et à leurs six enfants, rit-il. Il se plaint des enfants, mais il ne laisse jamais ma sœur tranquille. Je pense qu'il essaie d'établir un foutu record du monde. Du moins, c'est ce que dit Ana. Quand ils se disputent, il vient ici pour boire ma bière, puis il rentre chez lui et ils font et refont un autre enfant, plaisanta-t-il en montrant ses dents brillantes. Ils sont stupides tous les deux et ils vont parfaitement ensemble.

Ils traversèrent la maison, puis une cour avant d'entrer dans un autre bâtiment. À l'intérieur se trouvait ce que Knight attendait.

— J'ai du C4 et des détonateurs, déclara Miguel.

— Excellent. Nous devons laisser des équipements de communication que nous avons avec nous. Si quelqu'un nous cherche, il faudra les détruire.

— *Si*, Knight. Je comprends. Comme nous l'avons fait au Panama ?

— Oui, exactement. Nous reviendrons les chercher.

Knight pensait que leur matériel serait plus en sécurité ici que caché dans le port.

— Si nous ne sommes pas revenus dans deux jours, détruis-les et appelle ce numéro, fit-il en lui tendant une carte avec juste un numéro de téléphone. Cela alertera les bonnes personnes. Ne te mets pas en danger ou n'attire pas l'attention.

— *Si*, je comprends. Tu as besoin d'armes aussi ? J'ai un lance-roquette et des grenades.

Knight prit ce dont il pensait qu'ils pourraient avoir besoin, mais il refusa le lance-roquette. Il paya Miguel en dollars américains et il emballa leurs achats avant de vider le sac de Day de tous les équipements en excès.

— Où vas-tu ?

Il lui indiqua la direction générale dans laquelle ils allaient, mais pas plus. Il valait mieux qu'il ne sache rien.

— Les ruines, hein ? dit son contact. J'y ai pensé aussi. On a parlé de cadavres et de fantômes. Des rumeurs sur des gens allant là-bas et ne revenant pas ont commencé à circuler. J'ai pensé que quelqu'un faisait ses affaires et utilisait la peur pour éloigner les gens. Tu dois faire attention.

— Nous le ferons, répondit Knight en hissant son sac à dos sur son dos, Day faisant de même. Quelle est la meilleure façon de se rendre là-bas ?

— Tu marches ?

— Si c'est nécessaire.

— J'ai dit à mon beau-frère que vous étiez des docteurs venus pour étudier les ruines. Il vous emmènera là-bas sans poser de questions. Il suffit de le payer et il se taira si je lui demande. Cela rendra Ana heureuse, sourit Miguel. Ça le fera également sortir de ma maison et de mon réfrigérateur.

— Alors, deux pour le prix d'un ? demanda Knight.

— *Si*, deux pour un, sourit Miguel. Peut-être, peux-tu le prendre et ils s'en serviront comme cible ? plaisanta-t-il et Knight se mit à rire. Non, Ana n'aura plus personne sur qui crier et ensuite elle se tournera vers moi, fit-il en secouant la tête. Je vais la laisser crier sur lui. Il est bon à ça.

— *Si*, dit Knight en souriant.

Ils rirent ensemble. Il avait rencontré Ana et il ne voulait pas affronter sa mauvaise humeur. Quand elle était en colère, elle était une armée à elle toute seule. Il ne l'avait vu qu'une fois quand il avait ramené Miguel blessé après le Panama. Plus jamais.

— Viens, nous allons vous conduire. Fais attention.

— Je suis toujours prudent, répliqua-t-il.

— Pas au Panama, plaisanta l'autre homme et ils partagèrent un autre rire.

Knight regarda son partenaire et il réalisa qu'il devrait l'informer à un moment donné, mais pas maintenant. Il serait temps de raconter des histoires quand ils s'en seraient sortis en un seul morceau.

— José, appela Miguel.

Puis il lui parla rapidement pendant qu'ils retraversaient la cour. Knight avait vraiment besoin d'améliorer son espagnol.

Miguel les conduisit à l'avant de la maison.

— Merci.

— Ce n'est rien. Évite juste de le faire tuer ou nous encourrons tous les deux la colère d'Ana. Il vous emmènera à deux kilomètres environ des ruines et après, vous serez seuls. Il y a des sentiers qui mènent à elles. Nous les utilisions pour les explorer quand nous étions gamins. Ils existaient il y a encore quelques années. La nature se développe plus rapidement ici, mais ils devraient être encore praticables. J'ai demandé à José de vous déposer au début de l'un d'eux.

— Qu'est-ce qu'il croit ?

— Que tu es archéologue, comme Indiana Jones. Il aime ces films.

Il se mit à rire et ils attendirent pendant que José sortait une voiture encore plus ancienne que le foutu taxi. Ils montèrent et José commença à parler à toute allure. Knight se tourna vers son partenaire qui sourit et hocha la tête.

— Il parle de films. Il suffit de sourire et de hocher la tête et il nous amènera à notre destination.

Il suivit l'exemple de Day et José démarra. Pourquoi diable tout le monde ici conduisait-il comme un pilote de voiture de course dément ? Au moins, ils ne soulèveraient aucun soupçon si quelqu'un les remarquait. Leur voiture ressemblait à toutes les autres qu'il avait vues. José bavarda et Day lui répondit toutes les quelques minutes. Ils semblaient avoir développé un rapport, ce qui plut à Knight. Ils quittèrent rapidement la ville et ils roulèrent sur une route presque vide. José ralentit puis il se gara. Il dit quelque chose à Day qui lui remit un peu d'argent puis il fit signe de sortir à Knight. Les deux hommes continuèrent à parler, José riant avant de repartir.

— Qu'a-t-il dit ?

— De ne pas ramasser des idoles en or. C'est une référence aux films d'Indiana Jones. Il a également demandé où était ton fouet. Il dit que tu lui ressembles.

— Alors, il a cru à notre histoire ?

— Il semblerait. Il n'a parlé que de ça. Il a même dit que si nous trouvions quelque chose d'intéressant, nous devions lui apporter des photos afin qu'il puisse dire qu'il a rencontré le vrai Indiana Jones.

Knight leva les yeux et José agita la main en les dépassant après avoir fait demi-tour.

— Miguel a dit qu'il y avait un sentier.

— Je pense que c'est ça, fit Knight en pointant son doigt.

Ce n'était plus vraiment un chemin, mais il pouvait voir que des gens s'en étaient servi ainsi. Ils l'empruntèrent et écartèrent les frondaisons. Heureusement, ce n'était pas si mauvais que ça et ils commencèrent à avancer. Des feuillages et des branches envahissaient le chemin de temps en temps, mais il était assez dégagé la plupart du temps. Knight pouvait apercevoir au loin une légère déclivité. Ce n'était pas très prononcé, mais ce devait être l'endroit qu'ils cherchaient à atteindre. Il ignora les moustiques qui bourdonnaient autour de lui et il se tourna vers Day.

— Tout va bien. Tu dois les ignorer et continuer à avancer, lui dit-il dans un murmure. Pense à la mission et rien d'autre. Rien d'autre ne compte pour le moment. Ce sera plus facile.

Day hocha la tête et il dut lui accorder ça. Il faisait de son mieux. Il savait qu'il n'avait pas été formé comme lui pour ça. Mais le jeune homme arrêta d'éventer son visage et il le suivit sous le soleil brutal. Après quelques minutes, Knight s'arrêta et il ouvrit son sac, puis il remit un poncho à l'autre homme.

— Nous allons devoir enfiler ça bientôt, expliqua-t-il en levant les yeux vers le ciel.

Les nuages arrivaient et il était sûr qu'il commencerait à pleuvoir dans quelques minutes.

— Quand il pleuvra, ça tombera fortement et lourdement. Il suffit de faire de ton mieux pour garder tout au sec.

— J'essaierai.

— Nous avons laissé les affaires vraiment sensibles à Miguel, mais pour le reste, ce serait mieux si nous essayons de tout garder au sec.

— D'accord, fit Day en enfilant le poncho qui engloba le sac.

Il ressemblait à un bossu, mais ça irait. Knight fit la même opération et ils recommencèrent à avancer au moment où la pluie arrivait. Les insectes les laissèrent tranquilles, ce qui était une bonne chose. Ils crapahutèrent sous la pluie qui continuait à tomber. Knight ignora son pantalon mouillé et il accéléra le rythme. Heureusement, les nuages semblaient se contenter de rester là, ce qui contribuerait à les couvrir. La colline grandit au fur et à mesure qu'ils approchèrent et il ralentit leur rythme jusqu'à ce qu'ils avancent doucement au plus près en silence.

Le feuillage était plus épais en approchant, le bourdonnement d'un générateur se mélangeant à celui de la pluie et Knight dut se déplacer avec précaution, escaladant les arbres et les broussailles pour ne pas perturber leur couverture potentielle. Ils atteignirent finalement les abords de la surface dégagée et ils suivirent le son du générateur. Ce fut alors qu'ils entendirent des voix. Il s'accroupit et fit signe à Day de faire de même, s'efforçant d'entendre les deux hommes, debout sous un petit auvent.

— Qu'est-ce qu'ils disent ?

—Ils parlent des femmes, principalement, déclara Day. Grossièrement.

Knight regarda les deux hommes qui se tenaient près d'une porte rugueuse en pierre.

— Les pyramides Maya ne sont pas creuses.

— Ce n'est pas une pyramide, déclara Knight. Ça ressemble plus aux vestiges d'un bâtiment quelconque. Ils l'ont étayé et ils l'utilisent comme couverture, expliqua-t-il en désignant les étais récents en bois. Ça ne prendra pas trop de temps pour l'abattre.

— Pourquoi ici ? demanda Day. Ils auraient pu faire ça n'importe où.

— Ils avaient besoin d'une couverture et de voisins pas curieux. Ici, ils peuvent faire ce qu'ils veulent.

Knight posa un doigt sur ses lèvres quand les hommes s'approchèrent d'eux.

Un autre homme sortit de l'immeuble et il dit quelque chose qu'il ne comprit pas. Il se tourna vers Day qui avait pâli.

— Il dit que dans cinq minutes les gringos vont payer.

Knight hocha la tête et il se mit à observer les alentours.

— Tu dois t'emparer du générateur, lui dit son coéquipier. Et vite.

Knight ouvrit son sac et il sortit quelques pains de C4. Il les prépara et il les fourra sous le générateur. L'explosion serait forte et elle se verrait de loin. Il aurait préféré faire en sorte que cela ressemble à une panne du générateur, mais il n'avait pas le temps et le panneau d'accès de la machine était sur le côté tourné vers le bâtiment. Ça devrait faire l'affaire.

— Ça sautera dans trois minutes. Nous devons nous éloigner, fit-il en commençant à reculer et Day le suivit. Voyons voir si nous pouvons nous positionner de ce côté. Ainsi, quand ils se précipiteront tous pour voir ce qui est arrivé, nous pourrons les prendre par surprise.

Il désigna un arbre isolé des autres.

— Celui-ci nous servira de point de regroupement.

Il s'éloigna du générateur. Le sous-bois était épais, mais il le traversa. Il avait été formé à toutes sortes de guerres et il pouvait se déplacer à peu près sur tous les terrains. Mais Day ne le pouvait pas et c'était un problème. Il le réalisa dès qu'il se retourna et qu'il ne le vit pas derrière lui. Il s'arrêta et il attendit quelques secondes, à l'écoute de toute indication de l'endroit où pouvait se trouver son partenaire, mais il n'entendit rien. Il se dit qu'il allait repartir à sa recherche, mais le temps était compté. Ils avaient un point de rencontre et c'était mieux de se retrouver là-bas plutôt que de se chercher à l'aveuglette à travers les broussailles.

Il continua à avancer, choisissant de traverser des zones impraticables, allant aussi vite qu'il le pouvait. Il devait trouver Day et s'assurer qu'il allait bien. Tout aller exploser d'ici une minute, merde, et ils devaient être ensemble s'ils voulaient être efficaces. Il jura dans sa barbe, pestant contre lui-même. Il aurait dû lui porter plus d'attention. Day s'était si bien comporté qu'il avait oublié à quel point il avait peu d'expérience.

Un petit craquement à une courte distance attira son attention. Knight s'accroupit et il attendit. Il espérait fichtrement que c'était Day, mais si c'était l'un des terroristes, il ne voulait surtout pas être repéré. Il vit un mouvement et un éclair de peau dorée. Il se précipita vers l'avant et il tomba presque sur Day avant de le tirer vers le sol.

— Reste baissé, fit-il en consultant sa montre. Nous n'avons plus le temps. Tu prends un des gardes et je prendrai l'autre.

Day hocha la tête.

L'explosion déploya des ondes de choc et elle les envoya au sol. Le générateur décolla en l'air comme une fusée, puis il retomba au sol une quinzaine de mètres plus loin de sa base initiale. Knight se redressa et sortit son arme. Day était encore en train d'essayer de récupérer la sienne qui avait chuté lors de l'explosion. Knight visa le deuxième garde, mais celui-ci cria de toute la force de ses poumons juste avant qu'il ne le fasse taire d'un tir précis.

D'autres hommes arrivèrent par la porte, fusils levés. Knight se baissa au sol et il resta immobile. Il savait que tant qu'ils ne bougeraient pas, ils ne seraient pas visibles. Un des hommes commença à tirer vers les broussailles avec une arme automatique, mais il était loin et les balles déchirèrent le feuillage près de l'emplacement précédent du générateur. Les autres se joignirent à lui.

— Stop, cria quelqu'un.

Et ils cessèrent. Knight ne put voir qui c'était. L'homme resta hors de vue dans la porte, mais les hommes hochèrent la tête et ils se mirent à couvert. Il vit que certains d'entre eux convergeaient vers les frondaisons et il sut que Day et lui devaient se déplacer où ils seraient rapidement encerclés. Il leur lança une grenade et elle explosa en bordure de la jungle. Les hommes crièrent. Il en lança une autre et il s'assura, d'un rapide coup d'œil, que Day avait récupéré son arme. Il élimina ensuite un autre des hommes.

— Ça suffit, *gringos*.

Knight se figea en entendant un clic derrière lui. Il se retourna et vit un homme en treillis pointant son arme sur la tête de Day. Celui-ci laissa tomber son arme et Knight lâcha la grenade qu'il avait sortie pour la jeter sur la porte. Elle roula dans les broussailles.

— Levez-vous lentement et ne faites pas de gestes brusques.

Knight se leva, les feuilles autour de lui frissonnant en reprenant leur place.

— Je les ai, cria l'homme en anglais, avec un fort accent. Faites exactement ce que je vous dis où je lui ferai sauter la cervelle, fit-il en soulevant précautionneusement le sac de Day avant de le passer en bandoulière sur son épaule.

Knight hocha la tête et l'homme permit à Day de se relever, puis il lui fit signe d'aller vers la porte.

— Fais ce qu'il dit, dit Knight.

— Un conseil intelligent, monsieur Knighton, dit le gars au pistolet.

Knight s'arrêta, surpris.

— Je sais qui vous êtes. Vous ne me connaissez, mais moi si, fit-il en tournant sur un côté, affichant une vilaine cicatrice sur sa joue. Un cadeau que vous m'avez fait au Panama.

Merde, pourquoi cette opération revenait-elle toujours le hanter ?

Il se dirigea vers la clairière, mains sur les côtés, Day à côté de lui et l'étranger derrière eux, l'arme toujours pointée sur sa tête. Il observa les environs et il vit peu de mouvements.

— Vous êtes très bon. Mes hommes n'ont pas su qui les attaquait, mais ils étaient pour la plupart des paysans idiots qui voulaient se faire un peu d'argent. Remplaçables, sourit-il et il cria quelques ordres à voix haute en espagnol.

Quelques hommes sortirent du sous-bois, leurs fusils pointés sur eux. Knight se prépara à l'impact des balles. Mais l'homme cria encore plus d'ordres. Il voulait vraiment savoir ce qu'il disait, aussi il regarda Day qui comprit et articula :

— Cherchez les autres.

Bien, s'ils pensaient qu'ils étaient plus, ça les tiendrait occupés pendant un certain temps et ça pourrait leur permettre de rester en vie un peu plus longtemps. Ils les garderaient en vie et sous contrôle pour leur permettre de neutraliser toute autre personne s'ils pensaient en trouver.

— Aucun mouvement brusque.

144

Il appuya directement l'arme sur la tête de Day. Knight hocha la tête. Il aurait voulu faire passer un message à son coéquipier. Ils allaient être dirigés vers la porte et une fois qu'ils seraient à l'intérieur, ils auraient beaucoup moins d'options. Il attira à nouveau le regard de Day et il mima le mot 'trébucher'. Il espéra que le jeune homme avait compris. Il pourrait arriver à prendre l'avantage si Day était hors de danger, même pour une seconde.

Alors qu'ils arrivaient près de la porte, le pied de Day se prit dans quelque chose sur le terrain. Il tomba durement et rapidement. Knight se retourna et il saisit l'arme de la main de l'homme. Il avait la main dessus au moment où un coup de feu retentit. Il s'arrêta net et il le lâcha, le pistolet tombant au sol.

— Ça suffit, Vasquez, dit un autre homme. Amène-le à l'intérieur et tue-le s'il tente à nouveau quelque chose.

Knight se tourna vers Day, espérant le voir se lever lentement. Il ne le fit pas. Il ne bougeait pas et il vit du rouge autour de lui sur le sol. Un des hommes commença à s'avancer vers lui.

— Laisse-le, dit le nouvel homme avec une barbe noire epaisse. Occupe-toi de brancher le générateur de secours afin qu'il soit prêt à fonctionner ! aboya-t-il.

Puis il attendit Knight à la porte.

Ce dernier jeta un dernier regard sur Day, espérant fichtrement qu'il était encore en vie. Il ne vit aucun mouvement et il craignit le pire. Bordel, il avait tué une autre personne, il…

— Eh bien, dit l'homme dès que Knight entra dans la quasi-obscurité du bâtiment. Ce n'est pas grand-chose, mais c'est chez nous. Du moins, ça l'est pendant quelques heures. Ensuite, nous partirons et tout ce que l'on trouvera ici, ce seront vos restes et ceux de votre ami.

— Nous devons le tuer maintenant, dit l'homme à la cicatrice.

Vasquez, se souvint-il.

— Je connais cet homme. Il est dangereux et il n'a rien à perdre, ajouta Vasquez en fouillant dans le sac de Day avant de le rejeter sur le côté.

— Comment diable sais-tu ça ? demanda l'autre homme qui semblait être le chef de file.

— Je lui ai pris sa raison de vivre, comme il avait pris la mienne. Mais on m'a payé pour ça, dit Vasquez en riant, son arme ne vacillant même pas une seconde dans sa main.

Knight vit rouge et il trembla de rage avant de se reprendre. Il voulait étriper ce gars, mais il devait garder l'esprit clair s'il voulait avoir une chance de se sortir de là.

Un moteur se fit entendre et le responsable commença lentement à s'avancer vers l'endroit qui était seulement éclairé avec des lampes sur batterie pour l'instant. Un des hommes amena un câble d'alimentation, il débrancha une rampe d'alimentation et il la brancha sur la rallonge.

— Votre petite tentative a seulement occasionné un léger retard, dit l'homme barbu.

Il alluma une lumière et l'autre homme aux yeux presque noirs le fixa.

—Allah y pourvoit, sourit-il au moment où deux écrans d'ordinateur s'allumaient. Je n'ai besoin que de ces deux-là pour finir ça.

— Qui êtes-vous ? demanda-t-il en scrutant la salle.

Les murs en pierre noire semblaient vieux, très vieux, mais le plafond à poutres apparentes était encore de couleur claire, comme s'il n'était pas là depuis longtemps. Des meubles frustes couraient le long des murs, y compris une petite table, des chaises et quelques lits installés simplement sur le sol.

— Un combattant de la liberté, répondit-il. Je me bats pour que votre pays impérialiste quitte ma patrie. Dans quelques heures, ils seront très occupés à essayer de sauver leurs entreprises et ils sauront que nous pouvons les atteindre partout et à tout moment.

Son accent était impeccable et Knight se demanda si ce gars était vraiment un terroriste du cru. D'après son apparence, il était sans aucun doute du Moyen-Orient, mais sa façon de parler ne correspondait pas du tout. En fait, il avait détecté un soupçon d'accent bostonien, peut-être.

L'électricité revint et l'homme tira une chaise.

— Attachez-le, puis allez voir ce que font ces idiots. J'ai besoin d'électricité pendant vingt minutes, puis nous terminerons et nous disparaîtrons. Après cela, nous n'aurons plus besoin d'eux.

Le message était clair. Aucun d'entre eux ne vivrait plus bien longtemps, y compris les hommes qui avaient aidé ce bâtard.

Knight fut poussé sur la chaise et il fut rapidement et étroitement attaché, mains et chevilles. Il essaya toutes les astuces qu'il connaissait, mais les cordes avaient été tendues et il pensa qu'il avait encore de la chance que le sang circule dans ses jambes. Puis Vasquez, l'homme qui avait tué sa famille, s'approcha de lui. Knight bouillonna de colère. Il essaya de garder la tête froide, mais c'était foutrement difficile pour lui d'y arriver. L'homme qui avait tué sa femme et son fils était ici et la pourriture avait dit qu'il avait été payé pour ça. Knight voulait sauter de sa chaise et l'étrangler à mains nues jusqu'à ce qu'il lui dise qui l'avait payé. Il serra et desserra ses poings, un voile rouge devant les yeux.

— Je sais que ça vous tue. Vous voulez tout savoir. Si vous êtes gentil, je pourrais vous le dire juste avant de vous mettre une balle dans la tête.

— Arrête Vasquez. Va juste voir le générateur ainsi nous pourrons mettre un terme à ceci et foutre le camp d'ici. Nous ne voulons pas que quiconque tombe sur nous, alors bouge.

Le responsable se retourna vers les ordinateurs, le regardant en même temps.

— J'ai besoin de puissance.

Vasquez partit et Knight essaya de trouver un moyen de se sortir de ce gâchis. Il devait arrêter ça. Il était si foutrement près et il devait voir si Day était vivant. Et si oui, pour combien de temps ? Il avait été abattu et il pouvait être en train de saigner à mort. Son esprit sautait d'un problème à un autre.

Les lumières se rallumèrent et les ordinateurs entamèrent leur processus de démarrage. L'homme plaça son téléphone portable sur le bureau à côté de lui. Puis, au moment où les moniteurs s'éclairèrent, des tirs retentirent à l'extérieur.

— C'est Vasquez qui règle les derniers détails.

— Pensez-vous vraiment pouvoir lui faire confiance pour ne pas vous tuer vous aussi ? demanda Knight.

L'homme se moqua sans se détourner de son clavier.

— Il n'a pas encore été payé et il ne me fera rien tant que ce sera le cas. Et puis, j'aurais disparu et tout ici aussi. Vous ne pouvez rien faire contre moi, alors restez juste assis tranquillement et regardez.

D'autres coups de feu retentirent, puis Vasquez revint.

— Tout est réglé. Personne ne dira rien. Il ne nous reste plus qu'à nous occuper de lui.

Il savourait clairement cette idée.

— Bien. Nous aurons terminé dans quelques minutes, ensuite tu pourras lui mettre une balle dans la tête et nous ferons sauter cet endroit. Ces archéologues qui viendront ensuite ne trouveront rien à part des blocs de pierre et des gravats. Ils peuvent reconstituer ce bâtiment s'ils le veulent. Ils pourraient même penser que c'était une sorte de sacrifice s'ils attendent assez longtemps.

Il se calma et murmura en arabe juste assez fort pour que Knight reconnaisse la langue.

— Juste quelques minutes de plus.

Merde, il devait vraiment intervenir maintenant. Il y avait peu de chance que l'un d'eux se sorte de tout ça et l'attaque qu'ils avaient tenté d'empêcher était sur le point d'avoir lieu indépendamment de ce qu'ils avaient fait. Knight continua à essayer de trouver un angle, mais il n'y en avait pas. Il était à leur merci… et ils ne semblaient en avoir aucune.

Puis un tir retentit et Vasquez s'effondra au sol. Un second coup de feu suivit et l'homme au clavier de l'ordinateur s'effondra vers l'avant, son sang et son cerveau éclaboussant les moniteurs.

Il se tourna vers la porte et il vit Day appuyé contre les pierres.

— Peux-tu me détacher ?

— Je ne suis pas sûr de pouvoir marcher jusque-là, dit son coéquipier, sa respiration laborieuse, continuant à utiliser la porte pour tenir debout.

Knight rebondit avec sa chaise pour se rapprocher, avançant petit à petit vers Day. Quand il finit par s'approcher, Day quitta le chambranle et il s'effondra à moitié sur lui.

— Libère juste une de mes mains. Je peux faire le reste, déclara Knight.

Day était plus que faible, mais il réussit à desserrer les liens sur la main droite de son partenaire et il la libéra. Knight libéra sa main gauche, puis il détacha les liens de ses chevilles. Il se leva et aida Day à se relever. Puis il redressa la vieille chaise et il l'installa dessus. Il n'était pas sûr que l'attaque n'avait pas été lancée malgré tout alors il débrancha les ordinateurs et tout l'équipement s'éteignit. Il laissa la lumière allumée pour pouvoir voir et il retourna auprès de Day qui avait l'air pâle.

— Où est-ce qu'il t'a touché ?

— L'épaule gauche.

Knight observa autour de lui pour trouver quelque chose qu'il pourrait utiliser comme pansement. Il trouva un sac sur un des lits. Il l'ouvrit et en sortit ce qui semblait être un tee-shirt propre. Cela devrait suffire.

— Merci, connard, dit-il à l'homme mort toujours affaissé sur le clavier.

Il se hâta de retourner vers Day. Il déchira le poncho et ouvrit la chemise de Day pour trouver à la fois une plaie d'entrée et de sortie. Il déchira le tee-shirt en deux gros morceaux et une bande de tissu. Il banda les deux côtés aussi doucement que possible et il utilisa la bande de tissu pour maintenir les pansements en place. C'était rudimentaire et il espéra que cela aiderait à stopper le saignement.

Il chercha où Vasquez avait laissé tomber le sac de Day et il le trouva juste à côté du montant de la porte. Il sortit une bouteille d'eau et il l'ouvrit en revenant près de Day, puis il l'aida à boire un peu.

— Je vous donne tous les deux rendez-vous en enfer, déclara Vasquez.

Il s'était levé et il titubait, pointant sur eux une arme de petit calibre. Le devant de sa chemise était couvert de sang. Knight avait été si préoccupé de se libérer et d'aider Day qu'il avait oublié un des principes de base : s'assurer que l'ennemi était désarmé, même celui qui était abattu.

Il se redressa et se plaça entre Day et le tueur. Il avait besoin que son partenaire soit autant que possible hors de la ligne de tir. Vasquez vacillait et Knight vit des gouttes de sang coulant sur la jambe de son pantalon. Il ne tiendrait pas longtemps à ce rythme. Il allait perdre tout son sang.

— Pourquoi avez-vous tué ma famille ? demanda-t-il.

— Vengeance pour ma famille, répondit l'autre homme, son visage se tordant de douleur.

Knight voulut se précipiter, mais il n'eut pas d'ouverture.

— Vous avez tué mon père et j'ai tué votre femme et votre fils.

Il entendit souffler Day derrière lui et il fit de son mieux pour l'ignorer, concentrant son attention à la place sur Vasquez et le pistolet.

— Qui vous a payé pour le faire ?

Vasquez vacilla et Knight frappa. Il s'accroupit et d'un coup de pied, il balaya les jambes du gars sous lui. L'homme s'écroula et son arme à feu s'envola. Un coup de feu retentit, le son rebondissant sur les murs de pierre, bourdonnant dans ses oreilles. Il n'avait pas été touché et il se jeta sur Vasquez qui gisait au sol.

Knight le fit rouler sur lui-même.

— Qui vous a payé ? demanda-t-il frénétiquement.

Vasquez respirait superficiellement et Knight savait qu'il lui restait peu de temps à vivre.

— Qui vous a payé pour tuer ma famille ? hurla-t-il de toutes ses forces.

Il attrapa le couteau à la ceinture du terroriste et le sortit.

— Dites-moi ou je vous infligerai des souffrances inimaginables.

Les yeux de Vasquez étaient ouverts et il leva le couteau sur l'un d'eux sachant qu'il pouvait le voir.

— Dites-le moi et vous mourrez rapidement. Sinon, je vous couperai en morceaux, petit à petit.

Il appuya le couteau sur le visage du mourant. Celui-ci ferma les yeux, et il expira, du sang suintant aux commissures de ses lèvres.

— Putain ! cria-t-il en jetant le couteau contre le mur, tremblant de la tête aux pieds.

Il avait été si foutrement près d'obtenir des réponses. Il avait cherché pendant deux ans et il n'avait jamais trouvé d'autre piste à part celle-là. Il se leva et après avoir décoché un coup de pied à l'homme mort, il fouilla ses poches. Il trouva un téléphone portable et le fourra dans sa poche.

— Knight, chuchota Day derrière lui. Il est mort et nous devons sortir d'ici. J'ai besoin d'aide. Je ne sais pas combien de temps je vais tenir.

Knight arriva près de lui, tremblant encore, et il l'aida à se lever.

Ils sortirent ensemble sous le beau soleil de cette fin de journée.

— Comment as-tu eu le pistolet ? demanda-t-il.

— Ils pensaient que j'étais mort quand Vasquez les a exécutés, dit-il en désignant les corps près de la porte. Les pauvres crétins n'ont pas compris ce qui se passait et puis ils sont tous morts. J'ai pris une de leurs armes à feu dès qu'il est retourné à l'intérieur. Ensuite, je me suis allongé sur le sol. Tu sais que je suis un bon tireur.

— Tu es le meilleur que je connaisse, soupira son partenaire. Je dois mettre un terme à tout cela. Reste-là, lui dit-il en l'installant doucement sur le sol. Il y a de l'eau et de la nourriture. Il te faut des deux.

Il lui tendit le sac et partit en courant. Il éteignit le générateur, le porta à l'intérieur, ouvrit le bouchon du réservoir et il tourna l'engin sur le côté. L'essence coula sur le plancher, l'imbibant puis trempant les pierres. Il retourna dehors et il trouva une seule bouteille de gaz à moitié pleine. Il la porta à l'intérieur également et la laissa ouverte. Une fois tout cela fait, il rassembla les armes et il les jeta à l'intérieur avec le reste.

Étant donné le nombre de lits à l'intérieur, il devait y avoir un camp à proximité. Il souhaitait avoir le temps de vérifier, mais Day s'affaiblissait de plus en plus. Il revint sur ses pas et trouva son sac caché sous le feuillage dont il sortit le dernier pain de C4 et il régla le détonateur sur dix minutes. Il plaça ensuite l'explosif près de la bouteille de gaz.

— Foutons le camp d'ici, fit-il en saisissant le sac de Day avant de l'aider à se lever. Merde. Tu peux attendre une minute ?

Day hocha la tête et Knight courut à l'intérieur. Il prit le téléphone portable éclaboussé de sang sur le bureau et il se hâta de retourner dehors.

Il soutint Day du mieux qu'il le put et ils commencèrent à marcher jusqu'à la route de terre. Ils dépassèrent un pick-up et il regarda à l'intérieur. Il était vide et la portière passager était déverrouillée. Quelqu'un avait fait preuve de négligence et c'était une aubaine pour eux. Il ouvrit celle-ci et il aida Day à s'installer à l'intérieur puis il se précipita côté conducteur.

— Qu'est-ce que tu fais ?

— Je démarre la voiture, répondit Knight.

C'était un vieux modèle et actionner le démarreur à partir des fils fut assez facile. Il se déclencha et le moteur démarra. Puis il passa le levier de vitesse en première, poussa la pédale d'accélérateur et il décolla comme une chauve-souris sortant de l'enfer. Il donna le téléphone qu'il avait pris sur le bureau à Day.

— Peux-tu appeler Miguel ?

Day tritura le téléphone.

— Il est verrouillé.

— Merde, dit-il. Garde-le quand même. Il appartenait à l'enfoiré derrière tout ça. Les techniciens pourront peut-être en tirer quelque chose lorsque nous serons de retour.

Il espérait la même chose de l'autre appareil aussi.

— Pourquoi avaient-ils besoin d'un téléphone satellite alors qu'ils avaient des téléphones portables aussi ? demanda Day.

— Pas de tours pour relayer le signal et je soupçonne que le service là-bas était inégal.

— Pourquoi ?

— Il tripotait son téléphone cellulaire alors qu'il était sur le point d'envoyer le programme. Je pensais qu'il allait utiliser le Bluetooth et une connexion internet pour l'envoyer. Mais s'il n'avait pas une bonne réception, à quoi bon ?

— Qui sait ? Peut-être que les techniciens pourront le comprendre une fois que nous leur aurons tout donné, soupira le jeune homme. Il pourrait avoir développé une application spéciale pour le téléphone. Je ne sais pas. Ma tête est un peu vide et je n'arrive plus à réfléchir correctement.

— Je sais.

Knight chercha dans son sac et il en sortit son téléphone.

— Utilise celui-ci. Le code de verrouillage est 5793. Une fois que tu l'auras fait, je te donnerai le numéro.

— D'accord, dit Day.

Et Knight lui donna le numéro de mémoire. Il n'avait jamais tenu un carnet téléphonique ou une liste de contact dans son téléphone. Cela rendait plus difficile d'obtenir quoi que ce soit de lui s'il était capturé.

Day lui tendit le téléphone.

— Nous sommes sur le chemin du retour, dit-il quand Miguel décrocha. Ouvre tes oreilles. Ça va être énorme, dit-il en regardant l'heure et il raccrocha.

Il réussit à garder le pick-up sur la route quand le son atteignit leurs oreilles. Il se gara et il se tourna au moment où une boule de feu s'envolait, suivie d'un nuage de fumée noire. Il repartit, ne ralentissant que lorsqu'ils atteignirent la périphérie de la ville. Il conduisit jusqu'à chez Miguel et il gara le véhicule devant la maison voisine.

Miguel sortit et il regarda directement à droite et à gauche dans la rue.

— Entre. Les policiers sont en alerte et ils se dirigent vers ton feu d'artifice. As-tu fait ce que tu avais à faire ?

— Oui, mais ça n'a pas été facile.

Knight aida Day à descendre du camion et à entrer dans la maison. Ils devaient être prudents pour ne pas attirer l'attention sur eux et aussitôt que Miguel ferma la porte, Day s'effondra sur le canapé.

— On lui a tiré sur l'épaule. La balle est ressortie, mais il a perdu beaucoup de sang.

Knight se mit à genoux à côté du canapé.

— Tu peux me parler ?

— J'ai mal, marmonna le jeune homme.

Miguel vérifia les pansements. Le saignement semblait s'être arrêté.

— On ne peut pas le soigner comme il faut.

Il sortit en hâte et il revint avec des tee-shirts propres.

— Mettez ceux-ci, pour ne pas donner l'impression d'avoir crapahuté à pied dans la jungle. Ensuite, je vous ramène en ville et au bateau. Il part dans deux heures et c'est là qu'est le docteur le plus proche.

Knight aida Day à ôter son tee-shirt taché de sang et à enfiler le propre. Il savait que c'était douloureux mais il n'avait pas de solution pour l'épargner. Le miracle fut qu'il réussit à le lui enfiler sans trop bouger son bras.

— Que veux-tu que je fasse avec les armes ?

— Laisse les. Je les ferai disparaître complètement, dit Miguel avant de quitter la pièce.

Il revint avec une bouteille de tequila.

— Prenez une gorgée de ça, dit-il à Day qui obéit. Bien, maintenant mettez-en un peu sur vos doigts et aspergez-vous un peu tous les deux. Comme ça, ils vont penser que vous avez pris un peu trop de plaisir en voyant dans quel état vous revenez à bord.

— Merci, dit Knight et il se précipita dehors.

Il récupéra leurs sacs à dos dans le camion et retourna auprès de Miguel pour les lui remettre. Celui-ci les essuya, puis il saisit un chalumeau et il les chauffa avant de détruire les barillets avec un marteau.

— Maintenant, plus personne ne peut les tester.

Il ne fit qu'une bouchée du reste des armes. Knight lui remit les explosifs restants et tout ce dont il n'avait plus besoin.

— Tu dois te débarrasser des sacs et de tous les vêtements que vous avez portés.

— Je sais. Nous devons nous assurer qu'il n'y a aucun résidu sur tout ce que rapporterons aux États-Unis.

Ils devaient rentrer chez eux, et attirer l'attention après avoir fait tout ce chemin était la dernière chose dont ils avaient besoin. Knight étreignit Miguel.

— Merci pour tout.

— Non. Merci. Je te suis reconnaissant et je te serai toujours. Tu m'as sorti du Panama alors que je pensais que j'allais mourir, dit Miguel en lui retournant son étreinte et puis ils se séparèrent. Allez, je vous ramène au bateau et tu pourras appeler tes gars pour lui obtenir de l'aide. Je ne pense pas qu'il va mourir, mais il a besoin d'aide ou son bras pourrait ne pas guérir.

Miguel lui remit le matériel qu'ils avaient laissé chez lui. Ils retournèrent ensuite à la maison principale où Knight emballa tout, Miguel prenant tout ce dont ils n'avaient pas besoin.

— Je vais vous ramener au port. Il suffit de laisser le 4x4. Mon beau-frère va changer tout ce qu'il faut et il sera reconnaissant d'avoir un nouveau véhicule.

— Peux-tu tenir debout ? demanda Knight à Day.

Celui-ci s'était levé, mais il était très instable.

— J'ai mangé quelque chose et je me sens un peu mieux.

— D'accord. Alors retournons à bord du navire et nous pourrons rentrer chez nous.

Il aida Day à sortir de la maison et à aller jusqu'au camion de Miguel. Ils montèrent et l'homme les conduisit au port. Il donna une bouteille de jus de fruit à Day. Le sucre devrait lui faire du bien et le faire tenir jusqu'à ce qu'ils arrivent à bord.

— Je ne peux même pas vous amener jusqu'au port. On me surveille, aussi je ne veux mettre aucun d'entre vous en danger.

Il s'arrêta juste à l'entrée de la zone portuaire et Knight aida Day à descendre du camion, puis ils marchèrent vers le navire et il le soutint en glissant un bras autour de sa taille. Ils montrèrent leurs passes et furent autorisés à entrer dans la zone.

— Tu vas y arriver ? chuchota Knight quand les pas de son partenaire commencèrent à faiblir.

Knight portait les deux sacs à dos et faisait de son mieux pour ne pas montrer qu'il le soutenait. S'il avait l'air trop malade, ils ne pourraient pas accéder au bateau et ils se retrouveraient à leur point de départ et pas plus près d'obtenir l'aide dont le jeune homme avait besoin.

— Oui, ça va aller, dit Day, la tension montant dans son corps au moment où il l'effaçait de son visage. Faisons-le, c'est tout.

Ils atteignirent la passerelle et il laissa Day passer devant. Celui-ci devait avoir trouvé une certaine force intérieure parce qu'il avança à grands pas vers le préposé et lui remit sa carte. Elle fut scannée puis il traversa le détecteur de métaux sans s'arrêter. Knight posa leurs sacs sur le tapis espérant qu'il avait correctement dissimulé l'équipement de communication. Ils passèrent et personne n'essaya de l'arrêter alors qu'il passait le portique de détection qui bipa comme un fou.

— Avez-vous vidé vos poches ? demanda le garde.

Knight fouilla dans sa poche de pantalon et il sentit un des détonateurs. Il devait l'avoir mis dans sa poche pendant qu'il installait les derniers explosifs. Maintenant, il devait sortir cette merde, mais tout le monde regardait. Il n'y avait aucun moyen qu'il puisse laisser voir ce qu'il avait dans cette poche.

— Ça doit être la ceinture, dit-il.

Et il l'enleva. Il espérait que la réduction de la quantité de métal qu'il avait sur lui serait suffisante pour qu'il passe sans sonner. Il posa la ceinture pour qu'elle passe le scanner et il traversa le détecteur une fois de plus. L'appareil resta silencieux et il rassembla ses affaires de l'autre côté.

— Monsieur.

Il se raidit. Quoi encore ? Il était si près. Il se tourna lentement et le garde lui remit sa ceinture.

— Merci, dit Knight avant de la remettre.

Il saisit leurs sacs et il rejoignit Day qui l'attendait. Il l'aida à se rendre à l'ascenseur et dès que les portes s'ouvrirent, ils entrèrent et le jeune homme s'appuya contre la paroi. Il semblait être à sur le point de s'effondrer alors qu'ils montaient plus haut dans le gigantesque navire. Des gens entrèrent et sortirent avant qu'ils n'atteignent finalement leur pont. Knight aida Day sur le trajet vers leur cabine et il utilisa sa carte-clé pour ouvrir la porte. Dès qu'il eut fermé, il l'aida à s'installer sur le lit.

— Laisse-moi regarder ton épaule.

— Non. Appelle Dimato et dis-lui que nous avons réussi et que nous avons neutralisé la menace. Ensuite, vois s'il peut nous aider. Le médecin à bord ne traitera pas une blessure par balle sans poser un million de questions. Alors... fit-il, sa respiration devenant laborieuse. Il suffit de l'appeler.

Knight sortit l'équipement et il le configura comme il le put. Il avait vu son coéquipier le faire et il espéra qu'il le faisait correctement. Quand il effectua son appel, cela fonctionna, donc il fut assez content. Il ne souhaitait pas qu'il transite par les systèmes du navire.

— La lumière est verte. Tu es bon, lui dit Day.

— Oui ? dit Dimato quand il répondit.

— Nous sommes revenus et la menace est neutralisée. Dès que le bateau sortira du port, nous serons hors de portée des autorités.

— Très bien.

— Nous avons un problème. Day a été blessé et il a besoin d'un médecin. Il y en a un à bord, mais...

Sa gorge se serra, mais il continua,

— Il a pris une balle dans l'épaule gauche. Il m'a également sauvé la vie, rapporta-t-il en jetant un coup d'œil sur Day qui gisait sur le lit, les yeux fermés. La balle a traversé et nous avons arrêté le saignement, mais il doit être vu par un médecin.

— Je vais passer quelques appels. Détendez-vous tous les deux et revenez ici. Assurez-vous d'écrire votre rapport sur l'opération avant de revenir. Ce ne sont pas des vacances.

— En fait, maintenant, si. Il va se détendre et il sera soigné.

La corne du navire résonna.

— Et nous serons en mer pour les prochains jours, poursuivit-il. Aussi, nous ferons ce que nous pourrons. Le reste devra attendre jusqu'à ce que nous arrivions.

— Knighton, avertit Dimato.

— Ne m'emmerdez pas avec votre bordel maintenant, aboya-t-il. Je ne suis pas d'humeur. Occupez-vous juste d'obtenir des soins médicaux pour Day.

Et il raccrocha.

— Crois-tu que c'est raisonnable de s'énerver contre le gars qui peut nous aider ? demanda son partenaire.

—Tu as tendance à faire chier tout le monde à un moment ou à un autre, tu sais.

— Est-ce que Miguel a droit au même traitement ?

Knight souffla, grondant presque.

— Je prends ça pour un oui. Alors, qu'est-ce qui l'a fait changer d'avis ? le questionna-t-il, les yeux fermés.

— J'ai sauvé la vie d'Ana et la sienne.

— Les avais-tu mis en danger, d'abord ?

— Nous avions travaillé ensemble, protesta Knight.

— Alors oui, sourit légèrement Day avant de se décaler sur le lit avec un gémissement. Ça fait un mal de chien.

— Je sais. On m'a tiré dessus quelques fois.

— Probablement tes amis, plaisanta Day.

Et une partie du nœud dans la poitrine et l'estomac de Knight se desserra.

— Tu ne dois pas être si mal, si tu t'en prends à moi, Je sais que tu es fatigué et que tu as mal, lui dit-il en voyant qu'il avait toujours les yeux fermés. Mais nous devons regarder cette épaule.

Il était tenté de descendre simplement chercher le médecin et le menacer jusqu'à ce qu'il fasse ce qu'il fallait. Il était tout à fait capable de faire le nécessaire, y compris l'intimidation, pour obtenir ce dont il avait besoin.

— Je peux te donner quelque chose pour la douleur, offrit-il.

— Pourquoi tu ne l'as pas dit avant ? rouspéta le blessé, ouvrant ses yeux et criant sur lui.

— Qui est énervé maintenant ?

—J'ai le droit. On m'a tiré dessus dans cette petite sauterie improvisée.

— Et tu m'as sauvé la vie, dit Knight en ouvrant le kit médical. C'est juste de l'ibuprofène, mais fort.

Il remplit un verre d'eau et lui donna le cachet avant de l'aider à boire de l'eau. Puis il posa le verre sur la table à côté du lit et il s'assit. Day referma les yeux et bientôt sa respiration se calma et quelques rides disparurent de son visage. Le médicament devait commencer à faire effet. Maintenant, il avait juste besoin d'avoir des nouvelles.

Le téléphone de la cabine sonna et Knight décrocha.

— Ouais.

Il n'avait pas le temps d'être agréable.

— Je suis le Docteur Forester, le médecin du navire. J'ai reçu un appel inhabituel et… Je ne sais pas si… Eh bien, je vais essayer d'aider monsieur Ingram. Pouvez-vous, s'il vous plaît, l'accompagner jusqu'à l'infirmerie ?

— Tant qu'il n'y a personne d'autre.

— Euh, oui. Je pense que je vais devoir venir vous voir, dit le médecin, mal à l'aise.

— Nous vous attendons.

Il raccrocha et se tourna vers Day.

— Le médecin est en route. Honnêtement, je ne sais pas très bien ce qu'il pourra faire pour toi tant que nous serons en mer, mais au moins, il pourra s'assurer que la plaie est propre et qu'il n'y a aucune infection.

— Et utiliser des pansements fabriqués à partir d'autre chose que d'un tee-shirt d'un quelconque mec dérangé, fit Day en s'essayant à un petit sourire.

Il n'avait que ça. Il avait fait de son mieux avec ce qu'il avait trouvé à portée de main.

— Détends-toi du mieux que tu peux.

Knight se leva et quand quelqu'un frappa à la porte, il l'ouvrit et laissa entrer le médecin à l'intérieur. Il vérifia également que la coursive était vide.

— Je n'ai jamais reçu d'appel comme celui-ci auparavant, dit le praticien, dès que la porte fut fermée.

— Vous avez été invité à garder le silence, dit Knight sérieusement.

— L'homme qui m'a parlé m'a donné l'impression qu'il pourrait faire tomber la foudre sur moi si je disais un mot sur quoi que ce soit et je ne sais rien… Donc…, dit-il, semblant très énervé.

— Vous devez juste soigner Day, ne rien dire et tout ira bien. Nous vous paierons pour tout ce dont vous pourriez avoir besoin, ainsi personne ne devrait poser trop de questions. Avez-vous dit quoi que ce soit ? demanda Knight en gardant le médecin dans la zone de l'entrée de sorte qu'il ne puisse pas voir Day.

— Juste que quelqu'un avait besoin d'aide et que je devais le soigner sans poser de questions.

Le docteur Forester avait les cheveux blonds et les yeux bleus et il semblait plus à sa place au bord d'une piscine que dans un hôpital. Peut-être était-ce pour cela qu'il était à bord du navire.

— Maintenant, puis-je jeter un coup d'œil au patient ?

— Oui.

Knight recula et il laissa le médecin s'avancer dans la cabine. Il resta à l'écart, mais il l'observa pendant qu'il étalait un champ stérile sur le lit et aidait ensuite Day à s'asseoir dessus. Il coupa le tee-shirt du jeune homme puis il commença à défaire les bandages de fortune.

Une fois qu'il eut inspecté la plaie, le docteur Forester se tourna vers Knight.

— Je ne vais pas entrer dans les détails, mais la balle a traversé proprement. Il semble y avoir peu d'éparpillement ou d'écrasement sur son trajet.

Dieu merci. Un autre type de balle aurait blessé Day beaucoup plus gravement.

— Je ne vous demanderai pas comment c'est arrivé, parce que... Je ne veux pas savoir.

— C'est mieux pour tout le monde, répondit Knight.

Il gardait la voix basse. Ils n'avaient entendu personne dans les autres cabines, mais c'était difficile d'en être sûr.

— Je ne peux pas faire grand-chose, dit le docteur en regardant son patient. Vous avez effectivement eu de la chance et ça doit probablement vous faire un mal de chien, mais je vais nettoyer ces plaies, les panser et vous mettre une écharpe pour immobiliser le bras. Ce sera douloureux pendant quelque temps, mais je ne pense pas que quoi que ce soit de vital ait été touché. Vous avez juste perdu beaucoup de sang.

Il continua à l'ausculter et ne parla plus beaucoup.

— Je vous donnerai quelque chose pour la douleur et je vous suggère de profiter du service d'étage et de rester ici autant que vous le pouvez. Vous aurez besoin de tout ceci, prenez-les et une fois que vous serez de retour aux États-Unis, consultez un chirurgien pour la réparation de votre muscle. Je ne peux rien faire pour vous à ce sujet.

— Merci docteur, murmura doucement Day. Je sais que ceci est déroutant et difficile. Mais nous sommes les gentils de l'histoire. Vous ne devez pas vous inquiéter de savoir si vous avez fait le bon choix. C'est juste plus sûr pour vous si vous ne dites rien à personne.

Il grimaça quand le docteur désinfecta son épaule puis la banda de chaque côté jusqu'à ce que sa peau soit couverte de compresses et de sparadrap. Une fois que le docteur eut fini, Day s'allongea sur le lit et il ferma les yeux.

Knight indiqua ce qu'il lui avait donné pour la douleur et le médecin acquiesça avant de lui tendre une petite bouteille de comprimés.

— Bien, je vous laisse ceci. Ils sont plus forts et ils doivent être utilisés avec parcimonie. Je pense que la douleur va se calmer dans la journée à venir. Il a surtout besoin de repos, c'est primordial, expliqua-t-il en rassemblant ses affaires. Je reviendrai demain pour vérifier son état. Vu comment il a été blessé, je veux être sûr qu'aucune infection ne s'installe.

Il tendit une autre bouteille à Knight.

— Ce sont des antibiotiques. Vous pouvez lui en donner un maintenant et puis un toutes les huit heures.

Il se dirigea vers la porte, visiblement pressé de s'en aller.

— Merci pour tout, dit Day.

Mais Knight était quasiment sûr que le praticien ne l'avait pas entendu dans sa hâte à sortir.

Il avait vu des réactions comme ça auparavant et cela ne le surprenait pas. Celui qui avait parlé avec le bon docteur lui avait fait une frousse de tous les diables, lui donnant envie d'être le plus loin possible. Knight savait que c'était pour s'assurer qu'il ne dirait jamais rien à personne, ce qui était le plus important.

— Dis-moi ce qui est arrivé à ta famille, dit Day. J'ai entendu quand Vasquez a dit qu'il les avait tués.

— Va te faire foutre, dit Knight, d'une voix atone et Day sourit. Tu dois prendre un peu repos.

— D'accord, accepta-t-il, déjà à moitié assoupi. Mais je ne laisserai pas te dérober. Soit tu me le dis, soit je commencerai à chercher à travers tous les systèmes et toutes les archives jusqu'à ce que je trouve et je serai très en colère contre toi d'avoir dû chercher les informations.

Il s'installa un peu plus confortablement en grimaçant, puis il s'endormit.

Knight soupira et il sortit son ordinateur. Il l'alluma, le connecta à une ligne sécurisée et il commença à tracer Vasquez et sa famille au Panama et plus tôt. Il était clair que Knight avait nui à sa famille d'une certaine manière et que cela avait été la source de sa haine personnelle. Peut-être était-ce là qu'il trouverait la clé qui lui permettrait de déterminer qui serait prêt à payer pour détruire sa famille et, par extension, lui.

VII

DAY DORMIT pendant la majeure partie du reste de la soirée. Son épaule lui faisait très mal et il prit les comprimés quand Knight les lui donna et il mangea, mais il n'avait pas vraiment d'appétit. Il réussit, dans la nuit, à se rendre à la salle de bain et il se lava du mieux qu'il put avec une seule main. Il avait besoin de se sentir propre et il réussit en grande partie.

— As-tu besoin d'aide ? demanda Knight quand il sortit de la salle de bain.

Il n'avait pas levé les yeux de son ordinateur depuis des heures. Les assiettes qu'il avait ramenées du buffet plus tôt reposaient à côté de lui avec les restes de leurs repas.

— Oui, mais j'ai réussi tout seul, déclara Day, sans chaleur.

Ce n'était pas comme si Knight avait été à l'écoute ou lui avait accordé une quelconque attention. Quoi qu'il soit en train de chasser, cela l'emportait sur tout le reste du monde. Et c'était bien. Day avait toujours su, ou du moins il avait fortement soupçonné, que ce qui était arrivé entre eux avait été juste une aventure, du moins du point de vue de son partenaire. Pourtant, sa première mission sur le terrain avait été un succès, en gros. Oui, il avait été blessé, mais Knight et lui étaient arrivés à temps et ils avaient neutralisé la menace. Cela n'avait pas été assez et beaucoup de questions restaient en suspens, mais cela avait un succès en grande partie. Le monde était plus sûr et ils avaient pu rapporter du matériel qui pourrait les aider pour mener d'autres enquêtes. Avec ce succès, il aurait d'autres missions sur le terrain et c'était ce qu'il avait voulu.

— J'aurais pu t'aider.

— Tu arrivais à peine à quitter des yeux l'écran de ton ordinateur pour mettre de la nourriture dans ta bouche, alors comment allais-tu m'aider ?

Il se dirigea vers la commode et il attrapa un boxer. Il réussit à l'enfiler d'une main, sans tomber, puis il retourna au lit. Il s'installa sous les couvertures et il éteignit la lumière, seul l'écran d'ordinateur continuant à briller dans l'obscurité.

— Je te suggère d'aller prendre une douche, tu pues. Et puis, si tu veux venir te coucher, tu peux me rejoindre.

Et il ferma les yeux.

Knight grogna et la chaise craqua légèrement quand il se leva. Day l'entendit grommeler dans sa barbe pendant qu'il fermait l'ordinateur portable.

— Je te suggère aussi de te débarrasser des assiettes. La nourriture va sentir demain matin sinon.

Son coéquipier grogna à nouveau, mais les assiettes tintèrent quand il les saisit puis il quitta la cabine. Day attendit qu'il revienne. Il entendit qu'on insérait la carte clé dans la serrure et la porte cliqueta. Elle s'ouvrit lentement et la lumière du couloir brilla dans la chambre sombre. Il ouvrit les yeux, instantanément en alerte. Quelque chose n'allait pas, Knight serait juste rentré. La porte commença à se refermer, la chambre s'assombrissant une fois de plus. Son cœur s'emballa et il se demanda ce qu'il pourrait utiliser comme une arme.

La porte se rouvrit, la lumière inondant la pièce une nouvelle fois.

— Bouge et je casse ton putain de cou et je jette ton cul par-dessus bord, grogna Knight.

Day alluma la lumière et il se leva au moment où la porte de leur cabine claquait en se refermant.

Il enfilait son short quand Knight tira leur visiteur dans la pièce.

— Qu'est-ce que vous faites ici ? demanda-t-il.

L'homme ne bougea pas et ne dit rien. Knight se retourna et Day vit qu'il tenait Blain dans sa prise.

— Quoi, Blain ?

— Toi ? se moqua l'homme

Day s'avança vers l'endroit où son collègue tenait l'intrus.

— Qu'est-ce que tu fous ? Pourquoi t'es-tu introduit dans ma chambre et où as-tu obtenu une clé ?

— On m'a dit de prendre contact avec les personnes dans cette cabine. Si tu veux vérifier dans ma poche.

Sa façon habituelle – et pénible – de parler avait disparue et il paraissait très confiant et autoritaire maintenant.

Knight ne le relâcha pas, de sorte que Day dut fouiller sa poche et il en sortit un portefeuille. Il l'ouvrit et il montra la plaque à Knight.

— Vous pouvez me relâcher maintenant, déclara leur visiteur.

— Je ne pense pas. Expliquez-vous, assena Knight.

— Je vais te le demander à nouveau, dit Day. Que fais-tu ici ?

— Comme vous pouvez le voir, je fais partie de l'ATF. J'ai été envoyé sur cette petite croisière parce que nous avions eu des rapports disant que cette ligne en particulier servait à déplacer des gens vers le Mexique. Nous avons pensé que c'était dans le but de faire sortir et entrer de la drogue et des armes du pays. Cette région du Mexique est un élément clé du commerce de la drogue. Nous avons reçu un appel indiquant qu'un ami avait besoin d'aide, on m'a envoyé prendre contact.

Blain l'observa et Day se sentit subitement exposé. Il se sentait aussi un peu étourdi, alors il s'assit au bord du lit et il tira les couvertures sur lui jusqu'à sa taille.

— Je suppose que tu es cet ami qui avait besoin de soins médicaux.

— Oui et il est possible que ton problème soit aussi le nôtre. Mais il ne s'agissait pas d'armes ou de drogues. C'était une cyberattaque, répondit Day. Bien qu'ils aient pu faire d'autres choses pour financer leur fonctionnement. Nous n'avons pas vraiment cherché plus loin et ils n'en parlaient pas.

— Donc, l'explosion ? C'est vous ? demanda-t-il, semblant impressionné. Je ne dirai rien à personne, donc si quelque chose arrive, tout le monde pourra nier en avoir eu connaissance. Les autorités constituées prétendront qu'il s'agit d'un problème local. C'est-à-dire si les Mexicains l'évoquent et je doute qu'ils le fassent.

— Il reste juste quelques détails à éclaircir, déclara Knight.

Day remarqua qu'il ne donnait pas beaucoup d'informations, donc il se fit une note à lui-même d'être plus circonspect. Il vit comment son partenaire transperçait l'autre homme du regard. Il ne lui dirait rien de plus que le nécessaire.

— Avez-vous besoin de quoi que ce soit d'autre ?

— Non. On m'a simplement dit de prendre contact et de veiller à ce qu'on vous donne toute l'aide dont vous avez besoin.

— Votre timing était parfait… Après la fin de l'agitation.

— Je ne pouvais pas me dévoiler, pas plus que vous ne pouviez briser votre couverture, déclara sévèrement Blain, puis il se tourna vers Day. Je suis content de voir que tu vas bien. On m'a informé que vous n'étiez pas rattachés à un organisme particulier, mais si quelque chose doit remonter par les canaux officiels, je peux vous aider.

— Nous vous le ferons savoir, fit Knight en le raccompagnant à la porte.

Day l'entendit dire merci, puis la porte se referma.

163

— Cet enfoiré a eu de la chance que je ne lui casse pas le cou. Je me demande pourquoi il est entré furtivement ? Il a frappé ?

— Non, il avait une carte clé, répondit Day.

— Merde.

Knight appela Dimato et il lui expliqua ce qui était arrivé.

— Il suffit de vérifier si ce mec dit la vérité. Il ne peut aller nulle part tant que nous serons en mer.

Il fit une pause puis il reprit.

— Je dois savoir s'il est une menace, un allié ou un bureaucrate en sortie pour sa carrière.

Une autre pause.

— Merci, je vous remercie… Non, je ne l'ai pas frappé… peut-être que le bébé agent que vous m'avez collé déteint sur moi… vous pouvez seulement l'espérer.

Knight se dirigea vers le lit après avoir raccroché.

— J'ai verrouillé la porte de la cabine. Je ne peux pas faire grand-chose pour la porte du balcon. Mais elle ne s'ouvre pas facilement et le changement de pression de l'air m'alertera.

Il tira les couvertures et Day le repoussa avec sa main.

— Je t'ai sauvé la vie, connard. Tu peux aller dormir sur le canapé, vieil homme.

Knight s'immobilisa.

— Qu'est-ce que j'ai fait ?

— Bébé agent, se moqua doucement Day.

Il était vraiment trop fatigué pour se battre, mais il en avait assez de cette merde.

— J'étais juste…

Day se déplaça sur un côté du lit et il ferma les yeux. Il avait fait ses preuves de beaucoup de manières. Ce qui le choquait, c'était combien ce surnom le gênait.

— Je suis un bien meilleur tireur que toi, Dieu merci. Sinon tu serais mort. Merde, nous serions morts tous les deux, parce que dès qu'ils m'auraient découvert, ils m'auraient mis une balle dans le crâne.

Il était complètement retourné à l'intérieur, hors de contrôle et il détestait se sentir ainsi. Peut-être était-ce toute cette merde de la nuit précédente. Il s'était donné à Knight comme une salope dévergondée… merde, c'était juste une baise. Ça avait toujours été ça. Il devait oublier tout

164

le reste et accepter cette merde pour ce qu'elle était. Une baise était une baise et c'était tout.

— Je n'ai rien dit d'autre, lui dit fermement Knight et il tira un oreiller du lit.

— Arrête, dit Day. Tu peux dormir ici.

Il savait qu'il était un imbécile, mais il s'éloigna le plus loin possible du côté de lit de Knight. Il voulait rester seul. La mission était terminée, il ne restait plus qu'à rentrer au port puis à la maison en un seul morceau. Puis ils suivraient des chemins séparés. Bon sang, il ne travaillerait probablement plus jamais avec Knight, ce qui était bien pour lui. Ce voyage lui avait amené des sentiments et de la merde qu'il devait gérer et ce serait mieux s'il était loin de son partenaire.

— Merci, dit ce dernier d'une voix inexpressive et il se coucha avec précaution.

Son bras et son épaule lui faisaient foutrement mal. L'effet des pilules n'avait duré que quelques heures, puis la douleur sourde était passée à une douleur vive et il la regrettait à présent. Il se leva et il réussit à trouver la bouteille de comprimés sur le bord du bureau. Il était heureux que le bateau ne tangue pas parce qu'il était déjà fichtrement instable sur ses pieds. S'il avait vraiment bougé, Day se serait retrouvé sur le cul. Il ouvrit la bouteille et il se versa un verre d'eau.

— Combien suis-je censé en prendre ?

— Quoi ? grogna Knight.

— Combien de ces comprimés pour la douleur suis-je censé prendre ?

— Jusqu'à deux, répondit-il.

Et Day sortit deux de ces foutus comprimés de la bouteille et il les avala avec de l'eau. Il en but plus parce qu'il se sentait déshydraté, puis il remonta dans le lit avec l'espoir que les cachets le calmeraient et lui permettraient de dormir.

Ils lui octroyèrent un oubli béni pendant quelques heures. Il put dormir pendant un certain temps avec la douleur masquée et se réveilla la bouche totalement sèche, la lumière passant furtivement le bord des rideaux et le bras de Knight autour de lui. Il voulut se dégager, mais c'était bon d'être tenu, alors il resta où il était et il ferma les yeux encore une fois. Knight se réveillerait certainement très bientôt et il retirerait son bras. Day était trop bien et s'il bougeait un muscle, la douleur recommencerait et il ne pourrait jamais être aussi à l'aise.

Il dut se rendormir parce que lorsqu'il se réveilla, son épaule palpitait. Il avait aussi envie de pisser, aussi il repoussa avec précaution le bras de son coéquipier et sortit du lit. Puis il se dirigea vers la salle de bain, utilisa les sanitaires et but un peu d'eau.

Il réfléchit à prendre plus de pilules contre la douleur, mais elles l'assommaient et il avait besoin de manger et de bouger un peu avant que cela arrive de nouveau.

— Qu'est-ce que tu fais ?

— J'essaie de m'habiller pour avoir quelque chose à manger.

Il ouvrit le placard et il trouva un short. Il retourna vers le lit et il réussit à le mettre mais attacher cette fichue chose était impossible et il ne réussit qu'à crier comme une diva en pleine vocalise quand il essaya simplement de bouger son bras.

— Rallonge-toi, dit Knight en repoussant les couvertures. Tu peux faire un peu de nettoyage si tu veux. Je vais aller jusqu'au buffet et prendre une assiette pour nous deux. De cette façon, tu pourras rester immobile et ce sera plus facile que d'essayer de t'habiller. Peut-être que demain, tu te sentiras mieux.

Il s'habilla puis il quitta la cabine.

Day était trop fatigué et il souffrait trop pour s'en soucier. Il semblait qu'ils étaient tous les deux irritables et il ne pouvait pas faire grand-chose à ce sujet. Il ferma les yeux et laissa le mouvement lent du navire le bercer et l'assoupir à nouveau. Il ne pouvait pas faire beaucoup plus que cela avec la douleur, mais au moins elle n'était plus aussi forte que la veille. Quelqu'un frappa à la porte et il se leva en gémissant pour répondre.

Le steward de leur cabine se tenait à l'extérieur.

— Je suis désolé, dit-il immédiatement. Je pensais que vous étiez sorti.

— C'est bon. Pouvez-vous revenir dans dix minutes ?

L'homme accepta et Day referma la porte. Il regarda autour de lui et il fit de son mieux pour rassembler le matériel de communication et le ranger sous le lit. Il trouva ensuite un tee-shirt large dans lequel il réussit à faire passer sa tête et un bras. Puis il ouvrit la porte du balcon et il s'installa sur l'une des chaises longues.

Knight revint, apportant de la nourriture.

— Qu'est-ce qui se passe ?

— La chambre a besoin d'être nettoyée. Ça sent comme dans un hôpital et je me suis dit que nous pourrions manger ici, expliqua-t-il, n'ayant

166

pas envie de bouger. J'ai pensé aussi qu'une fois que le steward aurait fini, je pourrais prendre quelque chose contre la douleur et me rendormir. Tu peux aller à la salle de gym ou t'amuser.

Il n'avait pas envie que Knight rôde dans la cabine pendant qu'il dormait.

— Je n'ai pas besoin que tu me regardes dormir.

Il prit l'assiette que Knight lui tendait et il la posa sur la petite table à côté de lui. Puis il se redressa et il commença lentement à manger les œufs, le bacon et les rosties.

— J'ai pris ce que je t'ai vu manger auparavant. J'espère que ça va ?

— C'est bon. Merci.

Knight avait remarqué ce qu'il mangeait, ce qui était une petite surprise. Au moins, il pouvait en manger une partie avec les doigts et ça l'aidait.

Il continua à manger tandis que son compagnon se levait pour ouvrir au steward et le laisser seul dans la cabine. Puis il se réinstalla sur le balcon en fermant la porte. Day apprécia l'air de la mer. Il était frais et apaisant. Une fois qu'il eut fini de manger, il se rallongea et Knight partit une nouvelle fois, revenant quelques minutes plus tard avec deux pilules et un verre de jus de fruit.

— Le steward aura bientôt fini et puis tu pourras rentrer pour dormir, l'informa-t-il.

Day mit les pilules dans sa bouche et il prit le verre de jus de fruit. Il en but la plus grande partie avant de se rallonger et de fermer les yeux. Ils étaient du côté ombragé du navire et à son avis, il n'avait pas besoin de se déplacer d'un pouce pour le reste de la journée.

Un oreiller fut glissé derrière sa tête et il se renversa contre sa douceur et sans aucune inquiétude, il fit ses adieux à la conscience. Il était à l'aise et les pilules le faisaient flotter sur un nuage de bonheur.

C'était la vie, pas de soucis, seulement le flottement dans la brise chaude.

La lumière changea et il essaya d'éviter le soleil. C'était juste le mauvais angle, cependant s'il pouvait se décaler juste un tout petit peu, peut-être qu'il pourrait se rendormir. Cela ne fonctionna pas. Day ouvrit les yeux. Il était seul sur le balcon. Il détourna la tête du soleil, mais il faisait trop chaud et il était mal à l'aise. Avec un soupir, il se leva avec précaution puis il rentra dans la cabine.

167

Elle était vide. Knight avait manifestement disparu quelque part. Day vérifia l'horloge. C'était l'après-midi. Il avait dormi pendant des heures. Son épaule lui faisait mal, mais ce n'était pas encore au point de prendre des médicaments et il avait faim. L'idée de trouver quelque chose à manger lui sembla trop compliquée, de sorte qu'il s'installa sur le lit puis il alluma la télévision. Le menu du service d'étage était à côté du lit, il l'ouvrit et il appela. Il commanda de la nourriture qu'il pourrait facilement manger avec ses doigts et il respirait un peu fort quand il raccrocha. Comment pouvait-il espérer faire quoi que ce soit si cette toute petite activité l'épuisait déjà ? Peut-être que manger quelque chose l'aiderait. La porte de la cabine s'ouvrit quelques minutes plus tard et Knight entra, vêtu de son maillot de bain. Day fit de son mieux pour ignorer la vue de toute cette riche peau dorée accentuée par les poils foncés.

— Tu te sens mieux ?

— Un peu. Toujours très fatigué, répondit-il en se concentrant sur la télé. J'ai commandé à déjeuner au service d'étage. Si j'avais su que tu revenais, j'aurais commandé quelque chose pour toi. Je peux les rappeler et faire un ajout à la commande.

Il donna le menu à Knight puis il prit le téléphone et appela. Il ajouta ce que ce dernier voulait à sa commande et il raccrocha.

— J'espère qu'il va bientôt arriver.

— Eh bien, tu es impatient, commenta Knight.

— Je suis affamé et blessé. J'ai le droit d'être impatient, rétorqua-t-il en baillant.

Il essaya de l'arrêter mais il n'y arriva pas.

— As-tu passé un bon moment ?

— Oui. J'ai barboté dans un jacuzzi pour effacer certains de mes propres maux et douleurs, dit-il l'air détendu. Je pense que ce soir, une fois que la terrasse de la piscine sera plus calme, je t'aiderai à enfiler un maillot de bain et tu pourras te plonger dans l'un de ces bassins. Espérons que cela t'aidera à te sentir mieux et tant que tu garderas tes bandages secs et que tu resteras éveillé, tu devrais être bien.

— Ce serait bien.

Il se retourna vers l'écran de télévision et fit de son mieux pour se détendre.

— Nous arrivons dans un port demain, n'est-ce pas ?

— Oui, la Jamaïque demain et ensuite nous nous dirigerons vers Canaveral. Je suis prêt à rentrer à la maison. Je n'ai rien prévu pour demain parce que je ne m'attendais pas à être sur le navire.

— Je sais et je ne veux aller nulle part. Je pourrais monter et m'asseoir sur le pont si je m'en sens la force, mais sinon je prévois de me reposer. Sens-toi libre de faire ce que tu veux.

Knight prit quelques vêtements et il entra dans la salle de bain. Quand il sortit, il s'installa sur la chaise tapissée de bleu près de la porte du balcon et il sembla s'installer.

— Ce n'est pas vraiment nécessaire que tu restes près de moi tout le temps, dit Day. Je sais que tu t'ennuies.

— Je ne m'ennuie pas. J'attends que le déjeuner arrive.

Il feuilleta l'un des magazines de croisière offerts avec la cabine. Day tourna son attention vers la télévision jusqu'à ce qu'un coup sur la porte leur annonce que leur nourriture était arrivée. Knight alla la chercher et Day proposa le petit canapé.

Ils mangèrent sur la table basse. Day était affamé et il mangea ses morceaux de poulet et ses frites comme s'il était à moitié mort de faim.

— Merde, fait attention à ne pas manger tes doigts en même temps pendant que tu y es, plaisanta Knight en posant son hamburger.

— J'avais faim.

— C'est un bon signe. Je me souviens de la dernière fois qu'on m'a tiré dessus, je pense que je n'ai pas mangé pendant des jours.

Knight eut l'air choqué puis il se détourna, l'air misérable. Il soupira et l'expression disparut, mais il se rassit et ne sembla plus intéressé par son déjeuner.

— Qu'est-il arrivé à ta famille ? demanda Day.

— Va te faire foutre, répondit Knight.

— Ça pourrait être utile d'en parler, suggéra le jeune homme.

— Va te faire foutre !

— Tu sais que tu ne peux pas tout garder sous clé en toi tout le temps, le pressa-t-il.

— J'ai dit, va-te-faire-foutre. Et je le pensais. Tu ne sais rien à propos de toute cette merde, alors fous-moi la paix !

Knight ramassa son assiette et la porta sur le plateau du service d'étage. Il la posa sans trop de douceur puis il se dirigea vers la porte. Il la claqua derrière lui et Day se retrouva à fixer son assiette dans la cabine vide. Eh bien, il avait certainement gâché ça.

Il termina son soda, puis il posa son assiette sur le plateau. Il savait qu'il devait le mettre dans le couloir. Il essaya de le prendre d'une seule main, mais il réalisa rapidement qu'il allait faire un sacré gâchis, alors il renonça et le laissa où il était. Puis il se rendit dans la salle de bain, se lava, prit quelques pilules et retourna dans la chambre. Il monta dans le lit vide et regarda tout ce qu'il y avait à la télévision. Il n'avait rien d'autre à faire. Il pensa appeler le médecin pour lui demander de venir examiner son épaule, mais dormir semblait être une bien meilleure idée. Finalement le médicament fit effet et après avoir éteint la télévision, il se mit à l'aise et il ferma les yeux.

Il se rendit compte ensuite que la lumière extérieure avait disparu. Il était toujours seul. Il avait besoin d'aller à la salle de bain et son épaule le tuait encore une fois. Il se leva et s'occupa de ses affaires avant de décider qu'il avait besoin de sortir de cette foutue cabine. Il en avait marre d'être fatigué et condamné à rester assis tout seul. Il devrait essayer de travailler un peu, mais il n'avait pas d'énergie pour ça. Il voulait un dîner et peut-être se tremper dans un bain chaud pendant un petit moment.

Il vérifia dans le miroir qu'il ne ressemblait pas à n'importe quoi et il se trouva l'air horrible. Aussi, il se rasa et il se brossa les dents, parce que sa bouche avait le goût de la mort, puis il se changea, passant un pantalon décent et en rentrant bien son ventre il réussit à l'attacher avec une seule main. Il renonça à passer des belles chaussures, se contentant de ce qu'il pouvait glisser sur ses pieds. Puis il saisit sa carte et il quitta la cabine. Il en avait assez de la nourriture sous forme de buffet et il voulait être servi, aussi se dirigea-t-il vers les ascenseurs et descendit-il à la salle à manger. Il trouverait des gens là-bas, des gens qui lui parleraient et lui diraient de choses. Au fond, il espérait que Knight apparaîtrait, mais il savait que c'était peu probable. Il l'avait poussé, certes, mais, merde, ça ne justifiait pas ce genre de réaction.

Les portes de la salle à manger s'ouvrirent sur les quelques dernières places. Dieu merci, il n'aurait pas à supporter d'attendre et ce n'était pas une de ces soirées habillées. Il n'aurait jamais pu le gérer. Il arriva à une table et il s'assit.

— Eh bien, regardez qui j'ai trouvé, commenta Willy, tandis que lui et Bobby tiraient leurs chaises pour s'asseoir. Nous commencions à penser que vous nous aviez tout à fait abandonné.

— Que vous est-il arrivé ? haleta Bobby. Cette chose énorme avec qui vous étiez l'autre soir a été un peu trop énergique ?

170

Willy claqua son ami sur l'épaule.

— Ne sois pas si méchant.

— J'ai eu un petit accident au cours de l'escale sur la Costa Maya. Ce n'est pas grave, mais le médecin a jugé préférable que je garde mon bras immobilisé.

Il pensa qu'il valait mieux faire la lumière sur sa blessure, surtout pour le dîner. Même s'il savait avec certitude que la véritable histoire aurait scotché tout le monde, c'était un récit qu'il ne pourrait jamais faire.

— Où est votre moitié ? demanda Kevin, le faux blond, en prenant son siège.

— Je n'en suis pas vraiment sûr à cet instant.

— Vous vous êtes disputés, demanda Willy.

Et Day hocha la tête. C'était l'explication la plus simple.

— Alors, retrouvez-le après le dîner, continua-t-il en se penchant plus près de son compagnon. Le sexe après une dispute est le meilleur. Parfois, je jure que Bobby cherche la bagarre juste pour que nous puissions en profiter.

Ils rirent tous les deux et les autres convives autour de la table se joignirent à eux.

Il remarqua qu'il ne restait plus qu'un seul siège vide, celui de Knight, et Day douta que le sexe après dispute soit au programme. Merde, le sexe de toute nature était à peu près hors-jeu en ce qui le concernait. Oui, cela avait été super, mais le sexe était certainement tout ce qu'il avait eu et il réalisait qu'il pourrait en avoir à peu près partout, sans tout le drame et la couleur dans le cul qui étaient venus avec Knight.

— Désolé, je suis en retard, dit celui-ci en tirant sa chaise et en prenant sa place.

Il se pencha plus près et il ajouta dans un chuchotement.

— Tu aurais pu laisser une note. Je t'ai cherché quand j'ai vu que tu n'étais pas dans la chambre.

— Tu aurais pu éviter d'être un enfoiré plus tôt, répliqua Day

Il se força à sourire et il revint ensuite à leurs partenaires du dîner, ignorant Knight. Oui c'était un coup bas et peut-être même un peu enfantin, mais il avait offert de l'écouter et d'essayer de l'aider et tout ce que Knight avait fait, c'était lui prendre la tête.

— Alors, Day nous a dit qu'il avait eu un accident à Costa Maya, déclara Willy à Knight. Qu'est-il arrivé ?

— Il était dans un bus d'excursion et il a trébuché. Il a heurté son épaule en tombant. Elle s'est légèrement luxée. J'ai pu la remettre en place et le médecin l'a examinée et l'a immobilisée quand nous sommes remontés à bord du navire. Je sais que ça fait vraiment très mal et il a gardé la chambre en prenant des antidouleurs depuis que nous sommes rentrés. Heureusement, il s'est senti assez bien pour que nous puissions venir dîner.

Knight s'était lancé dans un gros mensonge, mais Day le suivit. L'explication était logique même si elle le faisait paraître maladroit.

Le serveur efficace leur donna des menus et Day consulta le sien avant de le mettre de côté. Il n'avait pas beaucoup de choix sur ce qu'il pouvait manger avec une seule main. Les boissons furent commandées et amenées. Puis ils passèrent leurs commandes pour le dîner, quand le serveur arriva à lui, il fit doucement claquer ses dents.

— Je dois commander quelque chose que je n'aurais pas besoin de couper, mais je meurs d'envie de manger du bœuf.

— Pas de problème, dit le garçon et il commença à écrire. Je m'occupe de vous.

Day termina sa commande avec une salade Caesar en entrée et une salade de fruits en dessert pour aller avec le bœuf 'pas de problème'. Il étouffa un bâillement et il fit de son mieux pour ignorer la douleur. Les autres passèrent leurs commandes. La conversation se détourna de lui et il resta simplement assis et il écouta.

— Cette explosion, l'autre jour ? commença Kevin. J'ai entendu sur le pont piscine que c'était l'armée qui avait fait sauter une cache d'armes de terroristes, continua-t-il en se tournant vers eux. L'avez-vous vue ? Nous étions sur le chemin du retour après notre excursion aux ruines et nous venions de dépasser cette zone depuis deux kilomètres environ quand nous avons entendu et senti l'explosion. C'était quelque chose. Le bus a été secoué par sa force et la boule de feu est montée au moins à plus d'un kilomètre dans l'air.

— Nous l'avons vue aussi, dit Knight, laissant couler l'exagération. Nous nous sommes demandé si cela poserait des problèmes pour sortir du port après ça.

— C'était assez loin pour que ça n'affecte rien, Dieu merci, déclara le faux blond.

Leurs salades arrivèrent et Kevin s'arrêta à peine de parler pour manger.

— Certains des gars font une soirée dansante sur la terrasse de la piscine ce soir. Apparemment, c'est impromptu et supposé être sauvage, expliqua-t-il en se penchant. J'ai aussi entendu dire qu'il y avait des gars très occupés tôt ce matin dans les bains à remous. Ils se sont donnés en spectacle devant tout le monde là-bas.

— Dommage que vous l'ayez raté, dit un des autres hommes.

Day n'arrivait pas à se rappeler son nom, mais ses cheveux étaient aussi fougueux que sa langue était forte.

— Visiblement, le vrai plaisir était dans le sauna, cet après-midi. Ce fut une vraie orgie là-bas à un moment donné.

— Y étiez-vous ? demanda, Kevin en ricanant.

— Non, hélas. Je suis arrivé quelques minutes trop tard. Vous savez comment c'est avec ces choses-là. Si vous arrivez trop tard, tout le monde est venu et est reparti, mais l'endroit sentait autant que la banque de sperme la plus active au monde. Et les gars en partant avaient tous cet air heureux, genre 'je viens juste de jouir'. J'espère qu'ils ont pris leur pied.

Day sourit au commentaire. C'était une histoire drôle qu'elle soit vraie ou non. Il se concentra surtout sur comment faire pour que son melon arrive dans sa bouche sans le ronger comme s'il était un animal.

— Attends, dit doucement Knight et il le coupa pour lui.

Day le remercia et il termina son melon frais et sucré. Tout ce dont il avait besoin.

Il mangea plus facilement la salade Caesar et quand le plat principal arriva, il se demanda ce qu'il allait avoir. Mais son steak avait été coupé en petits morceaux et arrosé d'une belle quantité de sauce. Ça avait l'air merveilleux et ça avait un goût formidable.

— Merci, dit-il au serveur.

— C'est un très grand plaisir, dit doucement le serveur et il continua à faire le tour de la table, s'assurant que tout le monde était content et avait ce qu'il désirait.

Aussitôt qu'il eut fini son plat, Day s'excusa. Il se sentait déjà fatigué et son épaule le faisait horriblement souffrir.

Il quitta la salle à manger et il se dirigea vers les ascenseurs. Il venait juste de pousser le bouton d'appel quand il sentit qu'on posait légèrement une main sur le bas de son dos.

— Tu n'es pas obligé de venir avec moi, dit-il en se retournant vers Knight.

Il ne savait pas comment il se sentait d'être touché de cette façon.

— Si et je voulais m'assurer que tu retournais à la cabine. Tu semblais être sur le point de t'écrouler.

173

— Je suis fatigué et mon épaule me fait sacrément souffrir, rouspéta Day au moment où les portes de l'ascenseur s'ouvraient.

Ils entrèrent et il resta calme pendant que la cabine se remplissait complètement. Quand ils arrivèrent finalement à leur pont après s'être arrêtés à chaque étage, ils sortirent. Day réussit à revenir à leur chambre et dès qu'il fut à l'intérieur, il se coucha, trop fatigué pour se déshabiller.

— Je vais te donner quelque chose pour la douleur et je verrai ensuite si le médecin peut venir pour vérifier tes bandages avant que tu dormes.

Knight lui donna des comprimés et Day les mit dans sa bouche avant de les avaler, puis il ferma les yeux, laissant son coéquipier faire ce qu'il voulait.

— Il sera là tout de suite.

Day fit un petit bruit pour indiquer qu'il avait entendu. Knight ouvrit la porte quand il entendit frapper et le médecin entra. Il enleva les bandages et il nettoya la plaie une fois de plus.

— Cela semble bon jusqu'à présent. Prenez-vous les antibiotiques ?

— Oui, répondit son patient.

Le médecin refit les pansements, puis Knight s'occupa du règlement quand le médecin lui eut expliqué que tous les services médicaux à bord des navires devaient être payés en totalité.

— Merci, ajouta Day quand le médecin se prépara à partir.

Une fois qu'il eut disparu, il se déshabilla et se lava avant de s'enfouir sous les couvertures. D'habitude, il aimait dormir sur le côté de son épaule blessée, aussi s'installer confortablement était difficile. Il finit par y arriver, cependant, et il ferma les yeux.

Knight éteignit les lumières puis la chambre devint calme. Day se demanda où était son compagnon. Puis le lit plongea à côté de lui.

— J'étais marié. Elle s'appelait Cheryl et nous avions un fils, Zachary. J'avais rejoint les Marines et j'étais en congé quand je l'ai rencontrée. Elle était gentille et attentionnée, belle et elle comprenait pour la vie militaire. Son père était dans l'armée, de carrière. Nous nous sommes fréquentés comme des amis au départ et je m'attendais à ce que cela reste ainsi, mais nous avons… expérimenté et elle est tombée enceinte.

Day roula sur le dos et il distingua la forme immobile de Knight là où il était assis. Il garda le silence et il le laissa dire ce qu'il avait envie d'exprimer.

— Je n'ai pas su quoi faire au premier abord. Je tenais à elle. Elle était une amie incroyable et elle allait avoir mon enfant.

Les mots se bousculèrent ensuite.

— Je ne voulais pas la laisser faire face à cela seule. Nous étions proches, alors j'ai fait le bon choix et je l'ai épousée. J'ai appris à l'aimer encore plus.

Knight se tourna légèrement, mais dans l'obscurité de la cabine, Day ne le voyait que très peu.

— Nos deux familles étaient ravies et mon père a organisé le mariage dans son église avec un ami pour officier. Personne n'a mentionné que Cheryl était enceinte, mais cela n'a vraiment eu aucune importance.

— Étais-tu heureux ? demanda Day.

— Oui. Elle n'était pas la grande passion de ma vie, mais je me suis dit que je ne voulais pas en avoir une. Et puis, Zachary est né et j'ai compris qu'il était ma grande passion. C'était mon fils et nous avons fait tout ce que nous pouvions faire ensemble. Je l'ai emmené au parc, nous avons joué à des jeux, nous avons campé, tous les trucs que père et fils font ensemble.

Il essuya ses yeux, puis il continua.

— Comme je le disais, nous étions heureux. Cheryl a obtenu un emploi à l'école de Zachary et j'ai fini mes années de service. J'ai pensé à m'enrôler à nouveau, mais avec l'armée, nous ne pouvions pas discuter de l'endroit de l'affectation et quand Scorpion m'a approché, j'ai donné mon accord. J'avais la formation et les compétences qu'ils recherchaient et ma famille pouvait s'installer dans un seul endroit sans avoir à bouger. J'étais bien payé et j'ai pu leur offrir la vie que je pensais qu'ils méritaient. Tout allait bien. Je m'absentais beaucoup, mais je l'avais toujours fait et ils avaient une maison.

Day repoussa les couvertures, la somnolence induite par les médicaments ayant disparu.

— Que leur est-il arrivé ? J'ai entendu ce qu'a dit Vasquez.

— Je suis rentré un soir. Je travaillais sur une affaire en Europe, essayant de capturer un fugitif qui avait décidé qu'il était plus sûr d'être en dehors du pays. Mon travail était de le convaincre de rentrer. Et je suis sacrément bon à mon travail, du moins, je l'étais alors. Quoi qu'il en soit, je suis rentré et je les ai trouvés morts tous les deux. Ils avaient été abattus pendant leur sommeil.

La voix de Knight se cassa.

— J'ai trouvé Cheryl en premier. J'étais rentré tard et je suis allé en premier dans notre chambre. Dès que je me suis approché, j'ai su que quelque chose n'allait pas. Je pouvais le sentir et la panique m'a pris à la gorge. J'ai même sorti mon arme, mais tout ce que j'ai trouvé, c'est son corps immobile dans le lit. Je lui ai jeté un coup d'œil puis j'ai couru dans la chambre de Zachary. Je l'ai trouvé aussi, toujours dans le pyjama dinosaure que je lui avais offert la dernière fois que j'étais à la maison. Ils avaient été abattus tous les deux d'une balle dans la tête.

Il inspira profondément.

— J'ai couru jusqu'à la salle de bain et j'ai vomi. Moi, un Marine qui avait vu des corps déchiquetés et tout ce que j'ai pu faire c'est vomir et puis m'effondrer sur le sol de la salle de bain. Je ne sais pas combien de temps je suis resté assis là avant d'appeler le bureau. À l'époque, je travaillais directement pour Mark Cale et il est entré en action. Les locaux ont été évincés en faveur des autorités fédérales, mais quoiqu'ils fassent, ils sont tombés d'accord sur une chose : celui qui avait fait ça était un professionnel et il n'avait laissé aucune trace. Mark s'est replongé avec d'autres dans mes affaires pour trouver les gens que j'avais énervés, mais ils n'ont absolument rien trouvé. Ils n'ont jamais compris comment il était entré dans la maison. Je savais que c'était un défi. Celui qui a fait cela voulait me tester et me narguer.

— Donc, il ne s'est rien passé ?

— Non. Mais je suis tombé en morceaux. Pendant des semaines, je n'ai plus été en état de fonctionner. Mark a réussi à communiquer avec moi et à me rendre un certain bon sens. Je lui ai dit que je ne pouvais pas retourner sur le terrain. Je ne me faisais pas confiance pour ne pas juste marcher au-devant d'une balle. Donc, j'ai été mis dans Recherches et Enregistrements. J'espérais que quelque chose arriverait sur mon bureau et me donnerait un indice sur ceux qui avaient fait ça pour que je puisse les traquer et les faire souffrir autant que moi.

Son souffle vacilla un peu.

— Et ne te méprends pas, je vais les retrouver et je les ferai souffrir.

Sa voix fit frissonner Day.

— Ensuite, j'ai trouvé un premier indice et le bâtard qui les a tués est mort. Tu l'as tué. Mais il a dit qu'il y avait quelqu'un d'autre d'impliqué. Il avait pris sa revanche, mais il a dit qu'il avait été payé pour le faire. J'ai avancé d'un pas et j'avais un début de piste, mais j'ai raté le très grand prix. Le trou du cul est mort avant de pouvoir me dire qui l'avait embauché.

Day ne le reprit pas. Il doutait que Knight eût pu obtenir quelque chose de lui. Il avait placé un tir bien dirigé et l'enfoiré n'aurait pas pu survivre très longtemps après. Même s'il l'avait fait, Day avait vu la haine dans ses yeux et il savait qu'il aurait emmené son secret dans la tombe. Il décida d'essayer une autre tactique.

— As-tu pensé qu'il aurait pu mentir juste pour t'atteindre ?

— Je suppose que c'est possible. Mais à ce moment-là, j'étais sous son contrôle et il avait toutes les raisons de croire que j'allais mourir de ses mains, dit Knight en secouant la tête. Il voulait me faire savoir qu'il l'avait fait et que je n'obtiendrais pas toutes les réponses.

Day pouvait comprendre cela.

— Tout ça, c'est arrivé, il y a à peu près deux ans, n'est-ce pas ?

— Oui. La plupart des gens savent que je suis devenu presque fou pendant un certain temps puis que j'ai abandonné. Je n'ai pas pu gérer quoi que ce soit pendant une longue période. Je suis tombé dans la boisson et j'y suis resté tant que je ne travaillais pas. C'était délicieusement engourdissant et je pouvais oublier ce qui était arrivé, au moins aussi longtemps que l'alcool agissait.

— Combien de temps as-tu fait ça ?

— Jusqu'à il y a environ une semaine ? Je n'y suis pas très bien arrivé. Ma résolution a duré cinq jours et je me suis enivré à tomber par terre une fois de plus.

Son auto flagellation était évidente dans sa voix.

— J'ai deviné que tu buvais pour oublier, cette nuit-là, dit Day en touchant l'épaule de son compagnon. J'ai connu ça. J'ai voulu boire de nombreuses fois après la mort de mon père. Je l'ai fait une fois de trop. J'avais piqué une bouteille de Stephen et je m'étais caché dans le hangar derrière la maison. Papa était mort depuis une semaine et je n'avais avalé que trois lampées environ quand mon frère m'a trouvé.

— Qu'est-ce qu'il a fait ?

— Il s'est joint à moi. Nous étions tous les deux malheureux. Après cela, je n'ai plus jamais touché une goutte d'alcool avant d'avoir l'âge légal. J'ai été si malade et Stephen n'a fait que se moquer de moi en disant que j'étais un poids plume. Il était comme ça, il m'a laissé découvrir les choses par moi-même, puis il s'est assuré que je sois en sécurité et que je ne me blesse pas. Je pense que c'est la dernière fois que je me suis saoulé avant cette nuit avec toi. Et je ne veux plus jamais le faire à nouveau. Lorsque Miguel m'a donné ce verre de Tequila, je me suis surpris de l'accepter.

Il ferma les yeux et réfléchit sur l'opportunité d'en dire plus, mais il pensa que de toute façon la seule chose qui pourrait arriver c'était que Knight se mette en colère contre lui.

— J'avais toujours pensé que je n'avais pas de chance. J'avais perdu ma mère et mon père, aussi je supposais que tout le monde devait être agréable avec moi et me laisser une certaine liberté dans mon travail. Certaines personnes l'ont fait et d'autres non. Mais… il y a des gens moins bien lotis que nous. Comme ces gens qui vivent près de Miguel. Je parie que leurs maisons ne sont pas comme la sienne.

— Non. Les intérieurs sont comme les extérieurs et ils raclent la nourriture sur la table. Je sais que nous ne l'avons pas vu, mais sur la route à quelques kilomètres des ruines, il y a un petit village. Ce n'est rien de plus qu'une grande place et six ou sept maisons. La ville existe pour les gens qui passent. Les femmes coupent les ananas et les papayes et ils vendent des porte-monnaie aux touristes. Ils ont juste quelques dollars par jour et par famille, s'ils sont chanceux.

Knight se tourna et il s'assit face à lui sur le bord du lit.

— Je sais que je suis chanceux. Je vis dans un pays où j'ai tout ce que je veux à portée de main. Je sais que je devrais parfois laisser sortir ce que je ressens. Mais la seule chose qui m'a empêché de me tuer dans les heures les plus sombres, c'était la pensée de me venger. Je trouverais les personnes responsables de la mort de ma femme et de mon enfant. Après, je trouverais ce que je veux faire de ma vie.

— Voilà une existence bien creuse. Tu sais, une fois que tu auras trouvé le gars, tu te sentiras comme vide. Cela ne les ramènera pas. J'ai passé des mois à négocier avec Dieu pour qu'il rende la santé à ma mère. Je lui ai promis que je serais gentil et que j'aimerais les filles. J'ai écrit toutes les promesses dans un journal et elle est morte quand même.

— C'est tout ce que j'ai, déclara Knight. Ils méritent justice pour ce qui leur est arrivé.

Day était trop fatigué pour discuter et il savait que son compagnon ne changerait pas d'avis. Pas avec une conviction ancrée au plus profond de lui et depuis si longtemps. Il pouvait comprendre que Knight veuille la vengeance. Bon sang, ses mains se serraient quand il pensait à ce sujet, son propre sens du bien et du mal se délitant à grande vitesse.

— Ils le méritent, dit-il en tapotant l'épaule de Knight, mais cela ne se produira pas dans les deux prochains jours.

— Oui, je sais, admit-il.

— Et le gars qui a appuyé sur la gâchette est mort.

— Oui.

— Donc, il y a une certaine justice ici. En outre, le gars qui a payé pour cela ne sait pas ce qui est arrivé. Il pense qu'il est tranquille. Rien n'est arrivé et le tueur n'a rien dit. Maintenant qu'il est mort, ils vont se sentir encore plus en sécurité.

— Où veux-tu en venir ?

Day s'esclaffa.

— Je suis fatigué et j'ai pris des médicaments. Je ne sais pas si j'ai une idée, constata-t-il en s'allongeant. Désolé, je ne pense plus très clairement. Dormons et nous pourrons commencer à travailler demain matin. Je brancherai l'équipement de communication et au lieu d'aller à Montego Bay, nous verrons quelles informations nous pourrons creuser.

Knight se leva et il souffla doucement.

— Non. Tu as raison. Je dois garder ce calme pour l'instant. D'ailleurs, je ne veux pas que quelqu'un écoute ou regarde par-dessus mon épaule. Je gérerai ça quand je rentrerai. Il y a trop d'yeux et d'oreilles possibles ici.

Il se leva et la porte des toilettes s'ouvrit et se referma. Day tira les couvertures sur lui, tremblant alors que la douleur et la perte de Knight le transperçaient. Il s'était promis plus tôt qu'il ne montrerait ni pitié ni sympathie. Il savait que son partenaire n'en avait pas voulu alors et il n'en voudrait pas maintenant. Aussi quand Knight ressortit une nouvelle fois et se mit au lit, il lui souhaita seulement une bonne nuit et il ferma les yeux.

Il serait probablement resté éveillé pendant des heures s'il n'y avait pas eu les médicaments contre la douleur et bientôt, il s'endormit, bercé par le balancement du navire qui cessa à un moment donné dans la nuit, probablement parce qu'ils étaient arrivés au port. Il essaya de se rendormir, mais il était tout aussi éveillé que le soleil qui éclairait le bord des rideaux. Il était tôt mais il savait qu'il ne pourrait pas retrouver le sommeil, alors il se leva, s'habilla et quitta la pièce.

Il monta dans un ascenseur vide et il traversa un navire pratiquement désert pour se retrouver sur le pont piscine et il se promena dans l'air matinal. Quelques personnes étaient assises dans les jacuzzis, mais il avait le pont à peu près pour lui seul. Le calme combiné avec la vue de l'île aux alentours lui donna l'occasion de rassembler ses pensées. Il se pencha contre la balustrade et il observa le navire qui s'amarrait à l'appontement d'accueil. S'il s'attendait à ce que les réponses à ce qui le dérangeait lui viennent naturellement dans un éclair de compréhension, il se trompait. Il finit de regarder la procédure d'amarrage alors que de plus en plus de gens arrivaient sur le pont pour leur exercice matinal ou pour s'immerger dans les bassins avant de descendre à terre. Il quitta le pont piscine et il descendit l'escalier jusqu'à leur pont.

Il marchait dans la coursive et il abordait juste la légère courbe quand il vit quelqu'un qui entrait dans une cabine un peu devant lui. Il aurait juré que c'était leur porte. Il était suffisamment arrivé par là pour savoir où se trouvait leur cabine. Il se mit d'abord en colère. Si Blain recommençait encore son petit truc, il allait lui exploser la tête.

Il était sur le point d'insérer sa carte dans la serrure quand il s'arrêta en entendant des voix étouffées à l'intérieur. En raison de la nature de leur cabine, la porte était légèrement inclinée dans le couloir. Day se pressa dans la zone d'angle et il posa son oreille contre la porte.

— Où est ton ami ? Celui avec l'épaule blessée ?

— Que voulez-vous ?

Il entendit le ton grave de Knight. La réponse fut étouffée.

— Vous auriez mieux fait de rester où vous étiez et de ne pas remonter sur le bateau.

— La famille est la famille, fut la réponse.

Du moins c'est ce que Day crut entendre. Merde, c'était une vraie smala. Qui était avec ces gens ?

— Votre ami ferait mieux de revenir ici bientôt.

Bon sang. Ils auraient dû prévoir ça. Dimato avait signalé qu'un nombre inhabituel de gens n'étaient pas remontés sur les navires sur la Costa Maya. Knight et lui auraient dû considérer que le groupe terroriste pouvait avoir un complice sur le bateau. Day se souvint du judas de la porte et il s'éloigna hors de la vue en espérant fichtrement qu'il n'avait pas été vu. Il avait de besoin de trouver quoi faire, et vite. Il ne pouvait pas juste s'éloigner et laisser son partenaire tout seul.

Il leva les yeux et observa la coursive. À quelques portes de lui, il vit un plateau posé sur le sol. Il se précipita dessus, enleva tous les détritus, les laissant par terre. Puis il prit l'assiette sale, posa le couvercle dessus et arrangea tout ce qui ne ressemblait pas à des restes. Il le souleva avec précaution et réussit à l'équilibrer sur son bras. Puis il s'approcha de la porte de leur cabine et il se positionna juste à côté. Il frappa doucement, c'était tout ce qu'il pouvait faire avec son bras blessé.

— Service d'étage, dit-il espérant foutrement que Knight se rendrait compte que c'était lui.

— C'est pourquoi ?

La voix n'était clairement pas celle de son coéquipier.

— Service d'étage. J'ai votre petit-déjeuner, monsieur, dit-il en ajoutant un léger accent, espérant qu'il n'en faisait pas trop.

Il frappa à nouveau, poussé par un sentiment d'urgence, et il attendit.

— Laissez-le devant la porte.

— Je ne peux pas faire ça, monsieur. J'ai besoin d'une signature.

Day avait l'intention de maintenir la pression. C'était tout ce qu'il pouvait faire. Il entendit un pas traînant puis le bruit métallique du loquet de la porte. Elle s'ouvrit légèrement et dès qu'il vit Knight debout un peu plus loin en arrière, il se précipita sur la porte, s'appuyant de tout son poids sur elle. Le plateau commença à tomber en avant et il fit de son mieux pour le pousser vers l'étranger qui essaya, par instinct, de l'attraper. Knight se précipita, il saisit l'intrus par le bras et il le jeta dans la chambre. Une arme à feu chuta sur le tapis et ils eurent la chance que le truc ne tire pas. Knight perdit son emprise sur leur visiteur et celui si se détourna, malheureusement en direction de l'arme. Knight le suivit, mais il était clair que l'étranger atteindrait l'arme en premier.

— Attention, cria Day en attrapant l'assiette sur le sol.

Il la lança comme un frisbee et elle frappa l'homme à l'épaule. S'il l'avait raté, l'assiette aurait probablement cassé la porte du balcon tellement il l'avait lancé fort. À la place, l'homme cria tandis que la porte de la cabine claquait violemment. Knight sauta et il tomba sur l'homme, le clouant au sol.

Day prit une profonde inspiration en voyant son partenaire soumettre l'homme.

— Prends un gant et des serviettes dans la salle de bain, lui demanda Knight avant de s'adresser à l'intrus. Ne bougez pas et ne dites pas un mot ou je ferais craquer votre cou comme une brindille.

L'homme cessa de bouger et il se calma.

— Vous avez décidé de vous embrouiller avec les mauvaises personnes, trou du cul.

Knight inspira profondément et Day se détourna pour aller chercher ce qu'il lui avait demandé. Il revint et il lui tendit le gant et les serviettes.

— Mets le gant dans sa bouche.

Day fit ce que lui demandait son coéquipier. Puis, ce dernier posa une serviette sur la tête de l'homme et il poussa sa tête dans le tapis.

— À quoi pensiez-vous ? chuchota-t-il à l'oreille de l'homme. Ou, laissez-moi deviner, vous ne pensiez pas.

Il obtint une réponse étouffée.

— Vous vous figuriez que des gens qui avaient pris l'avantage sur vos foutus amis ne sauraient pas se protéger d'un abruti comme vous, continua-t-il en se penchant. Vous auriez très bien pu rester tranquille, vous en aller et vous fondre dans les ténèbres ou à nouveau dans ce cloaque dont vous venez. Mais non, vous avez décidé que s'attaquer à nous était une meilleure option. Quel sac de merde !

L'homme commença à bouger et Knight posa ses mains sur chaque côté de la tête de l'étranger.

— Dix-sept kilos de pression, commenta-t-il en forçant la tête de l'homme sur le côté. Voilà tout ce qu'il me faut pour rompre votre cou et je peux le faire en dormant. Donc, si vous bougez encore une fois, je vous transformerai en appât pour requin. C'est la vérité. Je romprai votre cou, j'attendrai jusqu'à ce qu'il fasse noir et je basculerai votre corps par-dessus bord. La famille que vous semblez tenir en haute estime ne saura jamais ce qui vous est arrivé. Certes, nourrir les poissons vous permettra de faire une bonne action.

Son petit discours sembla avoir l'effet désiré. L'homme ne bougea plus et Day se précipita dans la pièce. Il récupéra l'arme, faisant attention à ne pas la toucher à mains nues, ôta les balles et les mit de côté.

— Que dois-je faire maintenant ? demanda-t-il, sentant palpiter son bras.

— J'espère que tu n'as pas rouvert tes blessures.

Il ne le pensait pas. Il avait utilisé sa bonne épaule et maintenant les deux lui faisaient mal.

—Appelle Blain et demande-lui de venir ici. Il a dit que nous devions lui faire savoir si nous avions besoin de quelque chose d'officiel et nous en avons certainement besoin, sauf si tu veux vider ce tas de merde inutile par-dessus bord, dit-il avant de se mettre à rire. Je ne veux pas polluer la mer avec nos déchets, cependant.

Day trouva la carte que l'agent de l'ATF leur avait donnée et il l'appela.

— Blain ? C'est Day, je pense que nous avons besoin de ton aide. Peux-tu venir à notre cabine ?

— Quelle heure est-il ?

— Il est tôt. Viens ici, s'il te plaît.

Il raccrocha et il sourit à son partenaire.

— Il arrive.

Knight hocha la tête et ils ne bougèrent plus jusqu'à ce qu'ils entendent un coup à la porte. Day regarda dans le judas, puis il ouvrit la porte à Blain.

— Je suis allé sur le pont piscine pour une promenade et quand je suis revenu, je l'ai vu se faufiler dans notre chambre. Il semble être un parent de l'un des gars que nous avons secoué et cuisiné il y a quelques jours.

— Secoué et cuisiné ? demanda Blain.

— Tu n'aimes pas ? Que dirais-tu des gars que nous avons transformés en popcorn ?

Day se sentait euphorique.

— Je vais arrêter maintenant. Je pense que j'en ai eu assez pour un certain temps.

Bon sang, il en avait clairement eu beaucoup plus que ce qu'il avait prévu quand il s'était réveillé le matin.

— Oui, je le pense aussi, confirma Blain. Permettez-moi de passer un coup de fil et voir si je peux arranger certaines choses. Ensuite, je vais me charger de sa garde et nous le ferons descendre du bateau et nous le livrerons à des amis en ville. Ils sauront quoi faire avec lui et comment le faire parler. Ils ne voudront certainement pas de lui aux États-Unis. De cette façon, ils pourront être un peu plus énergiques, surtout si c'est un ressortissant étranger.

Blain prenait plaisir à faire se tortiller leur invité. Il se recula et parla doucement dans son téléphone. Il passa plusieurs appels et, un peu plus tard, quelqu'un frappa à la porte et un autre homme avec un représentant de la compagnie de croisière entra dans la pièce. Leur invité surprise fut menotté et livré dans la seconde.

— Je soupçonne que les autorités du navire auront des questions. Il suffit de vous référer à moi et nous nous occuperons de tout, dit Blain en s'arrêtant à la porte. Je vais m'assurer que vous obteniez tous les deux des copies des rapports, ainsi que toutes les informations qu'il pourrait nous donner.

— Merci, déclara Knight. J'ai un intérêt personnel… pour tout ce qu'il pourrait dire.

Blain fit une pause.

— D'accord. Utilisez la carte et appelez-moi dans quelques jours. Je vous informerai de tout ce que nous trouverons.

Il était évident pour Day que Knight n'était pas très heureux d'être coupé de cela, mais ils ne pouvaient pas faire grand-chose sans compromettre leur couverture et, par conséquent, se retrouver avec beaucoup plus de contrôles complémentaires qu'ils n'en avaient besoin.

— Je souhaite que cela soit la fin de tout cela pendant un certain temps, dit Day une fois que tout le monde fut parti.

— Tu as réagi vite. Je n'ai pas pensé que tu avais commandé un service en chambre.

— J'espérais que tu comprendrais. Le gars s'y est laissé prendre aussi, dit-il en s'asseyant sur le bord du lit. Il y a juste une chose qui me dérange encore.

Knight pencha la tête d'un air interrogateur.

— Combien d'autres personnes encore cherchent à te tuer ? Tu sais comment te faire des amis et influencer les gens. Je veux dire, nom d'une pipe, existe-t-il quelqu'un qui t'ait rencontré et qui n'ait pas voulu te tuer à un moment ou à un autre ? s'exclama Day, si épuisé qu'il se laissa tomber sur le lit en fermant les yeux. Dieu sait que j'ai voulu le faire au moins une fois par jour.

— Maintenant, qui est le trou du cul ?

— Ça pourrait être toi, répliqua-t-il. Tu es le roi des trous du cul, tu te rappelles ? Si je pouvais te donner une couronne, je le ferais, mais ce ne serait pas agréable.

Il sourit et garda les yeux fermés. La pièce devint silencieuse. Day continua à attendre une quelconque réplique, mais il n'entendit rien, même pas un bruit de pas.

— Que fais-tu ?

Il se força à ouvrir les yeux et il vit que Knight le regardait fixement.

— Je réfléchis.

— À propos de quoi ?

Knight soupira.

— Comment j'ai pu trahir ma famille.

Day ouvrit les yeux en grand et il se redressa, tressaillant quand il mit trop de poids sur son épaule.

— Comment ça ? Tu as essayé de savoir qui les a tués pendant deux ans. Ta vie était en suspens. Je suppose que c'est une sorte de trahison parce que je doute que ta femme ou ton fils aurait voulu te voir malheureux.

Il s'aventurait sur un terrain dangereux et il le savait en voyant que Knight serrait ses lèvres et que son visage devenait aussi dur que la pierre en une seconde.

— Tu ne comprends pas. Tu ne peux pas comprendre, dit-il en se dirigeant vers la porte.

— Stop ! déclara Day avec force. Arrête d'être un trou du cul. Merde, tu es un tel fils de pute silencieux ! Tu ne parles jamais de quoi que ce soit, il faut limite t'arracher les dents pour obtenir quelque chose de toi, quand on ne se fait pas rabrouer ! Il y a des moments, deux ou trois fois par jour, où j'ai envie de te tirer dessus. Comment pourrais-je jamais comprendre si tu ne me le dis pas ? Je ne peux pas lire dans tes pensées. Personne ne le peut.

— Cheryl le pouvait, parfois, contra Knight.

— Elle se souciait de toi de la même façon que tu te souciais d'elle. Je suis sûr qu'il y a eu des moments où tu savais ce qu'elle voulait.

L'air embarrassé de son partenaire lui dit tout ce qu'il voulait savoir.

— Je vois.

Comme il avait pu le deviner, Cheryl était la mère nourricière et elle avait pris soin de lui.

— Personne ne peut lire dans l'esprit d'une autre personne.

Day s'allongea sur le lit. Il était fatigué et il avait assez combattu avec Knight. C'était épuisant.

— Fais ce que tu veux. Je vais me coucher parce que sauver encore ton cul m'a épuisé. Mes deux épaules me font mal maintenant.

Knight grommela et il quitta la pièce sans un mot. Day garda les yeux fermés. Il aurait dû prendre quelque chose pour la douleur, mais il n'avait pas trop mal et il était fatigué d'être abruti par des analgésiques. Cela ne l'aidait pas à réfléchir et Dieu savait qu'il avait besoin de tous ses esprits quand il était près de Knight. L'homme était usant. Il ferma les yeux et il pensa au bourbier que représentait son partenaire. Knight était intelligent, il pouvait être drôle et passionné, attentionné et même réfléchi. Il l'avait démontré en le ramenant à bord du navire et en prenant soin de lui. Mais il pouvait être aussi un monumental trou du cul. C'était fichtrement sûr. Alors pourquoi était-il fasciné par l'homme ? Il voulait comprendre pour pouvoir l'exorciser de ses pensées. Après quelques minutes, ses réflexions se centrèrent sur la raison pour laquelle Knight pouvait penser qu'il avait trahi sa famille. Ils étaient partis et il avait essayé de comprendre pourquoi ils avaient été tués. Peut-être était-ce son incapacité à le faire ? Day essaya de se mettre à la place du Marine Knight. Devoir. Honneur. Fraternité. L'homme incarnait toutes ces qualités, sans aucun doute, et peut-être ressentait-il qu'il n'avait pas rempli son devoir envers sa femme et son fils ou, pire encore, qu'il risquait de ne jamais le faire. Oui, leur tueur était mort, mais la personne derrière ça ne l'était pas. Ça devait être ça... Dès qu'il pensa avoir trouvé la réponse, une autre notion effleura son esprit, mais elle refusa de prendre forme.

Lorsque Knight revint, il portait deux assiettes de petit-déjeuner avec lui. Day se leva et ils mangèrent sans rien dire dans le petit coin salon de leur cabine. Le jeune homme passa la majeure partie du temps à se demander ce qui se passait avec son coéquipier. La brusquerie qu'il pouvait manifester... et Dieu savait qu'il pouvait être bourru et parfois réticent. Et puis, il devenait agréable, lui apportant de la nourriture et prenant soin de lui.

— Tu sais que tu n'as pas à faire cela parce que tu te sens...

Il ne savait pas ce qu'il voulait dire et il chercha ses mots avant de continuer.

— Tu n'as pas à me manifester de la gratitude. Je plaisantais tout à l'heure. Je sais que si j'étais dans la même position, tu ferais la même chose pour moi.

— Tu sais ? Il semble que tu n'es pas celui qui ne cesse de se retrouver dans cette position, marmonna Knight.

Puis il continua à enfourner la nourriture dans sa bouche.

— S'il te plaît. Tu n'es pas obligé de faire ton Marine Macho avec moi. Tu surveilles mes arrières et je surveille les tiens. C'est ainsi que ce doit être.

— Oui, mais...

Knight sembla vouloir en dire plus et, pourtant, il ne le fit pas, la confusion clairement évidente sur son visage.

— Mais tu ne t'attendais pas à ce que l'agent en couche-culotte soit celui qui protège tes arrières. Tu pensais que tu le ferais pour moi et que tu serais le seul à venir à la rescousse.

Day fournit la réponse à sa place puis il se redressa, posa sa fourchette et il prit une gorgée d'eau.

— Il ne t'est jamais venu à l'esprit que nous travaillions en équipe ? J'ai frappé à la porte, je l'ai pris au dépourvu et tu l'as attrapé. Je ne pouvais pas lutter. Tout ce que je pouvais faire, c'était te donner la possibilité d'agir et tu l'as fait. N'est-ce pas ce que tes copains Marine feraient pour toi ?

— Oui, mais tu n'es pas un Marine.

Ce fut un autre de ces moments où il voulait le tuer et jeter son corps par-dessus bord.

— Non, je ne le suis pas. Mais les Marines ne disposent pas d'un monopole sur l'honneur, le courage, le devoir et toutes ces caractéristiques qui vous sont chères. Ils n'ont également pas accaparé le marché pour ce qui est de surveiller les arrières de quelqu'un d'autre, souffla Day.

Puis il commença à manger à nouveau, pensant que si sa bouche était pleine, elle l'empêcherait de parler et d'énerver l'irascible personnage encore une fois.

— Tu as raison, dit celui-ci et puis il sourit après quelques secondes. Et tu peux fermer ta bouche. Je ne veux pas voir ce que tu manges.

Il fit ce que son partenaire venait de lui suggérer et il toussa presque sous l'effet de la surprise.

— Je surveille tes arrières et tu surveilles les miens. Tu as fait ce que tu étais censé faire et tu l'as bien fait.

Day avala sa réplique et il continua à manger. Une fois qu'ils eurent fini, il s'assit sur le canapé et ferma les yeux. Il n'avait fait que dormir au cours des deux derniers jours et il commençait à en avoir assez même s'il était encore fatigué.

— Pourquoi ne mettrions-nous pas nos maillots de bain et n'irions-nous pas jusqu'au pont piscine ? Il n'y aura pas grand monde et tu pourras t'allonger là-bas et te détendre. Ça te donnera autre chose à faire que de regarder ces murs.

— Je devrais travailler un peu.

— J'ai appelé Dimato pendant que j'étais sorti et je lui ai expliqué que tu étais encore en guérison. Il a dit que tout attendrait que nous soyons rentrés et qu'il était satisfait du travail que nous avions accompli. Eh bien, il l'a dit à la Dimato, ce qui signifie qu'en fait il a dit : *Vous avez foutu le merdier avec votre façon de faire, mais vous avez fait le job.* Puis il a dit que tu devais te reposer, guérir et être prêt à reprendre le travail quand tu reviendrais et il a raccroché. Alors laisse tomber et détends-toi. Dans deux jours, nous accosterons à Canaveral et nous retournerons à la vie réelle.

— D'accord.

Day était trop fatigué pour discuter vraiment, alors il se leva et il trouva un maillot de bain. Puis il réussit à enlever son pantalon et à tirer son maillot de bain vers le haut de façon à ce qu'il couvre ses bijoux et ses fesses. Quand il se retourna, Knight lui jeta un coup d'œil et il se mit à rire.

— C'est n'importe quoi, fit-il en s'approchant pour ajuster son maillot de bain. Si tu portes cette chose, alors il doit être bien mis afin de ne pas éblouir tous les hommes sur le pont.

— Merci. Mais si je veux faire baver tout le monde ?

Day eut l'impression d'entendre Knight grogner, mais il n'en était pas sûr

— Est-ce que tu vas te changer et venir avec moi ou as-tu envie d'aller en ville et t'amuser ?

Il n'était pas nécessaire qu'il reste sur le navire s'il n'en avait pas envie.

Knight sembla l'ignorer.

— Je vais enfiler mon maillot puis nous monterons sur le pont.

Il attrapa son maillot de bain et il se changea rapidement, offrant à Day une vue magnifique sur ses belles fesses. L'homme était intensément beau, tout en muscles et en puissance. Day se détourna juste avant qu'il ne se retourne parce que son maillot ne cacherait rien.

— J'ai les serviettes, dit-il en les attrapant dans la salle de bain avant de les balancer sur son épaule.

— Bien.

Il entendit un bruit de verre puis Knight lui tapa sur l'épaule.

— Prends ça pour la douleur avant que nous sortions et nous pourrons partir.

Il n'en pouvait plus des pilules, mais il les prit quand même et puis ils quittèrent la cabine pour se rendre à la piscine.

DAY PASSA le reste de la journée à en faire le moins possible et il alla directement dormir après le dîner. Quand il se réveilla le lendemain matin, son épaule était chaude et elle lui faisait mal. Il n'allait pas mieux, aussi Knight appela le médecin qui l'examina et changea le pansement.

— Cela ne semble pas être une infection, dit le praticien après avoir fini. Cela fait partie du processus de guérison. La meilleure chose que vous puissiez faire, c'est de continuer à vous reposer et essayer d'utiliser le moins possible votre bras.

— Je sais, dit Day. Merci pour votre aide.

— Nous étions juste préoccupés, commenta Knight et ils parlèrent tranquillement avant que le médecin parte. Je vais nous commander des steaks pour le dîner et les faire livrer.

Knight prit le téléphone et d'après ce que Day entendit, il avait commandé un festin pour plus tard ce soir-là. Il s'installa confortablement sur le lit parce qu'il se doutait que son partenaire le remettrait en place s'il essayait de faire quelque chose.

— Veux-tu te reposer ? demanda celui-ci après avoir raccroché

— Je pense que oui.

L'inactivité le rendait fou, mais il savait que se reposer et garder son épaule immobile étaient ses meilleures options à ce moment-là. Il avait hâte de rentrer chez lui et de faire examiner son épaule par son propre médecin ou, plus précisément, par l'un des médecins de Scorpion.

— Tu peux monter sur le pont, suggéra Knight.

— C'est bon. Vas-y. Ça ne sert à rien que tu traînes ici pendant que je me repose.

Il s'ennuyait à mourir, mais Knight n'avait pas besoin de le faire aussi.

— Je vais prendre des médicaments et laisser leur magie opérer, indiqua-t-il. Ce que je ne comprends pas, c'est pourquoi je suis aussi fatigué et faible tout le temps.

— Tu as perdu beaucoup de sang et il faut du temps à ton corps pour se remettre de ça. Repose-toi. Je vais monter sur le pont pendant un certain temps. Le dîner est prévu pour arriver à dix-neuf heures et si tu as besoin d'autre chose, appelle le service d'étage.

On aurait dit une mère poule. Day n'était pas sûr de savoir s'il s'agissait de Knight prenant réellement soin de lui, ou se préoccupant normalement de son coéquipier. Toute cette situation le dépassait. À certains égards, Knight était devenu plus distant. Il passait plus de temps loin de lui qu'auparavant et quand ils parlaient, ce n'étaient plus des conversations personnelles. Tout était superficiel. À un moment donné, il avait pensé qu'ils étaient intimes, ou du moins très proches, mais maintenant, l'homme s'éloignait. Ou peut-être que tout cela était simplement dû à la situation et à son imagination.

Knight entra dans la salle de bain et il en ressortit, vêtu d'un short descendant jusqu'à ses genoux. On aurait dit un truc des années cinquante mais il le remplissait aux bons endroits.

— À plus tard, lui dit Day quand son compagnon eut enfilé un tee-shirt et ouvert la porte. Ne laisse pas l'un de ces gars faire un mouvement vers toi.

Knight fit une pause et leurs regards se croisèrent pour un bref instant sans qu'aucun d'eux ne brise le lien invisible pendant quelques secondes, puis il se retourna et sortit de la cabine. Day ne put que déglutir en repensant à la chaleur qu'il avait vue dans les yeux marron foncé de son partenaire. Il avait vu comment Knight l'avait regardé, il n'était pas aveugle, mais le mec n'avait rien fait. Et les quelques fois où Day avait essayé de s'approcher, il avait été ignoré. Pour avoir quelque chose à faire, il alluma la télévision, mais il ne prêta que peu d'attention à la comédie diffusée. Il baissa le volume, ignora l'image et sommeilla.

IL SURSAUTA et s'éveilla quand la porte de la cabine s'ouvrit puis se ferma. Il se força à ouvrir les yeux alors que Knight entrait dans la salle de bain. Il en sortit quelques minutes plus tard, seulement vêtu d'une serviette.

— Comment vas-tu ?

— Mieux.

Day balança ses jambes sur le côté du lit et il se leva lentement. Knight avait ouvert la porte du placard et il se tenait devant, près de la porte. Le jeune homme se dirigea vers lui et il passa doucement sa main sur le bas de son dos musclé. Knight se raidit, mais il ne lui dit pas de s'arrêter ou de reculer.

— Je ne comprends pas ce qui se passe, avoua Day en continuant à faire courir ses mains sur la peau lisse de l'autre homme.

— Je ne m'attends pas à ce que tu comprennes, murmura celui-ci d'une voix rauque.

Il ne bougeait pas et Day ferma les yeux avant de glisser sa main sur l'abdomen de son amant, les bosses de ses abdos sculptés passant sous ses paumes. Ses caresses restèrent légères et douces, comme celles des gens travaillant avec des chevaux ombrageux dans les westerns.

Knight resta immobile. Day sentait chaque inspiration qu'il prenait, de plus en plus rapides, pendant qu'il déplaçait sa main vers le bas. Il trouva le pli qui maintenait la serviette fermée, tira dessus et elle tomba sur le sol. Il pressa ses hanches vêtues d'un short contre le dos de Knight pour lui montrer ce qu'il ressentait en ce moment.

Son cœur battait la chamade et il n'osait pas dire quoi que ce soit. Punaise, il n'osait même pas respirer de peur que le son puisse rompre le charme. Il ne savait fichtrement pas ce qui se passait dans la tête de Knight depuis qu'il avait été blessé et ce n'était pas le moment de l'analyser. Il descendit sa main, ses doigts glissant sur le nid de boucles avant de se refermer autour de la base du sexe de son partenaire. Ce dernier n'avait toujours pas bougé et Day débattit pour savoir s'il devait continuer. Il ne pensait pas que son contact soit importun, se basant sur le fait que Knight était si dur qu'il pouvait sentir son rythme cardiaque à travers sa hampe.

Il était sur le point d'abandonner et de reculer quand Knight commença lentement à se retourner.

Day le lâcha, laissant sa main traîner le long du ventre et du flanc de Knight, l'accompagnant pendant qu'il se tournait. Puis, leurs regards se croisèrent et son compagnon l'attira dans un baiser brûlant qui le rendit tout faible, ses genoux tremblotants.

— Putain... murmura-t-il quand Knight le repoussa.

— Tu traduis exactement ma pensée, lui dit-il avant d'écraser à nouveau ses lèvres.

Knight le tint fermement et le poussa en arrière jusqu'au lit puis il l'allongea.

Il rompit le baiser assez longtemps pour enlever prudemment l'écharpe de Day puis lui ôter son tee-shirt et ouvrir le bouton de son short. Quelque chose comme 'trop de vêtements' gronda à l'arrière de sa gorge, puis il descendit le short de Day, le repoussant vers le bas de ses jambes.

— Je vais te prendre jusqu'à te faire oublier ton nom.

Il pinça un mamelon et Day gémit, arquant son dos.

— Tant que tu te rappelles le tien, parce que je veux te baiser jusqu'à la sénilité en retour, vieil homme, répliqua-t-il.

Cela sembla l'enflammer. La chaleur entre eux s'intensifia et le sexe de Day palpita quand Knight se pressa contre lui. Cette fois, quand les lèvres de ce dernier touchèrent les siennes, une étincelle électrique éclata entre eux. Qu'est-ce qui faisait que le contact de cet homme envoyait son cœur en orbite et faisait passer son bon sens par la fenêtre ? Non que cela importe. Il se servit de sa main pour explorer Knight, glissant vers le bas, saisissant une de ses fesses et la tenant fermement. Son amant pouvait penser qu'il pourrait prendre le dessus sur lui, mais il n'avait pas l'intention de laisser cela se produire.

Knight grogna et grimpa sur lui. Day était couché sur le dos, les jambes pendantes au bord du lit, son membre palpitant au rythme des battements de son cœur. Il était tellement excité qu'il sursauta quand son compagnon caressa ses cuisses et qu'il miaula du plus profond de sa gorge quand il saisit fermement sa longueur.

— Merde.

Il poussa en avant, voulant, désirant plus, mais Knight ne lui donna rien. Du moins, pas sur l'instant. À la place, il se pencha en avant et il fit glisser sa langue sur la pointe. Day haleta, prêt à tout sauf à supplier. Il n'allait pas supplier pour quoi que ce soit auprès de Knight, sachant que l'homme,

191

stoïque, ne supplierait jamais lui-même. Mais il fut en fait à quelques secondes de le faire quand son compagnon le suça plus profondément.

— Voilà, chuchota Knight après s'être reculé.

Puis il souffla sur la peau humide de Day, envoyant un éclair qui le traversa de la tête aux pieds.

— Maintenant, soulève tes jambes.

Day déglutit et il fit ce que son partenaire voulait, reposant ses pieds sur le bord du matelas.

— Bon garçon.

Il allait protester, mais alors Knight l'aspira profondément et toute pensée devint impossible. La chaleur et la pression humide menacèrent de lui couper le souffle. Il s'arqua et s'écrasa contre le visage de son amant, attrapant sa tête dans son désir désespéré d'en avoir plus. Il ne s'attendait pas à la manière dont il l'obtint. Knight caressa sa poitrine, taquinant sa peau avant de glisser deux doigts dans sa bouche. Day les aspira, les suçant en rythme avec les succions de son amant sur son pénis. C'était diablement chaud et quand Knight les écarta, il gémit autour de son sexe, envoyant des vibrations à travers lui telles que Day n'en avait jamais ressenties.

Il planait, mais Knight le tenait toujours, appuyant un doigt sur son intimité et ensuite à l'intérieur de son corps. Bon sang, c'était si bon et il se poussa dans la bouche de Knight avant de se repousser sur son doigt.

— Putain…, ronronna-t-il.

Il était incertain de savoir ce qu'il préférait, baiser la bouche de Knight ou se faire baiser par son doigt, rapidement rejoint par un autre.

— Tu aimes ça, n'est-ce pas ? chuchota son amant avant de le sucer plus profondément et plus fort, poussant ses doigts épais en lui.

Day s'agrippa au bord du lit pour pouvoir se pousser vers le haut, enfonçant sa longueur dans la bouche de Knight et quand il redescendait, les doigts de celui-ci le remplissaient et l'étiraient d'une délicieuse façon. Il ne savait pas ce qu'il aimait le plus et après quelques secondes, cela n'eut plus d'importance.

— Baise-moi, gémit-il en déglutissant. Je me souviens encore de mon nom.

Il devait lui rappeler le défi. Son amant lui avait promis qu'il oublierait son nom et Day entièrement l'intention de faire en sorte qu'il n'oublie pas sa promesse.

Knight le suça plus durement et il tordit ses doigts. Day haleta et il se souleva du lit. Il poussa ses hanches aussi vite et fort qu'il le put jusqu'à ce que son compagnon l'arrête. Il retira ses lèvres, à sa consternation, puis il ôta ses doigts de son corps.

— Je vais m'occuper de toi.

Knight recula et la mâchoire de Day tomba. Il était magnifique, le soleil de fin de journée brillant à travers les portes du balcon luisant sur sa peau déjà en sueur. À couper le souffle, lui souffla son esprit. Il déroula un des derniers préservatifs qui leur restaient sur sa hampe et il se rapprocha du jeune homme. Il saisit fermement ses jambes, tenant ses chevilles, et il entra lentement en lui. La sensation d'étirement était incroyable et Day s'accrocha plus fortement à lui tandis qu'il le remplissait.

— Merde, siffla Day. Je ne vais pas me casser.

Knight s'enfonça plus profondément, sa longueur épaisse l'étirant et l'excitant totalement. Dès qu'il sentit les hanches de son partenaire sur ses fesses, Day soupira et le tenant toujours, il laissa tomber sa tête en arrière sur le matelas.

— Bordel, chuchota Day et Knight commença à bouger.

Ce ne fut pas une baise lente, longue et durable. Knight poussa vers l'avant et Day trembla, la force motrice se répercutant dans tout son corps. Merde, c'était incroyable et quand l'homme au-dessus de lui changea légèrement d'angle, il passa son sexe sur cet endroit à l'intérieur de lui et Day vit des étoiles, des foutues étoiles brillantes.

— Oh, bon sang, respira Day.

Il dut se rappeler de tenir son bras blessé contre son corps parce qu'il voulait lever les deux mains, tirer son compagnon à lui et l'embrasser à en perdre le souffle.

— Ne t'avise pas d'arrêter, grogna-t-il à la place.

— Despote, répliqua Knight en faisant claquer les os de ses hanches.

— Tu ferais mieux de me faire confiance. J'ai entendu dire que ça s'appelait prendre le dessus en étant en dessous, ou quelque chose comme ça.

— J'appelle…, commença Knight en se retirant puis en revenant en lui, …ça…, continua-t-il en recommençant, …être un vrai emmerdeur.

Knight prit de la vitesse et fit perdre la tête à Day. Comme il l'avait promis, il y eut un moment où Day oublia qui il était. Tout ce qu'il voulait, c'était que le plaisir continue encore et encore.

Évidemment, c'était impossible et bientôt, les mouvements de Knight devinrent erratiques. La sueur coulait sur lui, ses cheveux noirs étaient collés à sa tête et ses yeux étaient brillants en croisant le regard de son amant. Ils continuèrent à se regarder. La respiration de Knight devint pantelante et Day se renversa, se livrant à la passion que son amant lui offrait.

— Bordel ! cria Knight.

Il s'enfonça rapidement puis il se figea, palpitant violemment dans le corps offert, un plaisir béat s'affichant sur ses traits ciselés. Day atteignit son apogée juste après. Ils restèrent immobiles. Day ne voulait pas briser la magie qui les liait. Il commençait à comprendre combien le lien entre eux pouvait être précieux.

Knight se retira de son corps et Day baissa lentement ses jambes. Il était épuisé et son compagnon donnait l'impression d'avoir couru un marathon. Il s'allongea finalement sur le lit à côté de lui.

— Merde, tu n'es vraiment pas banal, déclara Knight en continuant à respirer avec difficulté.

Day se rapprocha et il se tourna ensuite pour pouvoir regarder son amant droit dans les yeux. Il ne savait que dire. Pour Knight, c'était probablement ce qui s'approchait le plus de l'expression de ses sentiments. Day prit sa main et il la serra simplement en fermant les yeux.

Ce devait être la croisière la plus bizarre de l'histoire. Knight et lui s'étaient rapprochés, mais Day n'était pas sûr que cela dure. Ils avaient fait ce pour quoi ils étaient venus, et maintenant, il était temps de revenir à leur vie réelle. Il n'était pas sûr d'être prêt pour ça, mais cela importait peu. La vraie vie reprendrait ses droits et il ne savait pas ce qui se passerait quand ils arriveraient chez eux. Au cours de la semaine précédente, il avait parcouru un long chemin, recevant la confirmation de qui il était et déterminant qu'il devait rester fidèle à lui-même. Il avait passé la semaine entouré de gays, et après avoir initialement pensé que ce serait l'enfer, cela avait été une expérience révélatrice. Il ne resterait plus très longtemps dans son placard.

— Qu'allons-nous faire après… ça ? demanda-t-il finalement.

Il pouvait se faire tirer dessus et rester assez lucide pour sauver son coéquipier, mais il avait dû rassembler tout son courage pour poser cette question.

— Eh bien, nous devons faire nos bagages pour qu'ils puissent les prendre ce soir. Nous avons commandé le dîner et demain nous débarquerons et nous rentrerons chez nous. Nous ne sommes pas censés retourner au bureau avant mardi et après avoir débriefé et fait nos rapports, nous reprendrons le cours de nos vies.

Knight n'enleva pas sa main, mais Day n'entendit aucune mention d'eux deux continuant quoi que ce soit dans cette foutue explication. Eh bien, au moins, il avait sa réponse et il savait où il allait.

Il se leva lentement et s'avança vers la salle de bain. Il ne pouvait pas faire face à Knight en ce moment. Il avait mal à la simple pensée de rentrer chez lui, mais qu'il soit maudit s'il le montrait à Knight. S'il s'effondrait, il le ferait seulement si personne ne pouvait le voir. Il tourna le robinet et remplit le lavabo. Il utilisa un gant de toilette pour se laver. Prendre une douche était problématique avec ses bandages, alors il lava ses cheveux en se servant d'une éponge de bain. Au moment où il termina, il se sentait mieux. Après avoir drapé une serviette autour de sa taille, il quitta les lieux pour que Knight puisse les utiliser et il commença à s'habiller.

Il trouva difficile de regarder son partenaire, mais il ne put faire autrement. Lorsque Knight eut disparu dans la salle de bain, il sortit son sac en faisant attention et il commença à emballer ses vêtements et le matériel. Il lui fallut un certain temps avec une seule main, mais il avait fini quand Knight rentra dans la chambre et termina son propre sac. Ils devraient encore porter les bagages à main, mais c'était tout.

Un serveur du service d'étage frappa à leur porte un peu plus tard et il installa le dîner. Knight signa et ils s'assirent et mangèrent presque en silence. Knight semblait parfaitement à l'aise. Day était à un doigt de poser les millions de questions qui agitaient son esprit et il s'arrêta plus d'une fois. Il ne voulait pas avoir l'air avide ou désespéré. Si son partenaire voulait que quelque chose se passe après la descente du navire, il l'aurait dit. Donc, il allait rentrer chez lui et revenir à sa propre vie, peut-être un peu plus sage et faisant un peu plus attention à son cœur. Il voulait seulement savoir pourquoi.

Les réponses ne viendraient pas de son compagnon qui était l'image du Marine stoïque. Son expression disait 'ne vous approchez pas à moins que vous vouliez que je vous arrache la tête'. Quand ils eurent fini, Day posa leurs assiettes sur le plateau. Son épaule lui faisait mal après leur activité, alors il prit des médicaments contre la douleur, en espérant que cela l'aiderait. Puis il ouvrit la porte du balcon et il sortit. Il la referma derrière lui et il s'installa sur une des chaises longues et il observa les étoiles et écouta le bruit du navire fendant l'eau.

— Arrête-ça, murmura-t-il.

— Tu te sens bien ? demanda Knight après avoir poussé la porte.

— Je vais bien. Je prends juste un peu d'air frais, répondit-il.

195

— Je vais faire une promenade, lui dit Knight.

Le jeune homme grogna et hocha la tête, se retournant vers les étoiles.

— Tu peux aussi bien profiter de la dernière nuit, dit-il froidement.

Il avait l'intention de passer la majeure partie de son temps sur le balcon. Bon sang, il se demandait s'il pourrait passer la nuit ici. Le lit lui semblait fichtrement trop petit et plutôt froid. Il refusa de regarder, mais la porte du balcon resta ouverte pendant un certain temps puis elle se referma tranquillement. Les lumières de la cabine s'éteignirent et Day se retrouva dans l'obscurité.

Il sourit. Il se souvenait de lui, couché dans l'arrière-cour, quand il avait environ huit ans. Il avait reçu un nouveau sac de couchage pour les Louveteaux et il avait supplié pour pouvoir dormir à l'extérieur. Sa mère ne voulait pas qu'il le fasse seul alors elle avait tendu une bâche sur la corde à linge pour faire une tente et ils s'étaient assis et ils avaient observé les étoiles.

— Si tu fais un souhait sur la première que tu vois, il se réalisera, lui avait-elle dit.

Après, quand sa mère était tombée malade, il était resté debout nuit après nuit, faisant des souhaits aux étoiles, souhaits qui étaient restés sans réponse. Son sourire disparut et il ferma les yeux, bloquant les étoiles et tous leurs souhaits sans réponse.

Finalement le médicament commença à faire effet et il ne réalisa même pas qu'il s'était assoupi jusqu'à ce que les lumières se rallument dans la cabine. Il se leva et il ouvrit la porte du balcon. Puis il entra dans la chambre et il referma derrière lui.

Il n'avait vraiment rien à dire à Knight, alors il se débarbouilla simplement et grimpa dans le lit, puis il lui tourna le dos et il ferma les yeux. Finalement, son partenaire se coucha, mais Day ne montra aucune réaction. À un moment donné, le roulis du bateau cessa et il pensa qu'ils arrivaient au port. Il s'installa plus confortablement et dans un moment de clarté et de compréhension, il eut la réponse à la question qu'il avait essayé de comprendre plus tôt. La supposée trahison de Knight envers sa famille ? C'était lui. Il était la trahison. Il regarda vers l'endroit où son partenaire dormait. Au moins, il avait sa raison.

L'APRÈS-MIDI DU jour suivant, après avoir débarqué du bateau et être arrivé à l'aéroport, Day fut très heureux que leurs couvertures aient été suffisamment approfondies pour que leurs billets de retour soient réservés, même s'ils avaient prévu de ne pas les utiliser. Ils prirent l'avion et Knight s'endormit presque immédiatement, se réveillant juste au moment de débarquer. Ils récupérèrent leurs bagages puis Day se dirigea vers le parking, Knight derrière lui.

— Je te verrai mardi au travail, dit-il en se filant intérieurement la claque proverbiale sur l'arrière de sa tête pour maintenir une voix posée et il se dirigea vers sa voiture.

Il mit ses bagages dans le coffre d'une seule main, puis il ferma le hayon et partit chez lui. Il ne regarda même pas dans le rétroviseur.

Day ouvrit la porte de son appartement et entra. C'était bon d'être à la maison. Toute la ruée de sentiments et de merde semblait beaucoup moins importante. Il prit ses bagages et les défit puis il lança une lessive et il débattit pour savoir ce qu'il mangerait pour le dîner. Il se fixa sur le fait de se faire livrer une pizza et quand elle fut arrivée, il se laissa tomber sur le canapé et il la mangea tout en regardant la télévision. Une fois qu'il eut fini, il s'étendit sur le canapé, il continua à regarder la télé et s'endormit. Il n'arriva jamais jusqu'au lit. Il se réveilla des heures plus tard, le dos douloureux, la télévision tonitruant et quelqu'un frappant à sa porte.

— J'arrive, cria-t-il.

Il éteignit la foutue télévision et jeta le reste de pizza avant de se précipiter à la porte. Il étouffa un bâillement avant de l'ouvrir.

— Qu'est-ce que…, commença-t-il quand il vit Knight debout devant sa porte. Quelque chose ne va pas ?

Son partenaire le regarda.

— Tu portes les mêmes vêtements qu'hier soir, c'est ça ?

Day baissa les yeux sur lui-même.

— Je pense que je me suis endormi sur le canapé et…, commença-t-il avant de faire une pause. Es-tu venu me harceler à propos de ma garde-robe. ?

Knight ne répondit pas et il le contourna pour entrer.

— Je voulais m'assurer que tu allais bien. Vois-tu un médecin aujourd'hui ?

— Oui. J'appellerai quand ils seront ouverts, répondit-il avec humeur en s'avançant ver son canapé pour s'asseoir. Est-ce tout ce que tu voulais ?

Il lui désigna un des fauteuils. Et Knight obtempéra. Day le regarda et il attendit une réponse. Quoi qu'il se passe, Knight prendrait le temps qu'il lui faudrait et pas une minute de moins.

— Non, je…, hésita Knight en se trémoussant sur le fauteuil. Je ne sais jamais comment dire des choses comme ça. Je peux tuer un homme à mains nues, et je l'ai fait aussi, mais…

Il s'interrompit et Day se redressa, se demandant où il voulait en venir.

— J'ai tué des hommes et toi aussi. Tu as sauvé ma vie et je ne sais jamais quoi dire.

— Knight, tout cela n'a vraiment pas de sens. Prends une grande inspiration et trie tes pensées.

Dans des circonstances normales qu'il ait la langue liée aurait pu être une bonne chose, mais sa nervosité était troublante.

— Comporte-toi comme un Marine et dis-moi ce que tu es venu me dire.

— Je ne suis pas bon pour verbaliser mes sentiments. Tu vois, tout est en bordel. Je continue à penser que je trahis Cheryl et Zachary, mais ce n'est pas le cas. Ils sont morts et elle serait gravement énervée si elle savait que je suis resté tout le temps assis à la maison à boire et à me languir d'elle. Je pense qu'elle ne serait pas heureuse que la personne que je veux soit un autre gars, mais…

— Donc, tu dis que tu me veux. C'est très agréable d'entendre ça.

— Merde, tu vas vraiment me passer à l'essoreuse, n'est-ce pas ? demanda Knight avant de se lever et de marcher vers la porte. Je suis un Marine, nous sommes des hommes d'action, pas de mots. Nous ne disons pas tout un tas de merdes romantiques pour impressionner les gens. J'ai toujours pensé qu'il était préférable de me taire et de laisser mes actions parler d'elles-mêmes. Je n'ai jamais trahi personne et je ne me suis jamais détourné de quelqu'un qui avait besoin de moi pour surveiller ses arrières. Jamais !

Day sursauta en l'entendant crier.

— D'accord, je te crois.

— Je peux prendre une balle pour quelqu'un longtemps avant de pouvoir lui dire que je me soucie de lui. Cheryl avait l'habitude de me frapper l'arrière de la tête parfois. C'était sa façon de me dire que j'étais un crétin absolu et d'arrêter.

— Puis-je te frapper ainsi ? demanda Day et son invité grogna comme un ours en chasse. Je vais prendre ça pour un non.

— Foutrement d'accord, dit Knight fermement.

— Alors qu'essaies-tu de me dire ? Que tu te soucies de moi ? le pressa-t-il.

— Oui. Tout ce temps où nous avons été sur le navire, même les parties merdiques comme quand tu as été blessé et que j'étais inquiet à en être malade, c'était bon. J'ai aimé. J'aime être avec toi, expliqua Knight en retournant vers l'endroit où était assis Day. Je ne suis pas un type fleur bleue. Je ne pense pas que je le deviendrai, mais tu n'auras jamais à t'inquiéter de savoir si je surveille tes arrières.

— Et je surveillerai les tiens, répondit Day. Tu peux compter là-dessus.

Knight hocha la tête.

— Je dois encore savoir qui…

Il déglutit difficilement. Day savait que son épouse et son fils étaient encore un sujet dont il parlait avec difficulté.

— Je surveille tes arrières, tu te rappelles ? Nous allons le découvrir ensemble.

Il s'attendait à moitié à ce que son partenaire proteste et quand il ne le fit pas, il se dit que c'était un excellent signe. Il se leva et se rapprocha de lui. Quand Knight ne bougea pas, il le tira en avant et il l'embrassa violemment et à pleine bouche, leurs langues luttant pour se dominer l'une l'autre. Aucun des deux ne remporta le duel, mais le baiser était certainement une victoire vu comment son cœur battait et comment d'autres parties s'étaient mises au garde-à-vous. Il recula et il sourit.

— Est-ce vraiment ce que tu penses ?

— Je ne cherche pas à cacher quoi que ce soit, déclara son compagnon. Je semble juste ne jamais être en mesure de trouver les mots. Mais je pense en avoir une partie qui t'aidera à comprendre.

Day haussa les sourcils, se demandant ce que les mots pouvaient avoir de si spécial.

— Mon prénom est Orville.

Day comprit parfaitement le message et ce qu'impliquait cette bribe d'information et il attira Knight dans un autre baiser.

DIRK GREYSON est plutôt un homme d'extérieur. Il aime voyager et découvrir de nouvelles choses. Il a travaillé pendant très longtemps pour des entreprises américaines et il passe maintenant ses journées à écrire, jardiner et à prendre soin de la maison qu'il partage avec son partenaire depuis plus de deux décennies. Il a une maîtrise et tous les autres accessoires allant de paire avec un travail en entreprise. Mais ce dont il est le plus fier, ce sont les histoires qu'il raconte et la vie qu'il s'est construit. Dirk vit en Pennsylvanie dans une maison centenaire et il a la chance d'avoir un cercle d'amis étonnants.

Facebook: www.facebook.com/dirkgreyson
e-mail: dirkgreyson@comcast.net

Par DIRK GREYSON

Day et Knight

Publié par DREAMSPINNER PRESS
www.dreamspinner-fr.com